비어 시대

구 중 관 장편소설

당그래

비어 시대

초판 1쇄 발행   2014년 4월 25일

지은이 ｜ 구 중 관
펴낸이 ｜ 이 춘 호
펴낸곳 ｜ 당그래출판사

등록일 ｜ 1989년 7월 7일(301-2005-219호)
주 소 ｜ 100_250 서울 중구 예장동 1-72
전 화 ｜ 02)2272-6603
팩 스 ｜ 02)2272-6604
홈페이지 ｜ dangre.co.kr

당그래 - 당그래출판사는 지혜의 알곡을 그러모으고 정성스럽게 펴내는 곳입니다.

비어 시대

구중관 장편소설

당그래

비어 시대 / 차례

● 젊은이들은 시대의 이념이나 주의에 맹목적으로 맹종하는 성향을 예나 제나 가지기 마련이었다. 나이든 백성들은 그런 이념이나 주의를 반박할 수 있는 이론의 언설을 만들지는 못했으나, 경험과 지혜에서 나오는 통찰과 직관이 있었다. 그래서 어떤 주의에 맹종하여 그것만이 정의요 진리라는 신념을 가진 자들을 철부지로 치부했다. 그들이 중요하게 여기는 것은 어떤 주의가 아니라, 지금이 어느 철이냐 하는 것이었다.

투사와 순사

　어둠이 스러져가며 밝음이 피어나는 새벽. 쫓기는 사내가 마을의 외딴 집으로 들어갔다. 곤한 잠에서 깨어난 농부 내외가 지쳐빠진 사내를 방안으로 들이고 남편은 재빨리 집 뒤꼍으로 나갔다. 뒤이어 순사들이 들이닥쳤다. 방문을 벌컥 열어 재치고 이불자락을 젖히니 발가벗은 여인네와 남정네가 드러났다. 순사들은 외면하며 얼른 이불자락을 내려놓고 "칙쇼." "기따나이." 상을 찡그리며 내뱉고 부리나케 나가버렸다.

　농갓집 내외의 신속한 대처로 쫓기는 독립투사를 위기에서 구해냈다는 이 이야기는 삼천리 방방곡곡에 바람처럼 스며나가 전해졌다. 빼앗긴 강토를 떠도는 나그네와 등짐장수와 방물장수의 입을 통해서 전해져 나갔다.

하나의 사연이 소문으로 널리 번져나갈 때에는 전하는 사람에 의하여 자칫 보태지고 꾸며지고 심지어 달라지기까지 하는 경우가 허다하지만, 이 이야기는 그런 소문의 속성에 물들지 않고 그 원형을 고스란히 유지해 나갔다. 워낙 짧은 시간과 작은 공간에서 있었던 간결한 사연이었기에 전하는 사람이 거기에 뭔가 덧붙일 엄두를 내지 않았다. 다만 이야기를 좀 더 늘이기 좋아하는 사람은 약간의 수식을 가미하기는 했다. 쫓기는 그 독립군이 늠름한 몸에 빛나는 눈빛이었다든가, 또는 쫓아온 순사의 눈은 먹이를 찾는 늑대의 눈과 같았다든가 하는 묘사를 끼워 넣기도 했고, 또 어떤 사람은 순사가 마지막으로 내뱉은 대사를, 칙쇼, 기따나이가 아니라, "미안하므이다." 하는 조선말로 바꾸어 마무리 짓기도 하고, 그리고 순사들이 가버린 다음 사내와 여인네는 얼른 의복을 갖춰 입고 조신하게 내외를 차렸다는 예의범절로 이야기를 마무리하기도 했다. 앞과 뒤를 생략하고 간결한 묘사로 형성된 이야기였기에 그 전파력은 대단했고 또한 그 생명력도 오래갔다. 시대상황의 중요한 의미가 상징적으로 내포되어 있었기에 사람들은 잊을 만하면 다시 그 이야기를 되새기고는 했다.

일본이 전쟁에 지고, 조선이 일본으로부터 해방된 다음에 그 이야기는 다시 되살아나 널리 퍼졌다. 이야기꾼들과 재담꾼들은 재탕 삼탕으로 그 이야기를 풀어내며 살을 붙여 잘려나간 앞과 뒤를 이어내어 제법 긴 이야기로 만들어내기도 했다. 지금도 시골에 가면 새삼스레 그 이야기를 하는 노인들이 있다. 이미 하나의 전설처럼 여겨지는 이야기가 되었다.

이것은 그 이야기가 생겨나면서부터 전설에 부합되는 구조를 가지고 있었기 때문이다. 거두절미하고 짧은 상황을 부각시켜 요점을 간결하게 제시하여 더 많은 의미를 생각하도록 하는 것이 전설이나 신화의 서술 방식이다. 효과적인 압축성이 오히려 다양한 의미를 상징하고 있음으로 하여 전설은 그 생명이 길게 이어나가는 것이고 그리하여 시대에 따라 사람들은 새로운 의미를 찾아내기도 한다.

극히 제한된 공간과 시간 속에서 전개된 사연을 절약된 언어로 묘사하고 있는 이 이야기 속에 숨어있는 의미를 생각해 보면, 우선 위험에 처한 한 생명을 구해내는 농부 내외의 헌신적인 생명 사랑을 느낄 수 있을 것이다. 또 어떤 사람은 나라 잃은 백성의 독립의지가 표현되어 있다고 생각할 수 있을 것이다. 또 다른 뜻은 없을까. 허투루 넘겨버리기 쉬운 짧은 묘사에도 혹시 어떤 뜻이나 상징이 숨어있지 않을까. 순사가 이불자락을 들추니, '벌거벗은' 남녀가 누워있었다. 라고 이야기하고 있다. 언어를 절약하기 위해서 벌거벗은 이라는 묘사를 빼고라도 이야기는 이어나갈 수가 있다. 구태여 그런 시시콜콜한 설명까지 덧붙인 것은 그저 흥미를 위해서일까. 아니면 농갓집 아낙네의 한 생명을 구해내기 위한 적극적 용기를 실감나게 전해주기 위해서일까. 두 가지 효과를 모두 노리고 덧붙였다고 생각할 수도 있다.

그 시대에 벌거벗고 잠자리에 든다는 것은 매우 상식적인 당연한 이야기이다. 그 시대에 조선에 온 서양인들이 관찰한 조선의 기이한 습속 가운데 하나가 "상민들은 잠자리에 들 때면 남녀노소가 모두 사시사철 가리지 않고 발가벗고 잔다." 라고 기록했다. 그 시대의 상민들은 찢어지게 가난한 삶을 견뎌야 했다. 삶의 기본조건인 의식주가 모두 결핍되어 있었다. 세 가지 가운데 첫머리에 꼽는 의복은 남 앞에 나갈 때에는 꼭 입어야 되는 것이었는데, 그 옷을 만들어내는 일은 지극히 어려운 일이었다. 그래서 될 수 있는 대로 아껴야 했다. 잠자리에서 뒤척임으로 해서 옷이 찢어지거나 닳아빠지는 것을 아예 방지하기 위해서 가난한 집에서는 어렸을 때부터 옷을 벗고 잠자는 버릇을 만든 것이었다. 그러니까 그 이야기 전개에 나타난 '벌거벗은'이라는 짧은 설명에는 그 시대의 습관과 궁핍한 상황까지를 우리에게 전해주고 있는 것이다. 그런데 그것 말고 또 다른 뜻은 없을까.

그렇다면 지금은 전설처럼 들리는 그 이야기 속에 숨어있는 또 다른 뜻을 살피기 위해서 잘려있는 앞과 뒤의 사연까지 이어 붙여 알아보기로 하자. 전해지는 이야기가 하나의 꽃이라면, 이제 그 나무의 뿌리와 줄기와 잎과 열매까지 한 번 파헤쳐 살펴보는 것이 지금의 시대에 무슨 의미가 있겠는가. 부질없는 짓이라고 여길 수도 있으나, 그런 사연은 그날 아침에만 있었던 것이 아니고, 오백년 전에도 천 년 전에도 있었다고 생각되고 이 시대에까지 이어져오고 있다고 여겨지니, 새삼스럽게나마 한번 탐색해 들어가 보자.

새벽을 뚫고 쫓겨 온 사내가 한 농갓집에 들어갔다. 곧 뒤따라 순사가 들이닥쳤다. 이것은 어느 사건을 이야기로 만들어낼 때에 과감한 진행을 위한 편의상의 생략 수법이다. 그날 아침에 그 집에 순사는 오지 않았다. 순사가 그 농갓집에 들이닥친 것은 여러 날이 지난 다음이었다. 사내가 그 집에 나타났을 때 농부 내외는 놀라기는 했지만 그렇게 다급한 사정은 아니었다. 먼 길을 걸어 찾아온 그 나그네는 옛날부터 농부 내외의 상전이었다. 그리고 그 집에는 내외뿐 아니라 세 살 난 어린 아들도 있었다.

건장한 사내가 방 안에 좌정하고 앉으니 방 안이 온통 꽉 차는 것 같았다. 자그마한 체구의 농부는 상전 앞에서 몸을 옹송그리고 있었으므로 더욱 작아 보였다.

"자네 지금 성 안에 다녀와야겠다."

그래서 농부는 그 날 아침에 집을 나가게 된 것이었다. 농부의 이름은 부얼이라 했고, 그때 나이 스물다섯이었다. 부얼은 고개 넘어 이십 리 길을 걸어 성안으로 들어갔다. 성벽은 철거되고 시가지는 훤하게 개방되어 신작로가 뚫려 있었지만 여적도 성안이라 불리어지고 있었다. 성안의 높지막한 데에 좌정하고 있는, 이 판서댁이라 불리어지는 커다란 기와집의 솟을대문 앞에 걸음을 멈춘 부얼은 불안한 눈빛으로 주위를 휘둘러보았다.

아침에 부얼이네 농갓집을 찾아온 사내는 바로 이 판서 댁의 막내 아드님이었다. 부얼이도 이 판서댁과는 긴밀한 관계가 있었지만 언제나 이 집에 오면 위축되어 마음도 몸도 오그라드는 걸 어쩔 수가 없었다. 이 판서댁은 인근뿐 아니라 온 나라에 그 이름이 알려진 명망 있고 위세 있는 집안이었다. 선대로부터 지금의 주인어른인 이 대감에 이르기까지 후덕한 인품으로 존경받는 집안이기도 했다.

이 대감은 벼슬살이 그만 둔지 오래되었지만 아직도 대감이라는 호칭으로 불리어지고 있었고, 이 대감의 증조부께서 판서 벼슬을 하여 그때부터 여태까지도 이 집은 판서댁으로 불리어지고 있었다.

이 대감은 일찍이 갑오경장이 시작되었을 때, 노비 문서를 모두 불살라버리고 노비들을 해방시켰다. 그러나 집안에서 부리던 솔거노비들은 대감댁을 떠나려 하지 않았다. 계속해서 종으로 거두어주기를 간청했다. 오랜 동안 살아온 정든 집이기도 했지만 그 집에서 쫓겨나면 살길이 막막했기 때문이다. 그러나 이 대감은 그들을 내보내며 소작 부쳐 먹을 논밭을 주어 살아갈 방도를 마련해주었다. 그리고 가장 충직한 부부만을 집에 두고 부리었다.

그렇게 혜택 받아 주인댁에 눌러 살게 된 노비 부부에게는 꽃님이라는 어린 딸이 있었다. 판서댁 행랑채에서 태어나고 자라온 꽃님이는 열여덟 나이에 혼인하여 판서댁을 나갔는데, 꽃님이의 신랑으로 짝지어진 사람이 부얼이었다. 부얼은

이 판서댁 농토를 소작 얻어 살아가는 농부의 자식이었는데, 어릴 때부터 한쪽 볼이 약간 부풀어 오른 얼굴이었으므로 부얼이라는 이름을 갖게 되었다.

판서댁에서는 이들 신접 부부에게 논 서 마지기와 그 논보다 더 넓은 밭을 떼어주고 밭에 아담한 집까지 지어주었으므로 인정 많은 판서댁의 후덕함이 사람들의 입줄에 오르내렸다. 부얼이가 어렸을 때부터 성품이 무던하고 착한 덕분에 하늘에서 복이 떨어졌다고 말하기도 하고, 부얼이의 볼록한 한쪽 볼에 복덩이가 들어있다고 하며 사람들은 부러워했다.

그러니까 부얼이는 지금 처갓집을 찾아온 것이었다. 부얼은 주인 대감을 찾아뵙고 막내 서방님께서 자기 집에 오셨다는 사실을 고했다. 대감은 일흔 살이 넘었지만 여전히 풍신 좋은 모습을 유지하고 있었다. 그는 인품과 학식이 고매한 선비로 추앙 받고 있었으며, 또한 복 많은 사람이라는 부러움도 받으며 살아왔다. 그는 아들 넷을 두었는데 그들이 모두 훌륭한 선비로 추앙 받았으며 특히 막내아들 운혁은 문무를 겸비한 걸출한 남아로 어렸을 때부터 촉망 받는 인재로 소문이 나 있었다. 그랬는데. 이 대감 말년에 이르러 그 막내아들 운혁이 하나의 큰 우환거리가 되고 말았다. 운혁은 스무 살이 되기도 전에 반일분자들과 어울려 열렬한 독립운동 열성분자가 된 것이었다.

운혁의 형들은 모두 일본 정치에 순응하여 순탄하게 살아가고 있었으며, 제일 윗 형은 경성에서 총독부의 요직을 맡아 있었으므로 이른바 친일파로 벼슬살이를 이어가고 있었다. 일본 정치는 연좌제를 하지 않는다는 것을 표방하고 있었음으로 운혁이로 하여 이 판서댁에 어떤 위해를 내놓고 가할 수는 없었지만 그래도 암암리에 감시당하는 요시찰 집안이 될 수밖에 없었다. 운혁은 당국으로부터 수배를 받았지만 용케 잡히지 않고 독립운동을 감행하여 신출귀몰한 투사라는 소문이 나기도 했지만, 삼년 전에 중국으로 건너간 뒤로는 그 소식이 묘연하였는데, 그가 돌연 나타났다는 소식에 판서댁에서는 아연 긴장하였다.

부얼이는, 아리따운 아내 꽃님이가 태어나서 꽃다운 나이 열여덟 살까지 살아온 삶이 오롯이 담겨 있는 판서댁에서 그날 하루를 머물렀다. 서글픈 표정을 하고 있는 부얼이를 보고 장모님이 조심스럽게 말했다.

"마음을 단단히 가지고 언행을 조심혀야 하네. 하늘보다 더한 은혜를 입은 대감댁에 만분에 일이라도 은혜를 갚을 기회라는 것을 명념허게."

처갓집에서 저녁밥을 먹고 부얼이는 쌀 한 가마니 짊어지고 집으로 돌아왔다. 쌀가마니 속에는 옷과 돈과 지필묵도 함께 들어있었다.

마을에서 살짝 떨어져 밭 귀퉁이에 지어져 있는 초가집은 밖에서 보면 변동 없이 무난하게 세월에 실려 있는 것처럼 보였지만, 그 속에서는 급격하게 달라진 삶이 이루어지고 있었다. 새벽에 찾아와 골방에 자리 잡은 손님이 집안의 중심이 되고, 집 주인 내외는 그를 모시는 종으로 되돌아가 있었다. 아내는 안에서 그를 받들고, 남편은 그의 지령을 받아 밖으로 나가야 했다. 부얼이의 활약 범위는 점점 넓어져 갔다. 처음에는 십리 안팎으로 나돌다가 차츰 이십 리 삼십 리 나중에는 백리 밖까지 넘나들었다. 부얼이의 임무는 여기저기 양반네 집을 찾아가 그 집의 선비를 모셔오는 일이었다. 어둠이 깃든 다음에 은밀하게 찾아들고나가는 손님을 접대하는 일을 꽃님이는 조신하게 잘 치러냈다.

성정이 단순한 부얼이는 복잡한 생각이나 깊은 궁리 같은 것은 하지 않고 마음을 많이 비워놓고 살아왔다. 그런데 이제 마음속에 언짢은 생각이 들끓어 때때로 깊은 궁리에 빠져들곤 했다. 부얼은 장날이 오면 빠지지 않고 장보러 갔다. 전에는 장에 오면 마음이 흥겨워 설렜으나 지금은 많은 돈을 지니고 있었지만 기분은 우울했다. 망태기에 맛있는 것을 잔뜩 넣고 집으로 향해 걸을 때에도 마음이 무겁고 불편했다. 전에는 밭 귀퉁이 아담한 자기 집이 눈에 들어오면 마음이 밝아지고 흐뭇한 행복감이 느껴졌다. 그런데 이제 집이 보이면 마음이 더욱 불안해지고 두려워지기까지 했다. 아내와 눈이 마주치면 그네의 눈 깊은 속에 숨어 있는 서글픔이 전해져 덩달아 슬퍼지곤 했다.

골방에 자리 잡은 운혁은 밤이면 찾아온 사내들과 무슨 짬짜미를 짜는지 속닥거리고, 낮이면 방 밖으로 나오지도 못했으나, 운동을 게을리 하지 않았다. 누워서 앉아서 일어서서 팔다리를 휘젓고, 무술 동작을 반복하고 다듬잇돌을 들었다 내렸다 하는 힘쓰기를 하노라 거친 숨을 뿜어내기도 했다. 부얼이는, 양반은 저렇게 헛심을 써서 밥을 똥으로 만드는가, 하는 생각을 하기도 했다.

부얼은 갑자기 생각 많은 사람이 되어 밤에도 잠을 이루지 못하는 날이 많았다. 어둠을 틈타 찾아드는 낯선 사내들을 생각하면 그 골방에서 무슨 불행의 불씨가 솔솔 타오르고 있는 것만 같아 불안했다. 자신의 마음속에서도 언짢은 불씨는 진즉부터 타오르고 있었다. 아내 꽃님이는 태어나서 열여덟 나이까지 함께 살아 정든 상전을 다시 만난 기쁨과 또한 이제 한 지아비가 있는 지어미의 처지에서 그 상전을 다시 받드는 곤란함에서 오는 갈등으로 괴로움을 겪고 있다는 것을 부얼은 느낄 수가 있었다. 세 살 먹어 세상모르는 어린 아기를 생각하면 마음이 더욱 괴로워졌다. 자기가 집을 비운 사이 그 어린 아이가 무슨 못 볼꼴을 볼 것만 같아 두려워졌다.

그 초가집에서 남의 눈을 피한 은밀한 동거가 한 달 가까이 지속되었다. 장날 아침에 여느 때 보다 이른 시간에 집을 나간 부얼은 개울 건너 마을의 강 노인을 찾아갔다. 강 노인은 일흔 일곱 살인데 아직도 쟁기질을 하는 강건한 몸에다가 성정이 좋고 또한 마을 안에서 가장 지혜로운 어른으로 인정받고 있었다. 부얼은 강 노인과 단둘이 마주 앉자, 자기 집에 지금 운혁 서방님이 숨어있다는 사실을 토로했다.

"한 달이나 지났다고? 자네가 마음고생을 겪었네, 그려…"

강 노인은 역시 부얼의 괴로움을 알아차리고 있었다.

"그래 우리 마을에서도 불리여 간 사람이 있는가?"

"우리 동네 사람은 없고, 다녀간 사람들은 모다 양반 선비들인 것 같았습네."

"자네는 이 길로 장으로 가고, 다른 사람에게는 말하지 말고, 앞으로도 자네는 아무 것도 모른 체하게."

부얼이는 장으로 가고 강 노인은 마을 친구인 한 노인을 찾아갔다. 두 노인은 이 동네에서 가장 나이가 많았고 두 노인으로해서 이 마을이 장수 마을이라는 소리를 들었다. 강 노인의 이야기를 듣고 한 노인은 상을 찡그렸다.

"그 이 판서댁 막내 도령님이 옛 계집종 집에 죽치고 있다 그 말씀이것다. 옛 맛을 못 잊어 그러는가, 고연지고."

"지금 그런 소리하고 있을 계제가 아니여. 사람 여럿 상허게 할 분란이 일어날 조짐이여."

"그 도령님이 소싯적부터 신언서판이 훤하여 인물 났다는 소리를 듣더니, 기야코 독립당이 되얐으니, 그게 좋은 것인지, 나쁜 것인지?"

"그 사람 독립운동하는 것이야, 우리 같은 사람이 따질 일이 아니지만, 이번엔 아무래도 낌새가 심상치 않으이. 그가 하고 있는 수작을 들어보니 뭣인가 한판 벌릴 징조가 있어 보이네."

"그렇게 되면 다치는 것은 애꿎은 백성들이지. 거번에 그 자가 충동질하여 만세운동인가 뭔가 벌리다가 젊은 것들 많이 고생했지."

"고생하는 것은 다행이고, 생목숨 죽어 자빠질 일이 벌어질 수도 있어. 갑오년 동학당 난리 생각나지 않는가. 우리 마을에서도 아까운 목숨 많이 꺾였지."

"동학패에 휩쓸린 자들도, 동학패 때려잡겠다고 양반네들이 모집한 의병에 들어간 자들도, 한 동네에서 이쪽저쪽으로 갈라져서 불쌍한 농민들 많이 죽었지. 다음 해 또 을미년 상투 난리 났을 때에도 그렇고."

"의병에 들어가면 쌀밥 묵는다고 자진해서 들어가 죽기도 했으니, 불쌍하고 어리석은 것이 백성이지."

"아니 그때야 양반 선비님네들이 들어오라 하면 끌려가야지 용빼는 재주 있었는가."

"본시 양반 선비님네들은 자기 주장질 세우기 위해서는 백성 목숨은 얼마든지 죽여도 좋다고 생각하는 독한 작자들이니."

"그러니 큰 문제가 아닌가, 더구나 젊은 사람들에게 애국애족을 내세워 충동질을 하면, 덩달아 떨치고 나서 저들의 제물이 되고 말 것이니."

"결국 자기네들 세상 만들고 싶어 괴묘하게 지어낸 언설에 속아, 피 끓는 젊은 것들이 물불 안 가리고 휩쓸려 들어가고 말 것이니…"

"그런 어리석은 일이 다시는 없어야 할 터인데. 생각해 보게. 우리가 팔자를 잘못 타고 태어났는지, 우리처럼, 난리 많이 겪고 살아온 인종들이 어디 또 있었을까?"

"우리 살아온 세월을 생각하면, 긴 악몽이었네. 배고파 죽은 것도 억울한데, 난리 만나 죽은 목숨이 얼마나 많은가?"

"생각하면 그 세월 동안 널려 있는 시체 속에서 살아온 것 같으이."

"모진 세상 살아오면서 불쌍한 목숨들 애석하게 많이도 떠나보내고… 무상헌 세월이 흘러 우리는 여그까지 왔네. 우리는 내일 죽을지 모래 죽을지 모르지만, 젊은 것들은 생죽음 당허지 말어야지."

"자기 주장질을 위해서 살아가는 저 선비란 작자들은 다른 사람 목숨부터 앞장 세워 내모는 재주가 비상허지."

"저들이 자기 주장질 세우려고, 민족이 어쩌고 독립이 저쩌고 꼬득이면, 어리석은 젊은 것들이 설치고 나설 것은 뻔하이."

"그래서 중정 있는 우리가 가만있어서는 도리가 아니라고 생각되네."

"이럴 때에는 그 숯쟁이 아들을 만나는 것 말고는 다른 방도가 없다고 생각되네. 자네 생각은 어떤가?"

"나도 그렇게 생각하네. 숯쟁이 아들 산동이를 만나 의논을 혀야것네."

의견의 일치를 이루고 강노인은 떨치고 일어섰다.

강노인은 빈 지게 짊어지고 마을을 나섰다. 빈 지게는 그에게 먼 길 갈 때에 가장 중요한 행장이었다. 그래서 그는 강지게라는 별명을 가지고 있었다. 고개 넘어 면소 마을의 신작로를 걸어가노라니, 저만큼 주재소에서 나온 일본인 순사 다나까가 강노인을 발견하고는 만면에 웃음을 띠고 다가왔다.

"하이고, 지게 하나보지, 먼길이 가시오니이까"

보기만 해도 우습고 즐겁다는 듯 말을 부쳐오는 다나까에게 강노인은 그저 고개만 한번 끄덕여주고 더욱 걸음을 빨리해서 지나쳐갔다. 그리고 십리 길을 더 걸어서 군소에 당도했다. 시가지 가운데에 자리잡은 경찰서로 들어가니, 그 곳에 숯쟁이 아들 산동이 있었다.

산동이는 산 속에 있는 숯막집에서 태어나 자랐다. 어렸을 때 아비가 병들어 누웠으므로 열 살도 채 되기 전에 숯막집의 가장 노릇을 해야 했다. 두 살 더 먹은 형이 있었지만, 산동이는 형보다 더 힘이 세고 몸이 다부져서 더 많이 일했다. 숯 짐을 짊어지고 장바닥에도 가고 여러 집을 드나들었다. 열다섯 살에 일본 사람 오미와의 눈에 들어 그의 시중꾼으로 들어갔다. 오미와는 조선을 연구하는 역사학자였다. 산동이와 만났을 때 오미와는 예순의 나이였는데 머리털과 수염이 온통 하얗게 되어 있었으므로 사람들은 산동이가 산신령을 만나 운명이 바뀌게 되었다고 이야기했다. 오미와는 산동을 부리면서 글공부를 가르쳤다. 오미와와 오년 동안 함께 생활하면서 산동이는 놀라운 성장을 이루었다. 키가 크게 자라났을 뿐 아니라 얼굴 모습도 몰라 볼 만큼 변해있었다.

오미와는 본토의 부름을 받게 되어 조선 땅을 떠나면서, "내가 조선에서 가장 크게 이룬 보람은 산동이다."라고 말했다. 그러면서 오미와는 그의 제자였던 헌병대장 요다에게 산동이를 부탁하고 떠나갔다. 산동이는 요다의 고스까이로 이년 가까이 지냈다. 그리고 헌병경찰 시대가 끝나고 일반경찰 시대가 되었을 때, 산동이는 순사보조도 거치지 않고 곧 바로 순사가 되었다. 강인한 체력과 부지런한 성품의 박산동 순사는 놀라울 만큼 직무에 열성이었다. 그가 근무하는 주재소 관할에서는 위세를 부리던 주먹패, 찍자꾼, 도둑놈뿐 아니라 노름꾼이나 술 취해 행패하는 자들에 이르기까지 모든 무뢰배 범법자들이 사라졌다는 소문이 다른 지역에까지 전해졌다. 주재소 근무 이 년 뒤에 경찰서로 들어갔는데, 활약하는 바닥이 넓어진 만큼 그의 실적은 더 많아지고 명성도 더 널리 퍼져나갔다. 무법자들에게 박순사는 호랑이보다 무서운 존재였다.

어느 바닥에나 남다른 재주나 행동으로 화제를 만들어 유명해진 인물이 있기 마련이다. 기행이나 악행을 해서 유명세를 타는 사람도 있다. 조광호라는 인물도 진즉부터 남다른 행동으로 널리 악명을 떨치는 양반이었다. 만석꾼 소리를 듣는 부잣집인 조씨 종가 조참판댁 자제로 태어난 그는 일찍이 조장사라는 소리를 들을 만큼 힘이 센 한량이었다. 그는 취향이 별난 한량이었다. 그렇게 부잣집 자제이면서도 기생을 싫어하였는데, 그 대신 상년에게 환장했다. 그는 난장에 나와서 상것들과 어울리기도 즐겨했는데 스무 살이 되기 전에부터 이미 상년 사냥꾼이라는 소리를 듣기 시작해서 십년이 지나서도 그 버릇을 유지해 나가고 있었다. 조참판댁은 대대로 벼슬길에 나갔을 뿐 아니라 일제에 합병된 뒤로도 그 일가들이 요직을 얻어 그 위세가 대단하였으나, 조광호는 벼슬 같은 것은 하찮게 여기고 그저 얽매임 없이 호탕하게 지내며 억센 상년 먹는 맛으로 살아가겠노라, 내놓고 공언하기도 했다. 항간에서는 조광호를 일러, 그를 말릴 놈이 어디 있으며 그를 떠밀어낼 년이 어디 있겠는가, 자조 섞어 말했다.

옛날부터 양반네들이야 자기 집에서 기르는 종년은 마음대로 상관하는 것이 다반사여서 으레 그러려니 여기고 살아왔다고 하지만, 조광호는 민가의 여인네들을 모두 자기 집 종년으로 여기고 있었다. 하기야 그 고장 대부분의 농갓집들은 조참판네 농토 소작 붙여먹고 살았기에 조광호는 소작인들도 자기네 종처럼 여기는 걸 어쩔 수 없었다. 소문이 자자해서 지각 있는 양반네들이 회동하여 그러한 조광호의 만행을 성토하고, 조참판댁에 직접 충고하기도 하였지만, 그것도 조광호의 사냥질을 얼마 동안 멈추게 하는 효과는 있었지만, 잊을 만하면 조광호는 다시 상년 겁탈을 자행했다.

이 고장에 전해오는 속요 가운데, "솔괭이 떴다. 뼝아리

감춰라." 하는 것이 있었는데, 이 노래에 빙자해서 언제부터인가, "조괭이 떴다. 씨암탉 감춰라." 하는 노래가 불리어지고 있었다.

순사 박순동은 경찰서에 부임하자부터 조광호를 노리고 있었다고 했다. 대낮인데도 안개가 자욱하여 어둑한 날, 고질병이 발동한 조괭이가 한 아낙네를 낚아채 산 밑에서 겁탈하고 있었는데, 미처 다 끝내기도 전에 뒷덜미를 붙잡혔다. 뒷덜미를 낚아챈 산동이는 조괭이를 엎어치기로 땅바닥에 메다꽂아놓고 무섭게 짓밟아댔다. 소문나기로는 바지춤을 추스르지도 못한 채로 심한 닦달을 당하여 허리 팔 다리 뿐 아니라 가운데 다리도 부러트려졌다고 했다. 길거리로 끌려가는 광경을 여러 사람이 보았기에 소문은 삽시간에 퍼졌다. 사람들은 나름대로 살을 붙여 이야기를 재미나게 불려나갔다.

그러나 재미있어 할 성질의 사건만은 아니라고 우려를 표하는 사람도 있었다. 아무리 개화된 세상이라고는 하지만 반상의 구별이 아직도 끈덕지게 남아있는 데다가 높은 벼슬자리는 지금도 양반들이 모두 차지하고 있을뿐더러, 조괭이 형제나 일가붙이들이 여기저기 관직을 차지하여 그 위세가 무서운데 과연 박 순사가 무사할 수 있을까, 사람들은 사건의 뒤를 이어 나타날 사태에 관심을 가지고 기다렸다.

허지만, 한 일본인 젊은 검사가 그 사건을 맡아 열심히 조광호의 지난 과거의 행적까지 수사하여 증거를 수집하였다. 그 결과 조광호는 삼년 징역살이에 처해졌고, 박산동 순사는 어떤 불이익도 당하지 않았고 오히려 상부로부터도 칭찬을 들었다고 했다.

숯쟁이 아들 박산동의 이야기는 그 고장을 넘어 먼 지역으로까지 전파되고 두고두고 되뇌어지며 과장되기도 하였다. 사람들 사이에 노래까지 만들어져 불리어졌다. "박호랭이 떴다. 조팽이 좆부러졌다." 이 이야기도 하나의 전설처럼 오래 이어져나갔다.

이날 경찰서를 찾아온 박노인을 산동이는 뒷골목의 국밥집으로 모셔갔다.

"제가 어르신네들을 간혹이라도 찾아뵈어야 할 터인데 그러지 못해서 죄송합니다."

"아니여, 찾아오지 않아도 자네가 있어 촌무지렁이들이 마음 든든해서 마음 펴고 허리 펴고 살고 있네."

"마을에는 별일 없습니까?"

"자네 부엌이라고 아는지 모르겠네? 김판서댁에서 종살이 하던 처녀와 혼인해서 우리 동네에 신접살림 차린 젊은 사람?"

"네. 착실한 사람, 법 없이도 살 사람으로 알고 있습니다."

"착헌 사람은 법 없이는 못 살어. 세상엔 못된 놈들이 많어서 법이 있어도 틈만 나면 착헌 사람 해코지하는 것이 이 세상이여. 법이 어지러워진 세상에서 억울하게 죽어간 생명, 숱하게 보아왔네. 법이 없으면 살판 난 것은 못된놈들이여."

"말씀 듣고 보니 그 말이 맞는 말인 것 같습니다. 그런디 그 부얼이한테 무슨 일이 있습니까?"

"자네 김판서댁 자제 김운혁이라고 알것제?"

"중국에 있다고 들었습니다."

"지금 그 운혁이란 자가 부얼이네 집에 살고 있어."

음성이 낮아지고, 두 사람은 조심스러운 기색이 되었다.

"언제부터입니까?"

"한 달 가까이 된 것 같으이. 그 동안 여러 사람을 불러들여 무슨 일인가 꾸미고 있는 것 같아, 걱정되네. 혈기 많은 젊은 것들이 선비네들 꾐에 빠지는 것은 십상이여. 분란이 일어나면 먼저 희생되는 것이 어리석은 백성들이라는 것이 뻔하지. 변란이 일어날까 염려되어 어쩔 수 없이 자네를 찾아왔네."

"잘 오셨습니다. 제가 곧 처리를 하겠습니다."

"자네도 알겠지만 우리 마을 사람 대다수가 김판서댁 농토 붙여먹고 살아가고 있어. 더구나 부얼이는 그 댁에서 큰 은혜를 입었어. 사람 사는 인정이 어디 법으로만 되는 것인가? 그런저런 사정 생각하지 않은 바는 아니지만, 자네를 믿고 이렇게 의논하는 것이네. 마을이나 부얼이에게 몹쓸 소리 듣지 않도록 신중허게 일을 처리할 방도가 없을까?"

"잘 알겠습니다. 제가 신중하게 부얼이나 마을사람들에게는 아무런 연관도 없이 일이 마무리되도록 하겠습니다."

"백성들 가운데에도 어찌 독립을 원하는 사람이 없겠는가?"

"명심하겠습니다."

노인과 순사는 신중한 얼굴이 되어 조심스러운 동작으로 국밥을 먹었다.

허름한 베옷을 입고 머리에 삼베 수건을 동여맨 농사꾼 차림으로 산동은 이 십리 길을 빠르게 걸어갔다. 마을 가까이 이르러 에움길로 접어들어 산비탈을 타고 올라 부엌이네 집이 훤히 내려다보이는 곳에 이르렀다. 싸리나무로 엮어 세운 허술한 울타리 안에 작은 초가집은 지은 지 얼마 안 된 새 집이어서 소박하나마 정갈해 보였다. 하얀 마당이 가라앉아 있는 집 안은 괴괴한 정적이 감돌고 있었다. 가만히 바라보고 있노라니 작은방 방문이 펄럭 열리고 아낙이 나와 부엌으로 들어갔다. 산동은 재빠르게 언덕을 내려가 사립을 밀치고 들어가 득달같이 작은방 방문을 열어젖혔다. 그 바람에 부엌에서 뛰쳐나온 꽃님이는 망부석처럼 멀거니 서 있었고, 방문 앞에 장승처럼 버티고 선 산동이 소리쳤다.

"썩 나와라. 김운혁!"

방 가운데 좌불처럼 버티고 앉은 운혁이 산동을 쏘아보고 마주 소리쳤다.

"왠놈이냐?"

"니놈을 체포한다. 어서 나서라."

"왜놈의 앞잡이로구나."

씹어뱉듯이 내뱉고 운혁은 한동안 앉아 있다가 서서히 몸을 일으켜 세운 다음 서두르지 않는 침착한 몸짓으로 벽에 걸린 옷을 내려 천천히 입고 중절모까지 쓰고 의관을 정제한 다음 방구석에 있던 가죽신까지 신었다. 의젓하게 행장을 갖추고 골방을 나온 운혁이 순식간에 몸을 솟구치며 발길을 날렸다. 산동은 기다렸다는 듯이 슬쩍 몸을 비켜 발길을 피했다. 운혁은 그 걸음으로 뛰어 달아나려 했지만, 산동이에게 앞길을 차단당했다. 곧 이어 마당 가운데에서 두 사람의 격투가 시작되었다.

이야기꾼들은 이 대목에서 나름대로의 입심을 발휘해 열을 올렸다. 용호상박, 건곤일척, 뛰면 날고, 가라대로 치면 택견으로 막아내고, 엎어치면 메치고, 한나절 동안 혈투를 벌였다고 과장해서 떠벌렸다. 어쩌거나 싸움은 끝장이 있기 마련이다. 산동이 운혁의 몸을 들어 던지고 이어서 덮어 눌러 팔꺾기로 들어갔다. "아악!" 하는 비명과 함께 운혁의 어깨뼈가 빠졌다. 죽지 꺾여 코를 땅에 박고 짐승같은 신음을 토하는 운혁의 허리를 산동이 무릎으로 짓누른 채로 망태 속에서 질긴 줄을 꺼내 운혁의 두 손목을 단단히 묶었다. 피와 땀과 흙이 범벅된 두 사나이의 몰골은 무서웠다. 꽃님이는 넋 나간 듯 멀거니 서서 바라보고 있었다.

도깨비같은 몰골이 된 산동이 방 안으로 뛰어들어가 책이며 종이들을 망태기에 담아들고 나오는 동안에 운혁은 묶인 짐승처럼 마당 가운데 너부러져 있었다. 그때에 부얼이가 집 안으로 들어왔다.

"부얼아, 저놈 대가리를 괭이로 내리쳐라! 저놈은 일본놈의 개다!"

분노에 찬 운혁의 소리는 마치 짐승의 울부짖음처럼 처절했다. 부얼은 최면에 걸린 듯 괭이가 있는 쪽으로 걸었다.

"괭이는 농사짓는 연장이다. 사람 상하는 무기가 아니다."

산동이 부얼이를 정면으로 쏘아보며 나직하게 타일렀다. 그러자 부얼이는 걸음을 멈추고 금방 울음이 터질 듯한 얼굴이 되었다. 산동은 얼굴을 운혁이에게로 돌리고 내뱉었다.

"사람을 개라고 하는 소리 들으니 네놈은 아직도 상놈을 짐승 취급하는 더러운 마음보를 못 고쳤구나."

방 안에서 아기 울음소리가 나오고 있었으나 어미는 아무 소리도 못 들은 듯 망연히 서있기만 했다. 부얼이는 그런 아내의 얼굴을 두려운 눈빛으로 쳐다보고 있었다.

묶인 자와 묶은 자가 사립을 나갔다. 두 사람은 개울 따라 난 길을 걸어 내려갔다. 작은 들판이 펼쳐져 있었고 저만큼 집들이 모여 있는 마을이 있었다. 들녘에 나와 있는 사람들과 마을 고샅에 있는 사람들이 두 사람을 이윽히 바라보고 있었다.

"동포들이 우리를 보고 있다. 네놈은 부끄럽지도 않으냐?"

운혁의 분개한 음성을 듣고 산동이 받았다.

"사람들이 우리를 보고 있다. 네놈들이 하고자하는 욕심을 위해서 제물로 삼고자하는 순박한 인간들이다."

"나는 강도 일본에게 빼앗긴 나라를 찾으려고 목숨을 내놓았다. 너는 일신의 안녕을 위한 욕심으로 강도들의 앞잡이가 된 더러운 인간이다."

"빼앗긴 나라는 없다. 망한 나라가 있었고, 새로운 나라가 있을 뿐이다."

"저 흉악한 일본이 우리의 동포란 말이냐? 너는 동포를 배신하고 저들의 개가 되어 용서 받지 못할 불의를 자행하고 있다."

"너희 선비란 작자들은 항상, 동포니 민족이니 애국이니 충성이니 하는 언사로 백성을 묶어놓고 기만하여, 너희가 얻은 권세를 천년만년 누리려고 한다. 그런 이념을 만들어 사람들을 지배하려 한다. 그것만이 정의라고 사람들을 세뇌시킨다. 그 알량한 이념을 위해서 백성들의 목숨은 얼마든지 희생해도 좋다고 여기는 악랄한 놈들이다. 네놈 자신도 속고 있을 수 있다. 자신이 붙잡은 이념만이 정의요 진리요 절대 선이라는 신념에 빠져 그 신념의 노예가 되어버렸다. 그러나 백성들은 그런 옹색한 이념의 노예가 아니다. 너희들이, 못 배워 무식하고 어리석다고 치부하는 백성들은 네놈들보다 더 지혜롭다. 우리들에게는 오직 사람과 생명이 정의요 진리이다."

"무식한 놈이 무슨 개소리를 나불대느냐. 인간과 생명을 위해서 참된 사람살이를 위하여 질서가 있어야 하고 그런 질서를 세우기 위해 이념이 필요하고 그 정신으로 나라를 만든

다. 그렇게 오랜 세월 지켜온 나라를 강도 일본에게 빼앗겼
는데 너 같이 무지막지한 인간들이 강도의 졸개가 되어 나라
를 찾으려는 사람들을 앞장서서 막아내니 통탄하지 않을 수
가 없구나. 나라 잃은 백성보다 더 비참한 인간은 없다. 아
아 기가 막히고 원통하다. 이 아름다운 강산에서 오백년을
이어온 찬란한 역사의 우리 조선이다."

"권세를 누려온 너희들에게나 찬란한 나라이다. 배곯고 헐
벗은 백성들에게는 생지옥이었을 뿐이다. 너같이 유식한 자
들이 떠받드는 이념의 종주인 공자와 맹자께서 말씀하였다.
나라는 천명을 얻어 일어서고 천명으로 멸망하지, 결코 고정
되어 있는 것이 아니라 하였다. 하늘은 백성의 눈을 통해서
보고 귀를 통해서 듣는다 하였다. 천하에 도가 있으면, 덕이
있는 자가 없는 자를 이끌게 되고, 덕이 없는 나라는 정벌을
당하게 되어 있다고 하였다. 맹자는 여러 번 말하였다. 왕도
를 이룬 나라가 정벌에 나서니 동쪽으로 합병해 들어가면 서
쪽의 여러 백성들이 제발 우리나라부터 합병해 주십시오, 하
소연하며 마치 가뭄에 비를 구하듯 정벌을 기다린다고 말씀
하였다. 질곡에 빠진 백성들은 날마다 굶어죽고 칼 맞아 죽
고 있으니 하루빨리 합방되기를 어찌 원하지 않겠느냐. 조선
이라는 나라가 바로 그러하였다. 목말라 기다리고 원해왔다.
더구나 우리는 피 흘리지 않고 합방되었으니, 얼마나 다행하
고 고마운 일이냐."

"고마운 일이라고? 너 같은 인간이 동족이라고 하니, 가슴

이 터질 것 같구나. 하늘이 무심하지 않을 것이다. 네놈은 머지않아 심판을 받을 것이다."

"백성들에게는 세상사람 모두가 동포요 동족이다. 울타리를 쳐놓고 민족이니 국가니 하는 편가름을 만들어놓고 백성을 부리고 싶어 하는 놈들이 지키고 싶어 하는 것이 동족이니 나라니 하는 허울 좋은 이름이다."

"슬프도다. 강토만 뺏긴 것이 아니라. 정신까지 빼앗겼구나."

"옛날에 신라가 가야를 합병했을 때, 가야인 가운데 어찌 네놈들처럼 다시 분리해서 왕 노릇하고 싶은 놈들이 없었겠느냐. 그런 야심가들의 꼬임에 빠져 목숨 잃은 백성들이 어찌 없었겠느냐. 그러나 김유신 같은 이들은 더 넓어진 새 나라에 충실히 몸담아 삼국통일을 이루는 일등공신이 되었다. 통일된 나라에서도 그런 사태는 계속 있었을 것이다. 권세욕에 들떠서 영웅심을 만족시키기 위해서 수작하고 다니는 인간은 언제나 있기 마련이고 그들에 속아 따라붙는 인간도 있기 마련이다. 백성들의 피를 흘리게 하고 싶어 안달하는 너 같은 놈들은 도둑이나 강도 살인자보다 사람살이에 훨씬 더 악랄하다. 살인자는 한두 사람을 죽이지만 너 같은 놈들은 몇 백 몇 천의 생명을 상하게 한다."

"무지하고 몰상식한 놈아. 너희 집에 강도가 들어와 네놈들을 지배하게 된다면, 그 강도와 싸워 물리칠 생각은 하지 않고 비겁하게 굴종하겠다는 말이구나."

"아무 말이나 갖다 대면 그것이 비유가 된다고 생각하는 억지를 부리는구나. 이때까지 누누이 말했지 않느냐, 나라의 울타리는 언제라도 변경될 수 있는 것이라는 것을. 네놈들에게는 강도로 여겨질지 모르지만 백성들에게는 하늘의 구원이라는 것을."

"무식하고 어리석은 놈은 어쩔 수가 없구나. 그건 친일파 논리일 뿐이다."

"너 같은 놈들이 대화하다가 궁지에 몰려 이론이 막히면 내뱉는 그런 소리는 너무나 궁색한 막무가내가 아니냐? 지금의 이때에 친일파 생각이 사람살이에 좋은 것이냐 아니면 항일파 생각이 옳은 것인가를 이야기하고 있는데 그것이 친일파 생각이기 때문에 옳지 않다고 말하는 것은, 자기와 다른 의견은 모두 악으로 몰아치는 독선에서 나온 소리겠지만, 따지고 들으면 논쟁에서 항복한다는 말이다."

"뭐라고, 논쟁이라고? 무엄한 놈! 감히 나와 논쟁을 한다고? 무지막지한 놈과 지금 내가 무슨 소리를 하고 있는가? 너를 깨우쳐주려고 말을 받아주었을 뿐이다. 허나 너는 사람 되기 글러먹었다. 너 같은 놈이 있다는 것이 슬프구나!"

"그대가 느끼는 것은 슬픔이 아니라 분통이 아닌가? 마음대로 부려먹어야 할 상놈에게 두 손이 묶이어 끌려가는 분통, 거기에다가 논쟁에 막혀 패배했다는 사실, 그리고 자기와 생각이나 신념이 다른 자를 향하여 일어나는 네놈들의 그 증오심과 적개심, 그 병증에서 오는 분통일 것이다."

"그만 나불대라. 너 같은 놈이 동족이라는 사실이 너무 슬퍼서 억장이 무너진다."

"너가 슬픔이 무엇인지 아느냐? 슬픔이라는 말을 들으면 나는 마음바닥에 숨어있는 어릴 때의 기억이 떠오른다. 동생 둘이 굶어서 죽어갔다. 나는 그 어린 생명 둘이 죽어가는 것을 지켜볼 수밖에 없었다. 풀뿌리와 나무껍질을 먹다가 쇠약해져 죽어가고 있었다. 쌀 한 되빡만 있어도 죽지 않았을 거라는 생각은 그때나 지금이나 변함이 없다. 병들어 있던 아비도 얼마 뒤에 죽었다. 병이나 배고픔도 있었지만 슬픔 때문에 죽었다고 생각되었다. 슬픔은 그런 것이다. 먹을 것 없어서 말라죽어가는 어린 자식을 바라보는 어미와 아비, 형제의 심정…"

"그러면 그런 개인적인 원한 때문에 너는 친일파가 되었다는 말이냐?"

"나뿐만이 아니다. 뼛골 닳도록 일하며 살아온 우리 백성 대다수가 겪은 슬픔이다. 굶어죽고 나쁜 놈 만나 죽고 난리에 죽고, 그렇게 사랑하는 사람이 죽어가는 것을 보면서 백성은 살아왔다. 그렇게 백성을 죽이는 나라는 맹자님 말씀대로 하루 빨리 망해야 마땅하다."

"어느 나라에도 그런 고난의 시기는 있다. 그렇다고 그것이 이민족의 지배를 받아들이는 구실이 되어서는 안 된다. 그런 모진 경험을 치렀으니 우리도 이제 독립하여 좋은 나라 만들 수가 있다."

"독립해서 살아야 한다고 주장하는 분리주의자들 가운데에서도 두 종류가 있다고 알고 있다. 인명을 해하지 않고 상생하며 실력을 길러 순리로써 독립을 이루겠다는 사람들, 그리고 또는 너 같은 철부지들이다. 우선 자기의 분통을 삭이기 위해서 많은 사람 목숨을 제물로 바쳐 싸우겠다는 자들이 있다. 철부지가 무슨 뜻이냐? 지금이 봄철인지 가을철인지 모른다는 말이다. 그러나 대들어 싸우자고 부추기는 자들이 모두 철부지는 아니다. 지금은 희생만 내고 질 수밖에 없다는 것을 알면서도, 자기의 이념을 드러내려고 투쟁을 위한 투쟁으로 다른 사람의 생명을 죽음으로 내몰려고 안달한다. 자기가 이념의 실천자임을 내세우고 싶어 미쳐있는 놈들이다. 이념의 노예가 되어 미치면 그 마음속에 증오심이 차오르게 되고 그들은 그것을 신념이라고 부르며, 자기와 다른 방식을 택한 자들에게도 무서운 적개심을 가지고 악랄하게 비방하고 죽이고 싶어 한다. 그러나 지혜로운 백성들은 네놈들이 미친 병 들어있다는 것을 알고 있다. 그 병은 전염병이어서 면역 없는 철부지들에게 옮겨 들어가기 쉬우므로 너 같은 인간은 사회로부터 격리당해야 마땅하다."

"지금 네놈이 나를 훈계하고 있느냐? 분수를 모르는 놈, 간도 쓸개도 모두 왜놈에 물들어 너야말로 더러운 병에 걸려 있구나."

"지금 너 말고도 독립을 원하는 사람들이 많이 있다. 독립을 바라지만 사람의 생명을 귀중히 여기고 민족을 계몽하고 실력과 힘을 길러서 자기들의 바라는 바를 이루려하는 합리적인 지도자들이다. 미친병 든 네놈들은 그런 사람을 개량주의니 뭐니 하면서 비겁하고 교활한 자들로 낙인찍고 미워하고 모략하고 죽이고 싶어 한다. 나는 그런 사람은 존경하고 보호해주고 싶다. 그러나 자기 욕망을 위하여 사람 상하게 하는 너 같은 인간은 용서할 수가 없다."

"그렇다면, 네놈도 내심 독립을 원하고 있다는 말이냐?"

"나라가 개변되는 것은 하늘의 뜻이라 생각한다. 천명에 따라 주어진 나라를 위해서 내가 할 수 있는 일을 할뿐이다."

"머지않아 독립은 올 것이다. 그러면 독립된 그 나라에서 너는 자신이 어떻게 되겠는가 생각해 보았느냐?"

"더 통합되어 더 큰 나라가 오든지, 아니면 쪼개져서 독립된 나라가 되든지, 만약 새나라가 만들어진다면, 나는 그 나라에서도 계속 백성을 보호하는 일을 하고 싶다."

두 사람은 들판길을 나란히 걸어가고 있었는데, 운혁이 갑자기 걸음을 멈춤과 동시에 산동을 향하여 획 돌아섰다.

"독립된 나라에서도 계속 순사질을 하고 싶다 그말이지, 더러운 놈, 독립된 나라에서 어찌 개 같은 네놈을 공관원으로 쓰겠느냐! 나라를 찾으면 강도 일본의 앞잡이 노릇을 한 악질들은 모두 단호한 처단을 받을 것이다. 다시는 너 같은 반역자가 나오지 못하도록 민족정기를 바로잡기 위해서 용서하지 않을 것이다."

운혁의 음성은 비장한 절규처럼 처절한 기운이 있었다. 산동이도 버티고 서서 마주 바라보았다. 운혁의 상처 난 얼굴은 붉게 상기되어 무서웠다. 눈에서도 붉은 기운이 뿜어져 나오고 있었다. 빛나는 눈빛이라기보다 불타는 눈알이었다. 가슴속에 도사린 불굴의 신념이 분노의 불길이 되어 눈알을 통해 밖으로까지 발산되어 나오고 있었다. 두 손이 묶인 채 우뚝 서있는 그의 몸은 마치 절벽 같았다. 그 절벽 앞에서 산동이는 허탈감을 느꼈다.

"네놈의 병증이 사뭇 깊구나. 새로운 나라가 온다고 하드래도 너 같은 병자들이 힘을 얻어 날뛰면 백성들은 또다시 불행해질 것이다. 제 분통을 민족정기라는 이름을 붙여 발산하고 병증에서 오는 증오심에 따라 복수극을 펼친다면 그 새나라가 어떻게 서겠느냐?"

산동은 불쌍히 여기는 눈빛으로 나직하게 읊조렸다.

"네 이놈, 불학무식한 놈이 어디다대고 감히! 지금은 찢어진 아가리라고 멋대로 지껄이고 있지마는 머지않아 반역자의 말로가 어떻게 되는지 내 이 눈으로 지켜볼 것이다. 더러운 개 같은 놈!"

가슴속의 불길에서 뿜어져 나오는 소리인 듯 열기 가득한 음성이었다.

"네놈들은 자기에게만 분노가 있고 불학무식한 인간에게는 분노도 없다고 생각하지? 더 이상 나를 능멸하지 말라. 내 분노가 폭발하면 너 같은 미친병 든 놈 하나 때려죽일 수도 있다."

두 사람은 모두 상기되어 상처 입은 얼굴이 무섭게 변해 마주 바라보았다.

"속수무책이로구나."

　운혁이 먼저 몸을 돌려 걸음을 떼어 놓았다. 그리고 두 사람은 말없이 걸어 나갔다. 그들이 경찰서에 이르렀을 때에는 밤 어둠의 앞잡이인 저녁 어스름이 끼어오고 있었다.

　운혁을 고등계에 넘기고 산동은 피와 흙이 달라붙어 있는 베옷을 미처 갈아입을 사이도 없이 상관의 부름을 받았다. 여기 또 하나 신념에 불타는 의지의 사나이가 있었다. 강용호. 중인 출신으로 일본에 가서 대학을 졸업하고 돌아와 경찰이 된 강용호 경부는 강직한 애국자이며 투철한 신념을 가진 인물이었다. 그는 심중에 완강하게 도사리고 있는 신념을 간혹 표출시키지 않으면 참을 수가 없어서 틈틈이 부하들을 불러 장광설을 늘어놓았다. 세계의 정세부터 시작해서 동양의 평화와 백성의 안위와 행복에 대해서, 강조하고 되풀이해서 듣는 사람을 지루하게 했다. 그도 열렬한 투사였다. 백성의 행복과 동양의 자존심을 지키기 위해 투쟁해야 한다는 소명감에 도취되어 있었다.

"저 서양열국의 제국주의 마수가 동양을 송두리째 삼키려는 이 험난한 시대에 그들과 대적할 만한 힘을 가진 일본이라는 나라가 없었으면, 우리 동양은 모두 저들에게 수탈당하는 비운을 겪을 수밖에 없었다. 동양의 자존심을 지키게 한

위대한 일본과 조선이 합병된 것은 우리 조선인에게는 너무나 다행스러운 영광이다."

그의 신념은 바로 이러한 인식으로부터 출발된 것이었다. 그는 자신의 신념을 다른 사람에게도 심어주기 위해서 너무나 많은 언어를 소비해서 길게 이야기했기 때문에 듣는 사람은 짜증이 났다. 그래서 부하들은 그를 어쩔 수 없는 환자라 여겨 기피하려고 애썼다. 그런 강 경부는 박 산동 순사를 좋아했다. 박 순사는 정의의 사나이, 애국의 용사, 백성의 수호자라고 다른 사람들에게 선전했다.

찢어진 입술에 부어오른 얼굴로 다가온 산동을 보고 강 경부는 활짝 웃었다.

"오 역전의 용사! 너의 무공을 치하해주고 싶어 불렀다. 김운혁에게서 뭔가 알아낸 사실이 있느냐?"

"신념이 깊어서 병든 인간이라 여겨졌습니다. 자기 소신에 따르지 않는 사람은 불학무식한 인간이고, 반대하는 사람은 죽이고 싶은 무서운 적개심을 가지고 있는 것 같았습니다."

"저놈이 미친병 들어있다는 것은 누가 몰라. 그런 사상검증이 아니라, 저 자가 중국 어디에서 누구와 무슨 수작을 하다가 무슨 흉계를 꾸밀 임무를 가지고 들어왔는지, 그런 중요한 사실?"

"그런 것은 모르겠습니다. 물어본다고 말할 인간도 아닙니다."

"저 자가 상해 쪽에 있었는지. 만주나 간도 땅 어디에는 가지 않았는지 모르겠어. 만주 땅에 농사지으러 간 우리 백성들이 자꾸만 다시 이 땅으로 되돌아오고 있다. 왜 그런지 아느냐? 고국을 등지고 압록강 두만강을 건너 간도로 이민을 간 우리 백성들이 얼마나 불쌍한 사람들인지는 너도 알고 있겠지. 거기는 그래도 붙여먹을 땅이 있어서 혹독한 기후를 참고 고생해왔다. 그런데 의병이니 독립군이니, 미친병 든 놈들이 작당을 해서 들어와 농사지은 곡식을 뜯어먹고 있다. 그 도둑놈들이 독립군이라는 이름을 내걸고 이민 농민들에게서 세금을 거두어 가고, 젊은이들을 징발해서 떼거리를 늘이고, 그러면서 비협조적이라고 일본의 앞잡이라고 백성들을 죽이고, 그 행패가 막심해졌다. 백성들은 죽을 고생을 해서 일군 논밭을 버리고, 다시 이 땅으로 꾸역꾸역 들어오고 있다. 작금의 그런 사정은 너도 알고 있겠지?"

"네."

"그곳에 터를 잡은 우리 백성을 보호하려고 영사관도 세우고 군대도 보냈지만, 워낙 넓은 지역에 험한 원시림이 많은지라, 독립군이라는 이름을 빙자해서 산적 떼거리가 된 저놈들의 악행을 저지하는데 역부족이라. 그들이 험한 산속 깊이 본부를 만들어 놓고 수시로 마을에 내려와 곡식을 빼앗고 여자를 강간하고, 악행을 저지르고 있다. 독립이니, 광복투쟁이니 하는 소리를 앞세우고 그런 명분을 내걸면 어떤 나쁜 행위도 다 용납이 된다고 생각하는 악질 이기적인 놈들이다. 김운혁 저 자도 바로 그런 인간이다. 저놈이 지금 국내로 잠입해서 무슨 계략을 꾸며 철부지들을 꾀어 무슨 수작 분란을 획책하는지 알아내야 한다. 저놈에게서 감 잡은 뭐가 정녕 없느냐?"

"자기의 이념인지 신념인지 그것만이 절대 진리요 정의라고 확신하고 있다는 그런 병증밖에 다른 것은 모르겠습니다."

"저런 놈들이 소신이니 신념이라고 하는 것은 결국 권세욕과 명예욕에서 나온 것이다. 순진한 사람들을 속여 불행으로 내모는 투쟁이라는 것은 그런 자기 욕망을 얻으려고 남을 희생시키는 악랄한 행위이다. 세상에는 어리석은 인간들이 많아서 저런 놈들에게 세뇌 당하여 덩달아 짖는 개들처럼 따라 하기 십상이다. 그래서 개죽음이 생겨난다. 순진하고 어리석은 사람들의 개죽음을 미연에 방지하려면 저런 놈은 그저 죽여 버려야 마땅하다."

강용호 경부는 벌겋게 상기되어 있었다. 눈에서 무서운 기운이 솟아나오고 있었다. 빛나는 눈빛이라기보다는 불타는 눈알이었다. 가슴속에 간직하고 있는 신념의 불꽃이 타올라 눈을 통해 밖으로 발산되고 있었다. 버티고 앉은 그의 몸은 절벽 같았다. 산동은 허탈해졌다. 당신의 병도 사뭇 깊습니다. 산동은 찢긴 입술을 다물고 말없이 마주 바라고 있었다. 강 경부의 증세는 더욱 심하게 발동되고 있었다.

"저런 나쁜 놈은 애써서 끌고 올 것도 없어, 그 자리에서 때려죽여야 해. 그것이 선량한 사람들을 위하는 길이야. 지금 우리의 법이란 것이 저런 놈들 잠시 징역살이하면 금방 나오고 말아, 그러면 저런 놈들은 징역살이가 훈장이라 생각하지. 투사의 자랑이라 여기며 더욱 영향력을 행사하려고 안 달하여 흉측한 짓을 꾸민다. 그러니 저런 악질들은 보이는 장소에서 죽여도 그만이야…"

점점 더 흥분되어 지껄이는 강 경부의 웅변을 산동은 속수무책 듣고 있을 수밖에 없었다. 마음속에서 들끓는 증오와 솟구치는 적개심에서 우러나오는 그의 언설은 우선 음성부터 듣기에 거북스러웠다. 거부감을 주었다. 뭐든지 지나치면 병이 된다는 말은 강 경부를 보면 납득할 수 있었다. 그런 그의 병증에서 나오는 증세는 가라앉을 기미가 보이지 않았다.

"지금이 어떤 때이냐? 우리민족 수 천 년의 역사에서 이토록 위대한 개혁을 이룩한 일이 있었느냐? 단군 이래 고통 속에서 살아온 우리 불쌍한 백성들에게 이것은 목마르게 기다려 온 개벽의 시대를 맞이한 것이다. 그것도 피 흘리지 않고 이루어진 혁명이다. 합병하는데 앞장 선 대신들을 매국노라고 지탄하는 자들이 누구냐? 오랜 세월 백성들을 부리며 살아온 저들 양반 선비들, 백성들의 피땀 위에서 기득권을 누려온 놈들이다. 하지만 백성들은 자손대대로 잊지 않을 것이다. 피 흘리지 않고 새 나라를 이룩한 그들 대신들의 공로를…"

단군으로부터 시작해서 혁명, 개벽이 나오고, 이제 더 많은 역사가 나열될 것이다. 강 경부의 병증에서 나오는 장광설을 언제까지 듣고 있을 것인가. 산동은 갑자기 피곤해졌다. 그래서 불쑥 내뱉었다.

"병원에 가봐야 되겠습니다."

흥분되어 지껄이던 강 경부는 갑자기 찬물이라도 맞은 듯 머쓱한 표정이 되었다.

"뭐, 병원? 그렇지. 한바탕 혈투를 치렀구만. 내가 깜박 잊고 있었네. 어서 나가보게. 치료비는 걱정 말고 병원에서 충분히 쉬었다 나오게."

강 경부에게서 놓여난 산동은 거리로 나섰다. 이미 캄캄한 밤이었다. '병원에 가야할 사람은 내가 아니라 당신들인데…' 산동은 어둠이 잠복하고 있는 길을 걸었다.

박 산동의 활약을 모아 영웅담을 엮어낸 이야기꾼은, 이날 밤에 세찬 비바람이 몰아쳤다고 꾸밈을 덧붙였다. 산동이는 어둠속의 비바람을 뚫고 상처받은 심신을 이끌고 묵묵히 집을 향해 뚜벅뚜벅 걸어 나갔다. ■

상투와 상놈

단발령이 내렸다. 온 나라에 곡성이 진동하고 사람들은 억장이 무너졌다. 사람마다 분노가 치밀어 금시 변란이라도 일어날 것 같은 형세였다. 왜인들은 군대를 엄히 단속하여 대기하고 있었다. 칼을 찬 순검들이 길을 막고 지나는 사람마다 붙잡아 상투를 잘랐다. 집집마다 들어가서 빠짐없이 색출하여 단발을 실시했으므로 깊이 숨어 있는 사람이 아니면 면할 수가 없었다. 길에서 상투를 잘리면 그 상투를 주워서 주머니에 넣고 통곡을 하며 갔다. 머리털을 잘린 자들은 깨끗이 깎이지가 않아서 상투만 잘리고 긴 머리털이 밑으로 늘어져 그 모습이 장발승 같았다. 부인과 아이들은 두발을 자르지 않았다.

이것은, 자신이 살아온 시대를 열심히 기록한 선비 매천

황현의 필기이다. 단발령이 내려진 날은 을미년(1895) 동짓
달 보름날, 그러니까 엄동설한이었다. 가위를 들고 머리털을
자르는 강제 깎사인 체두사라는 직책이 새로 생겨났다.

방방곡곡의 양반네 집에서는 대문을 걸어 잠그고 숫돌에다
장도와 창을 갈았다. 그런 무기가 없는 집에서는 식칼이나
도끼며 낫을 갈았다. 체두사가 들이닥치면 상투가 잘리기 전
에 그놈의 목을 잘라버리겠다고 조상의 신주 앞에서 맹세했
다. 상민 집에서도 덩달아 낫을 가는 남정네가 있었다. 자르
겠다는 관리들과 잘리지 않겠다는 사람들의 기세는 사뭇 무
서웠다. 상투가 잘린 집 안에서는 부부가 합창으로 울어대기
도 했다.

충청도 단양의 농사꾼 장아모는 잘린 상투를 부여안고 사
흘을 내리 방구석에 처박혀 때때로 통곡을 하니 듣기 싫어진
아낙이 화딱지가 치밀어 소리쳤다.

"임금님도 단발을 허셨다는디, 농투사니 주제에 그까짓 상
투 뭣에 쓴다고 그리 청승을 떨어유?"

그러자 농투사니는 벌떡 일어서서 잡아먹을 듯 대들었다.

"그까짓 상투라니, 터진 입이라고 아무 소리나 하면 다 말
인중 아남! 아가리를 찢을 년!"

그러나 아낙도 지지 않았다.

"쿵큼한 남새나 풍기는 그놈의 상투 없으면 시원해서 좋겠
네. 가랑이 밑엣 것 안 잘리고 달려 있으면 고마운 일이지."

"뭬시라고, 이런 씨부랄년, 밑에 아가리까지 찢어야겠다."

그리고는 마누라에게 달려들어 주먹다짐을 하다가, 힘센 마누라에게 떠밀리는 바람에 엉덩방아를 찧은 장아모는, 똥딸뼈까지 부러지고 말았다.

이런 이야기를 들으면 사람들은 대부분 그저 하나의 우스개꺼리 사건으로 받아들이지만, 선비 족속이나 자칭 지식자라 하는 사람들은 이렇게 작은 일화에서도 상당한 의미를 찾아내어 정치와 사회에 결부하여 평론을 내놓았다. 그들의 비평은 자기와 다른 견해를 가진 사람들을 비난하기 위한 것이었다.

장아모 여편네의 방자한 발언은 칠거지악을 범하여 인륜을 거스른 것이고 남편을 밀어뜨린 행위는 삼강오륜을 무시하여 천륜을 거역한 짓이다. 이런 악행이 일어난 것은, 저 흉악무도한 개화당이 경장이라는 이름으로 내놓은 오랑캐 법 때문이다. 만고의 진리인 공맹의 도를 수립하여 동방예의지국을 자랑하는 조선은 이제 망쪼가 들었다.

어느 시대에나 지식자를 자처하는 사람들이 어떤 주장을 내세워 패거리를 만들고, 다른 주장을 가지고 패거리를 만든 사람들과 반목하고 싸워왔지만, 이 시대의 두 진영 노선 투쟁은 사뭇 치열하였다. 위정척사를 내세운 보수파와 개혁 쇄신을 이루려는 개화파, 이렇게 두 갈래 파벌의 세력이 권력을 장악하기 위한 투쟁을 전개하고 있었다.

작년에 일본의 힘을 얻은 개화당이 정권을 거머쥐고 개혁과 쇄신을 위한 경장법을 공포하니, 보수 유림들이 반발하여, 전국이 무섭게 시끄러워졌다. 방방곡곡의 서원에서 향교에서 사랑방에서 선비들의 성토하는 소리 드높았다. 지식인을 자처하는 그들은 모두가 시인이며 평론가이며 사상가이며 애국자로 자처하였다.

단발령이 공표되기 석 달 전에는 왕비가 시해당하는 사변이 있었다. 개화당 군인들이 훈련원 군대를 동원하고, 일본인과 왜병들과 합세하여, 임금의 아버지 대원군을 앞세우고 궁궐을 침범하여 왕비를 무참하게 난도질하여 죽인 것이었다.

팔도강산의 수많은 백성들이 통분하였다. 왕비 민씨는 그동안 많은 백성들과 선비들로부터 지탄을 받아왔다. 부정부패와 매관매직과 호화사치를 자행하는 척족세력의 우두머리로 일컬어지는 민비는 궁궐에 똬리 틀고 있는 여우라 지칭되기도 했다. 나라를 바로 세우기 위해서는 먼저 그 여우부터 없어져야 한다고 주장했던 사람들조차도 막상 국모가 그렇게 처참하게 시해당한 것에 대해서는 분개했다. 일본의 힘을 얻어 정권을 잡은 개화당, 그리고 일본 오랑캐, 더불어 국모의 시아비인 대원군, 이들이 한통속이 되어 그런 만행을 저질렀다는 사실이 알려져 백성들의 분노는 치솟았다. 방방곡곡에서 성난 여론이 들끓었다. 수구파 선비들은 백성들의 분통한 여론을 활용하여 개화당을 몰아내려고 더욱 세론을 충동질하였다. 그러면서 또한 따지기 좋아하는 평론가들은, 개화당과 일본과 대원군, 이들 세력 중에 어느 편이 국모시해를 계획한 주동세력인가에 대해서 서로 자기의 견해와 주장을 내세워 양보 없는 토론을 벌이기도 했다.

개화를 주장하고 찬성하는 사람들 간에도 의견이 분분했다. 유길준은 당대의 개화 전도사였으며 또한 전문가로 일컬어지고 있었다. 그는 조선 최초의 일본 유학생으로 또한 최초의 미국 유학생으로 기록되었으며, 당시의 내각에서도 크게 영향력을 행사하고 있었는데, 그는 그때의 사정을 미국에 있는 지인에게 편지로 이렇게 알렸다.

…우리 왕비는 폴란드 존 3세의 왕비인 메리, 그리고 프랑스 루이 16세의 왕비 마리 앙트와네트보다 더 나쁜 여자입니다. 우리 국왕은 한낱 인형이고 왕비는 그 인형을 갖고 노는 사람이라고 백성들은 말합니다. 그 여자가 개혁가들을 모두 살해하려는 계획을 알게 된 대원군이 일본의 도움을 받아 먼저 그 여자를 죽이기로 결단했습니다. 대원군이 일본공사에게 약간의 도움을 청한 것은 큰 실수였으나, 다른 방도가 없었습니다.…

왕비 시해 사건이 있은 지 석 달 가까이 지나서야 정부에서 시해범을 발표했다. 주모자는 이주회라는 개화파였다. 시해사변이 있기 두 달 전까지만 해도 개화 내각의 군부협판과 대신서리의 높은 직위에 있던 친일파였다. 그러나 개화당끼리의 파벌 싸움에 밀려난 지 얼마 안 된 그가 궁궐 난입 민비 시해의 주모자로 체포된 것이었다. 그는 최후 진술에서 만백성을 도탄에서 구하는 것은 그 길밖에 없었노라고 주장하였다고 했다. 그리고 그는 교수형에 처해졌다.

그 사건으로 교수형을 받은 사람은 주모자 이주회뿐 아니라 두 사람이 더 있었다. 하나는 훈련대 부위 직책에 있었던 윤석우라는 인물이었다. 그는 그날 밤 대대장의 명령을 받고 훈련에 동원되어 궁궐로 들어갔다. 그는 그것이 민왕후를 죽이는 작전이라는 것을 모르고 부하들을 이끌고 명령에 따랐을 뿐이라고 했다. 그는 궁궐 뒷동산에 너부러져 있는 타다 남은 시신의 하체 부위를 연못에 가라앉혀 버리라는, 대대장 우범선의 명령을 받았다. 윤석우는 그 시신이 누구인지 몰랐으나, 시신을 그렇게 하는 것이 마음에 걸려, 언덕의 땅을 파고 묻어주었다고 했다. 나중의 조사에서는 윤석우의 이런 진술이 모두 사실임이 밝혀졌다. 그러나 재판장 장박 법무협판은, 감히 옥체에 더러운 손을 댄 윤석우를 기어이 사형에 처했다.

또 하나 사형을 받은 사람은 박선이라는 이름을 가진 순 개상놈이었다. 박선은 부산에 살면서 일본말을 배워 씨부렁댈 수 있는 스물여섯 살 난 무뢰한이었다. 그는 상투를 잘라 버리고 양머리를 하고 양복과 일본옷을 번갈아 입고 다니며, 개명 한량으로 자처했다. 그의 특기는 거짓말을 잘하는 것이었다. 그는 자신이 일본의 밀정인 것처럼 행세하며 불량배와 어울렸다.

박선은 가을에 일거리 하나를 맡게 되었다. 김씨 성을 가진 과부가 빌려준 돈을 못 받아 애를 태우다가 대신 빚 받아줄 사람을 구했는데, 그 적임자로 그가 발탁된 것이었다. 박선은 일본 옷을 입고 칼을 차고 나서서 그 빚돈을 받아내게 하는 데 성공했다. 그런 뒤로 박선은 계속해서 과부에게서 사례비를 뜯어냈다. 박선은 과부 여인에게 엄포를 놓았다.

"내가 얼마나 무서운 인간인가를 몰라? 너 같은 여자 하나 죽이는 것은 식은 죽 먹기야. 전번에 궁궐에 들어가 왕비를 죽인 주인공이 바로 나야. 홍계훈이도 내 손에 죽었어."

김 과부는 관가에 가서 박선을 고발했다. 잡혀 들어간 박선은, 본래 제가 거짓말을 잘하는 사람입니다. 여자를 겁주려고 생판으로 꾸며내서 그런 말을 했을 뿐입니다. 왕비 시해가 있었던 그날 밤에 나는 친구 집에서 늦도록 자고 있었습니다. 그 친구에게 물어보면 증언할 것입니다. 그러나 끝내 그는 민왕후 시해범으로 재판정에 나갔다. 박선은 거짓말한 죄밖에 없다고 울며 하소연했으나, 재판장 장박은 엄하게 소리쳤다.

"또 거짓말 하고 있구나. 너 같은 놈의 친구라는 작자도 거짓말쟁이가 빤하니 증인이 될 수가 없다."

박선은 고문을 많이 받았고 끝내 사형을 선고받아 교수형에 처해졌다. 그러나 뒷날의 재조사에서 박선은 민비 시해에 가담하지 않았던 것으로 판명되었다.

민왕후 시해에는 많은 사람이 가담되어 있었으나, 이 세 사람만이 사형을 받고 사건을 마무리 지을 수밖에 없었던 것이 당시의 상황이었다. 앞장섰던 대원군은 임금의 아비이기 때문에 체포할 수가 없었고, 이주회와 함께 거사를 모의

했다는 것이 공공연한 비밀로 알려진 훈련대 대대장 이두황과 우범선 등은 그날 밤에 수백 명의 훈련대 군사를 동원하여 궁궐을 장악하게 한 주동들이었으나 그들은 당시의 내각과 한통속이었기에 체포당하지 않고 결국 일본으로 도망갈 수 있었다. 그리고 그들과 합세한 일본인들도 잡아들일 수가 없었다. 국제적 여론이 일본을 공박하자, 본국에서 시해에 가담한 일인들을 소환 체포하여 감옥에 가두었으나 얼마 뒤의 재판에서 증거 불충분으로 모두 석방되었다.

민왕후 시해범 세 사람에게 교수형을 선고하고 난 이틀 후에 교지가 내렸다.

－짐이 머리칼을 잘라 신하와 백성에게 솔선수범했다. 만백성은 나의 뜻을 깊이 받들어 여러 나라와 나란히 설 수 있는 대업을 이룩하라.－

그날로 조선 팔도의 관원들이 나서서 강제 단발이 시작되었다. 백성들은 몸을 피해 숨기에 바빴고, 위정척사(衛正斥邪)를 부르짖고 있던 수구파 선비들은 분노가 머리 꼭대기까지 치솟아 대책을 강구하노라 바빴다.

갑자기 상투가 위정척사의 표상으로 부상되었다. 상투를 지키느냐 못 지키느냐, 이것은 바로 우리 유구한 역사와 전통과 정의를 바로 세우느냐 못 세우느냐와 직결되어 있었다. 저 야만적인 서양 오랑캐의 앞장이인 왜 오랑캐와 그들의 개가 된 개화당을 모두 죽여야 된다는 분기가 뭉쳐서 방방곡곡에서 의병이 결성되었다. 그러면서도 따지기 좋아하는 지식자들은 죽여야 할 놈들의 서열을 매기느라 토론을 전개하기도 했다. 이렇게 참람한 단발령을 입안하여 밀어붙인 수괴는 과연 어떤 놈인가. 우선 그 주모자를 지목하는데, 제각기 얻어들은 정보에 곁들여 의견을 피력했다.

차츰 단발령의 주범이 내부대신 유길준, 법부대신 장박, 농상공부대신 정병하라는 정보가 소문으로 퍼졌다. 이 세 사람은 모두 단발령이 반포되던 그날에, 협판에서 대신으로 올라앉은 지금 내각의 실세라 하였다. 그리고 단발령이 공포되기 사흘 전에, 내각의 다섯 대신이 회동한 술자리에서 있었던 대화가 소상하게 까발려져 세간에 이야기꺼리가 되었다.

당사자 가운데 누군가의 입을 통해서였던지 아니면 시중드는 사람이 들은 바를 발설했든지 아무튼 그 내용이 전파되었다. 하기야 국가의 중대 시책이라는 것이 공식석상에서보다 먼저 실권자들의 회식 같은 데에서 먼저 발의되거나 결정되는 경우는 왕왕 있을 수 있는 일이었다.

그날의 모임에 함께 했던 인물을 살펴보면 그 즈음에 이르러 권력의 핵심 요인들이었다. 총리대신 김홍집, 그는 개혁 내각이 성립되는 초장부터 우두머리 직책인 총리의 직위에 올랐다. 그는 우의정, 좌의정, 높은 벼슬을 거쳤으며, 능력 있는 관리로서 행정이며 외교에 능하다는 평을 얻고 임금의 신임을 받아왔을 뿐 아니라, 언행이며 처신이 엄정하고 고결한 선비로 알려져 있었다. 그는 일찍이부터 나라를 개화시키려는 일에 열심이었지만, 강경 개화파가 아니라, 온건 개화파로 합리적인 생각을 가진 인물이란 평을 들었다. 그러나 개화를 반대하는 보수주의 선비들로부터는 점잔빼는 여우 같이 간교한 인간이라 치부되기도 했다. 그때에 그의 나이 54세였다.

이날 모인 인물들 중에서 가장 나이가 많은 사람은 외무대신 김윤식이었다. 그는 을미년 생으로 그해 환갑이었다. 그의 머리털과 긴 수염은 모두 하얗게 되어있었다. 귀 앞머리에서부터 유연하게 뻗어 내린 구레나룻이 콧수염과 이어져서 턱수염과 연결되고 턱수염은 길게 내려가 가슴에까지 흘러있었다. 수려한 외모에 유려한 문장가인 그는 청국을 드나들며 외교에 수완을 보여주었으며 김홍집과 함께 서양과 수교하는 실무를 맡아 미국과의 수호통상조약을 필두로 하여 서양의 여러 나라와 수교조약을 맺는 외교를 수행했다. 서양 오랑캐와 수교하는 것을 반대하는 수구파들에게 밉보여 7년간이나 유배를 갔다가 작년 갑오년 경장이 시작되었을 때 사면 받아 곧바로 외무대신에 발탁되었다. 그는 진즉부터 동도서기(東道西器)론을 주장했으며 그리하여 김홍집과 함께 중도 온건 개화파로 불리었으며 유연하고 합리적인 인격자라는 평판을 들어왔다. 그러나 수교를 반대하는 척사파들로부터는, 얼굴만 산신령이고 마음보는 도깨비라는 비야냥을 들어왔다.

탁지부대신 어윤중은 자타가 공인하고 임금도 알아주는 당대의 재정 전문가였다. 그는 가난한 향반 가문에서 태어나

소년시절 부모를 여의었으나, 21세에 향시에 장원급제하고 이듬 해에 문과에 급제하였다. 과거시험에 중요한 요소인 가문이나 스승의 배경 없이 그가 일찍이 과거에 합격했다는 것은 그만큼 실력이 뛰어났다는 증좌이고 그래서 그는 당대의 천재로 일컬음 받았다. 젊은 나이로 벼슬에 오른 그는 뛰어난 시무 능력을 인정받고 임금의 신용을 얻었다. 그는 가난한 나라를 부국으로 일으켜 세우는 여러 방안을 임금에게 건의하고 열성으로 추진하였다. 세금 빼먹는 관리 도둑을 막기 위하여 획기적 행정 혁파를 주장했고 정부 기구를 축소하는 구조 조정을 단행하고 백성들의 세금을 줄여서 민생을 안정시키는 것이 부국의 길이라는 것을 역설하여 임금의 동의를 얻어냈다.

부정한 낭비를 막고 경비를 절감하려는 그의 노력은 기득권 세력의 반발을 불러왔다. 어윤중은 전 깎기라는 별명을 얻어가지게 되었다. 지식 평론가라는 사람들은 말장난의 달인들이었다. 어윤중의 성씨 고기 어(魚)자에서 대가리와 아랫도리를 깎아내 버리고 가운데 남은 전(田)으로 성을 바꾸어 전 깎기로 부른 것이었다. 그렇게 미움을 받고 민씨 척족들의 음해와 방해에 의하여 십년 세월을 한직으로 보내다가 경장으로 개화당이 정권을 잡으면서 일약 조선의 재정을 담당하는 탁지부대신에 발탁되어 이제 그는 본격적인 재정 개혁을 주도하고 있었다.

학부대신 이도재, 그는 어윤중과 같은 나이인 48세였는데,

어윤중과 닮은 점이 많았다. 깐깐하고 고집스런 성품도 비슷했고, 가난한 집안에서 태어나 어렵게 공부하여 과거에 급제한 것이며, 두 사람 모두 암행어사의 직책을 맡았을 때 탐관오리의 비행을 가차없이 적발하여 백성을 구제한 명 어사로서의 명성을 얻은 것도 비슷했다. 다만 이도재는 어윤중보다 13년이나 늦게야 과거에 급제했으므로 벼슬살이는 그만큼 늦게 시작하였다. 그런데다 벼슬살이 2년 남짓 하고 있던 갑신년에 열혈 급진 개화파인 김옥균과 박영효 등이 정변을 일으켜 이른바 삼일천하로 끝나고 실패하는 바람에 이도재는 개화파라는 이유로 이듬해 제주도로 위리안치 유배형을 받았다.

9년이라는 세월을 귀양살이를 하던 이도재는 경장이 시작된 작년 갑오년에야 유배에서 풀려나게 되었고, 내각의 공무협판이 되었다가 전라도에서 동학도가 다시 난리를 일으키자, 전라 관찰사로 부임하면서 동비 토벌의 임무를 가진 소토사의 직책까지 겸하게 되었다. 이도재는 일본군과 합세하여 동학도 공략에 성공하고, 동학 괴수 김개남을 잡아 현지에서 죽여 효수된 머리를 저자거리에 내걸었으며, 전봉준과 손화중 등 동비의 수괴들을 생포하여 서울로 압송하였다. 그렇게 동비의 난은 평정되었고, 이도재는 내각의 군부대신이 되었다가 곧 학부대신으로 옮겨 앉게 되었다.

회합에 동참한 사람 가운데 가장 젊은 40세의 내부대신 유길준, 그는 진즉에 상투를 잘라버리고 단발을 하고 양복을 즐겨 입고 다녔다. 그가 스물여섯 살 났을 때, 어윤중이 시찰단 단장이 되어 일본으로 가면서 유길준을 수행원으로 데리고 갔는데, 그길로 유길준은 일본에 머물며 2년 가까운 기간 신학문을 공부하였다.

일본에서 돌아온 유길준은, 『세계 대세론』이라는 책을 지어 임금에게 전했고, 세계 정세에 어두웠던 국내의 선비들에게도 그 글이 전파되었다. 그 글에서 유길준은 세계 각국을 개화의 수준으로 구분하여, 야만(野蠻), 미개(未開), 반개(半開), 문명(文明), 이렇게 4단계로 분류했다. 그리고 반개의 수준에 진입한 조선을 문명국으로 만들기 위해서 개화의 길로 나가야 한다는 것을 역설했다. 또한 개화를 달성하기 위한 지름길은, 조선의 개화를 적극 지원하는 우방 일본의 힘을 이용해야 된다고 주장했다.

수구파들은, 유길준이 개화파의 스승이라고 일컫는 환재 박규수의 문하에서 공부하면서, 어렸을 때 이미 오랑캐 병이 들어 있었는데 일본과 미국 두 나라에서 오랑캐학문을 답습하여 이제는 미친개가 되었다고 탄식했다.

그날 대신들의 회합이 있었을 때, 유길준은 아직 대신이 아니었고, 협판의 직위에 있었지만, 내부대신 박영효가 개혁을 급진적으로 추진하다가 역모로 몰려 일본으로 도망친 뒤로 몇 달 동안 내무를 장악하고 내각에서 가장 힘센 인물로 부상되어 있었다. 그래서 어떤 사람들은 박영효가 민비를 죽이고 대궐을 뒤엎으려 한다는 불궤음도를, 유길준이 꾸며내어 임금에게 일러바쳤다고 말하는 사람까지 있었다. 어쨌거나 유길준은 자기보다 다섯 살이 어린 박영효의 밑에서 포부를 제대로 펴지 못하다가 이제 박영효를 대신해서 강력한 개혁 정책을 밀고 나갈 수 있었다.

이날 상투에 대해서 말이 나오기 전에 먼저 유길준이 의복 문제로부터 말머리를 내놓았다.

"작년에도 복제 개선 법안을 내놓았고, 지난봄에도 다시 칙령을 내렸지만, 성과가 없으니, 이번에 다시 법령을 공포하여 확실하게 추진해야 되겠소이다."

유길준의 말을 받아 어윤중이 대꾸했다.

"변복령 법안은 이미 십년 전 갑신년에도 공포되었으나 이루어지지 못했소. 전국의 유림들이 벌떼처럼 일어나 나라가 얼마나 시끄러웠습네까. 무리하지 않아도 그런 것은 시세가 변하면 자연스레 편리함을 쫓을 것입네다."

유길준은 허리를 꼿꼿이 펴고 옷깃을 여몄다.

"편리함을 먼저 겪어봐야 시세가 변할 것입니다. 허벌통 같은 옷소매를 줄이는 일을 십년이 되도록 못한 것은 그 동안 저 수구 골통들의 억지 때문이었지마는 이제는 다릅니다. 때가 무르익었습니다. 강제수단을 강구하여 강력하게 밀어붙여야 합니다."

그러자 김윤식이 긴 수염을 쓰다듬고 나서 말을 내었다.

"과유불급이라는 말처럼 너무 강하면 부러지는 법이지. 저 갑신년의 성급한 행동이 우리의 개화를 얼마나 늦추었는지 잊지 말아야 할 것이요. 과도한 열의는 병이 되기 십상이지.

금릉위 박영효가 십년동안 죽지 않고 있다가 천우신조로 내각에 올랐지만, 열망이 과하여 조급증에 내몰려 밀어붙이다가 또 다시 도망가는 신세가 되고 말았소. 마음이 아무리 바빠도 신중하게 일을 치러야 탈이 없을 것이오. 그러고 지금 우리에게는 정작 개혁해야 할 중대사가 얼마나 많소."

유길준은 더욱 모가지 힘을 주고 되받았다.

"정치 행정 제도를 개혁하는 일도 중요하지만, 그에 못지 않게 사람살이의 위생, 생활과 작업의 편리도 하루 속히 개선해야 됩니다. 사사건건 개화에 발목을 잡으려는 저 우물 안 개구리 같은 사대주의자들의 억지를 이참에 아주 꺾어버려야 합니다. 그래서 아주 두발 개혁까지 강력하게 시행하려 합니다."

유길준의 말이 떨어지기 무섭게 이도재가 발끈해서 소리쳤다.

"무슨 소리요? 일본처럼 서양머리로 바꾸겠다는 말이요! 될 법이나 한 소리요?"

"이미 결정을 보았소이다. 내무에서뿐 아니라 법부와 군부에서도 동의한 바이고 대군주 폐하께서도 윤허하신 일이오이다."

유길준이 느긋한 어조로 응수하자 외부대신 김윤식이 나직하게 뇌었다.

"법령을 내린다고 하드래도 따르는 사람이 얼마나 있을꼬? 법안만 남발하는 꼴이 되겠지."

"아닙니다. 옷은 일일이 벗겨내기 어려울 수 있겠으나 상투는 쉽게 자를 수 있습니다. 전국의 순검과 군대, 지방 수령, 관아의 아전 이속들을 모두 동원하여 산소에 벌초하듯이 상투 깎기에 나서게 할 것입니다."

유길준의 눈빛은 단호했고 낯색은 약간 상기되어 있었다. 이도재가 고개를 곧추세우고 대들었다.

"그렇게 미개한 짓을! 아니 그런 야만적인 행위를 법령이라는 이름으로 자행한다는 말이오?"

좌중에 긴장감이 감돌았다.

"야만이라니요? 야만과 미개에서 벗어나기 위해서 세상의 웃음거리이며 생활에 불편하고 비위생적인 머리털 뭉탱이를 없애야겠다는 것입니다."

유길준과 이도재는 둘 다 흥분된 기색으로 언쟁을 이어나갔다.

"상투를 없애야 개화한다고 생각하는 그런 무모한 발상이 야만적이 아니고 무엇이요. 지금 우리는 형식보다는 내실에 힘써야 할 때요. 모든 나라들이 전통과 역사와 현실이 다르다는 것을 감안해서 개혁을 이루어나가야 될 것이요. 옷소매 통을 줄이고 색깔을 바꾸려 했을 때 온 나라 선비들이 내 몸통은 자를지언정 옷은 개변할 수 없다고 비분강개하여 들고일어난 것이 우리나라의 전통이요 현실이요. 하물며 상투를 자르겠다니? 수많은 사람이 모가지 내놓고 덤벼들 것이요."

"형식은 곧 내실의 나타남이요. 우리가 버려야할 미개한 관습에서 벗어나기 위하여, 그리고 기득권을 지키기 위해서 개혁을 사사건건 물고 늘어지는 저들 사대 수구패들의 망동을 제거하기 위해서, 그 본보기로 상투를 참하려는 것이오이다. 구악을 일소하는 선전포고라 할 수 있습니다."

"난리가 일어날 것이요. 개혁을 위해서 민생안정에 힘써야 할 시기요. 자기의 독선, 아집에서 나오는 조급증에 쫓겨서 망발을 저질러 일을 그르치는 것을 두고 볼 수는 없어! 일재, 왜 아무 말씀도 없으시오? 의견을 내놓아 보시오!"

이도재는 어윤중을 돌아보고 소리쳤다. 어윤중이 천천히 입을 떼었다.

"나에 별호가 깎기입네다마는, 상투를 깎거나 말거나에는 크게 관심이 없습네다. 허나 옛날 생각이 납네다. 십년도 더 전에 청국에 외교사절로 갔을 때, 청국의 외교 전문가라는 관리가 말했습네다. 서양의 지식인들은 일본인을 원숭이라 부른다고 그럽데다. 어찌나 서양을 잽싸게 따라하는지, 그것을 원숭이 재주에 빗댄다고 그럽데다. 그 말은 본받아야 할 것과 본받지 말아야 할 것을 가리지 못하고 아무거나 무조건 따라하기 바쁜 일본을 비아냥대는 소리라고 그럽데다. 그래서 나도, 일본이 동양의 수치라고 응수했습네다."

어윤중의 말을 듣고 얼굴이 원숭이처럼 붉어진 유길준이 볼멘소리를 내었다.

"서양 사람들이 일본을 원숭이라고 표현하는 것은 배가 아파서 하는 소리입니다. 일본이 서양 문물제도를 받아들여 빠른 기간에 저렇게 발전한 것을 보고 서양도 놀라서 하는 소리입니다. 일본이 서양제국들과 어깨를 겨누고 동양의 지주로 일어서서 저들 제국주의 침탈을 막아내고 있으니, 서양으로서는 눈에 가시처럼 보일 것입니다. 일본은 우리 조선이 하루빨리 개화하여 부국강병한 나라로 일떠서서 함께 동양평화를 지켜주기를 바라고 있습니다. 청국으로부터 우리를 독립시키기 위하여 전쟁까지 불사했소이다. 독립된 우리 조선도 일본처럼 일어설 수 있습니다. 그 생각하면 마음이 바빠지는 걸 어쩔 수가 없습니다. 지지부진한 조선을 보고 일본이 딴 마음 먹기 전에 우리도 일본과 대등한 독립국의 힘을 길러야 합니다."

"그것이 상투를 자르는 일이란 말이요?"

또다시 힐문해오는 이도재의 시선을 피해 유길준은 총리대신 김홍집을 바라보았다.

"총리 영감께서도 한 말씀해주십시오. 복제와 두발 간편화가 그렇게나 무모한 짓입니까?"

입을 꾹 다물고 있던 김홍집이 한참 만에 입술을 떼었다.

"복제보다 두발은 간단치가 않은 문제임에는 틀림이 없다고 생각되오. 그러나 임금께서도 이미 결정하신 것을 내가 어찌 되돌릴 수 있겠소."

그러자 불만 가득한 얼굴로 이도재가 김윤식을 향했다.

"외무에서도 단발령 법안에 함께 의논이 있었습니까?"

김윤식의 하얀 수염 안에서 나직한 소리가 흘러나왔다.

"이것은 외무부의 소관이 아니라, 학부에서는 논의가 있어야 될 사안이라 여김되오."

"외무 내무를 떠나서 영감님의 의견을 말씀해주십시오."

눈을 감고 한동안 뜸을 들이던 김윤식은 천천히 또박또박 소리냈다.

"불(不)가(可)불(不)가(可)!"

그리고 잠간 동안의 침묵이 흐른 다음, 조선말 문법의 전문가로 자처하는 유길준이 소리쳤다.

"불가불, 가라는 말씀이시군요. 어쩔 수 없이 해야 될 일이라는 걸 저도 잘 압니다."

다시 이도재가 나섰다.

"불가, 불가, 절대로 안 된다는 말씀입니다."

한동안 눈을 감고 있던 김윤식이 살프시 눈을 떴다.

"이래도 저래도 옳을 수도 있고 그를 수도 있다는 말이외다. 내가 그 동안 귀양살이에서 터득한 것이 있다면, 자기의 소신만이 절대 정의요 진리가 아니라는 생각을 하게 된 것이요. 나와 반대되는 이념을 주장하는 사람은 불의하고 어리석다고 여기는 편벽함에서 벗어나야 된다는 것을 깨달았소. 자기와 반대되는 입장에 있는 사람은 때려죽여야 마땅하다고 생각하는 그런 적개심은 왕왕 자기의 일을 그르치는 결과를 가져온다는 사실을 그 동안의 역사에서 경험에서 배우게 되었소이다. 옛날 황희 정승처럼 나도 어느새 양시론자가 되고 말았소이다."

나직하게 뇌까린 김윤식의 이야기는 분위기를 썰렁하게 만들었다. 유길준과 이도재는 갑자기 맥빠진 기색이 되었다.

그러나 유길준은 다시 자세를 가다듬고 나섰다.

"황희 정승 시대가 태평천하였다면, 지금은 유사 이래 가장 중대한 개혁을 추진하고 있는 엄중한 시기입니다. 자기들의 기득권을 잃지 않으려고 온갖 모략과 술수를 다 부리는 간악한 수구파와 싸우고 있는 비상시국입니다. 온 나라에 그물망처럼 잠복해서 우리를 적대시하는 저들을 제거하지 않고는 전진할 수가 없습니다."

유길준과 김윤식의 대화는 더 이어졌다.

"기득권을 가졌다고 그것이 바로 악이라는 생각부터 버려야 할 것이요. 지금은 외려 우리가 기득권이 아니요? 그리고 여기 있는 사람들은 모두가 옛날부터 기득권에 속해 있었소. 우리 조선에서 양반 선비라면 모두가 타고난 기득권 세력이요. 같이 혜택 받은 사람들이 다만 나라와 백성을 위하는 방법이 다를 뿐이요. 혁신이든 혁명이든 그런 변혁은 기득권으로부터 나오고, 또한 그래야 순조롭게 이룰 수가 있소. 먼저 각성한 우리들이 저들을 적으로 몰아 제거하기보다는 설득해서 동참하도록 해야 될 것이요. 그것이 안 된다면, 적어도 저들이 극단적인 저항을 할 수 있도록 만드는 일은 피해야 함이 마땅하오."

"지금은 한가로운 때가 아니오이다. 만고에 없던 혁명을 하고 있습니다. 나라가 바로 서느냐 망하느냐, 백성이 사느냐 죽느냐, 결단의 시기입니다."

"혁명의 시기라는 인식도 다 똑 같이 하고 있소. 저들도 지금의 시기를 변역(變易)의 때라고 말하고 있소. 변역을 하루아침에 이루려 하면 걷잡기 어려운 부작용이 사람살이를 해롭게 할 것이요. 엄동설한이 하루아침에 뜨거운 여름으로 돌변하면, 어찌 그것을 감당할 수 있겠소. 뜨거운 여름이 겨울로 가기 위해서는 가을이 있어야 하고 겨울이 다하면 봄을 거쳐서 여름이 오는 것이 자연의 순리이듯 사람살이 변역에도 과도기는 치러야 좋은 변역을 이룰 수가 있을 것이요. 적개심을 누그러뜨리고 조바심을 눌러야 일이 제대로 될 것이요."

"우물 안 개구리 같은 저 수구들은 퀴퀴 묵은 이념에 맹목적으로 사로잡혀 한발자국도 나가지 못하는 옹졸한 사람들입니다. 중화에 중독된 정신병자들입니다. 세상을 모르고 있습니다. 우리가 내놓은 쇄신안, 개혁 법안 모두를 오랑캐 법이라고 무조건 극렬히 반대합니다. 대화나 타협은 저들에게 씨가 먹히지 않는다는 걸 잘 아실 것입니다. 우리가 시기를 놓치지 않고 밀고 나가는 것은 조급증이나 무모함이 아닙니다. 지금이 좋은 기회입니다. 저들의 기를 꺾고 그들이 사수하려는 것이 허접쓰레기라는 것을 똑똑히 알려주어야 합니다."

유길준의 눈에서는 신념의 불꽃인지 적개심의 발로인지 무서운 기운이 피어나고 있는데, 김윤식은 눈을 감고 입을 닫고 꼿꼿한 자세로 마치 좌선이라도 하듯 평온한 기색으로 앉아 있었다. 중용의 도를 흩트리지 않겠다는 몸가짐처럼 보이기도 했다. 김홍집도 눈을 감고 살짝 미간을 찌푸리고 이런 토론에서의 왈가왈부는 하도 많이 겪어서 지겹다는 기색이었다. 잠간 동안의 정적을 깨트리고, 머리를 수그리고 있던 탁지대신 어윤중이 고개를 치켜들고 말을 내놓았다.

"무슨 일에나 선후 순서가 있어야 합네다. 하물며 복잡다단하기 그지없는 나라 살림을 하여나감에는 더욱 그러합네다. 이런 중차대한 시국에는 삐끗 어긋나면 만사가 틀어지거늘, 다만 한줌도 안 되는 극소수의 감정에서 나온 사안을 법령이라는 이름으로 우격다짐하면 우선 창피 막심이고 거기에 위험까지 따른다면 절대로 해서는 안 될 것입네다. 일에 차례를 매기는 것이나 가부를 정하는 일은 세심하고 신중하게 탁지해야 될 것이요. 그것은 바로 탁지부에서 결정해야 마땅합네다. 나는 상투 깎기에 반대합네다. 그것은 그러지 않아도 조마조마해서 우리를 바라보는 백성들의 지지를 엄청 깎아낼 것이 명약관화한 일입네다."

분명하게 반대를 밝힌 어윤중은 유길준을 똑바로 응시했다. 유길준도 시선을 피하지 않고 마주 바라보며 다시 소신을 피력했다.

"무엇이 위험하고 무엇이 염려된다는 말이오이까. 그만한 결단도 없이 어찌 혁신을 이룰 수 있겠습니까. 사사건건 트집 잡고 모략하는 악질 트레바리들 무서워 우리가 할 일을 못해서야 되겠소이까!"

"지금 이 자리에서 상투 깎기에 반대하는 사람은 저 사람들이 아니라, 저들 수구파에 밉보여 9년 세월 귀양살이를 했던 바로 나 이도재요. 내가 반대하는 것은 그것이 우리가 수행해야 할 정작 중요한 일에 커다란 차질을 가져올 것이 뻔히 보이기 때문이요. 그러잖아도 들썩대고 있는 수구들이 이것을 빌미로 작당해서 저항해오면 걷잡기 어려운 난리가 나고 말 것이요. 지금 우리가 어쩔 수 없이 일본의 힘을 빌려 개화를 위한 쇄신을 하고 있소. 이 어쩔 수 없는 현실이 저들에게 커다란 명분을 주고 힘을 얻게 하고 있소. 모든 것을 일본의 명령으로 몰아붙여 백성들을 선동하고 있소. 고생살이에 자포자기하고 불만과 분노가 쌓여있는 백성들이 난리를 탈출구로 생각하고 저들의 선동에 놀아날 것이요. 무엇으로 그 난리를 감당할 것이요."

이도재의 간절한 음성에도 유길준의 기세는 꺾이지 않았다.

"설령 난리를 일으킨다고 하드래도 그 참에 잠복해 있는 독소를 제거해야 우리의 일을 앞당길 수 있을 것이요. 개혁의 요체는 힘입니다. 기선을 제압하여 막강하게 밀고 나가지 않으면 일을 추진할 수가 없습니다. 지금 우리는 다행히도 피 흘리지 않고 혁명을 이룰 수 있는 호기를 맞이했습니다. 싸울 수밖에 없다면 싸워서라도 이루어야 합니다."

이도재는 눈을 부릅떴다.

"자기의 독선을 위해서 백성들을 희생시키는 것은 천벌을 받아 마땅할 것이요. 작년에 내가 동비의 난을 진압하러 갔을 때, 그 참상은 너무나 끔찍했소. 전주화약으로 자중하고 있던 그들이 재차 봉기하여 북진하게 된 것은, 정치가들의 사주에 의한 것이었소. 정권을 탐하는 대원군 파가 밀사를 왕래시켜 기어이 그들을 부추겨, 끌어올린 것이었소. 오합지졸들인 그들은 싸움다운 싸움을 해보지도 못하고 속절없이 죽어갔소. 성능 좋은 무기와 일사분란한 군기로 훈련되어 있는 일본군 앞에서는 너무나 맥없이 도살되었소. 문자 그대로 시체가 산을 이루고 피가 냇물처럼 흘렀소. 그들이 누구요. 바로 힘없고 어리숙한 우리 백성들 아니요. 피눈물이 날 지경이었소. 정치가나 이념가들이 백성들을 이용하게 되면 사단은 커지기 마련이요. 결국 죽어나는 것은 불쌍한 백성들이요. 어떤 대의명분을 앞세우더라도 그런 비참한 일이 일어나서는 절대로 안 되오."

분기를 금방 터트릴 것 같은 이도재의 서슬에 유길준은 기세를 누그러트리고 천연덕스럽게 대꾸했다.

"그런 불상사를 방지하기 위해서는 우리가 먼저 합심해야 되지 않겠습니까. 우리끼리 우선 통합해야, 온 나라를 통합시킬 수가 있을 것입니다. 일은 이미 시작되었습니다. 대군주폐하께서 결심하셨고, 군부에서는 명령을 받아 만반의 준비를 갖추었습니다."

"어떻게 바람 속에서 불붙이는 이런 일을 조급증 환자들이 쉬쉬하며 모의해서 임금님 명령을 강취해 냈다는 말이요? 그렇잖아도 국모 시해라는 무서운 궁궐 참변을 겪으시고 정신이 붕괴되어 있는 상감을 겁박하여, 정신 나간 법을 만들었다는 지탄을 면치 못할 것이요. 안될 말이요. 내가 폐하를 알현하겠소."

말이 떨어지기 무섭게 이도재는 떨치고 일어섰다. 그렇게 그날의 의견 충돌은 중동무이 되었고, 이도재가 폐하를 만나기도 전에 폐하가 먼저 상투를 자르고 단발령을 공포했다. 아니, 임금이 머리털을 깎이고, 일본의 앞잡이 개화당이 법령을 내렸다고 사람들은 말했다.

분기가 상투꼭대기까지 치솟은 선비들이 행동에 나섰다. 국모가 시해 당했을 때에도 평론으로 한 가을을 다 보낸 사람들이 추운 겨울에 붓을 던지고 밖으로 뛰쳐나와 칼을 들고 일떠섰다. 기득한 상투를 수구하려는 그들의 기세는 사나웠다.

부유한 집에서 곡식과 돈을 내놓아 군량미를 만들고, 백성들을 끌어 모아 병사로 삼고, 짐승 잡아먹고 살던 산포수들을 불러들여 앞장세우고, 이름 하여 의병(義兵)이라 하였다.

상투를 지키고 개화당을 죽이고 왜놈들을 이 땅에서 쓸어내고 민족정기를 바로세우기 위하여, 위정척사의 강령으로 뭉친 의병이 제일 먼저 손쓴 것은, 상투 자르기에 열성을 보였던 고을 수령들의 목을 자르는 일이었다. 방방곡곡에서 군수와 관찰사들의 목이 잘렸다.

곳곳에서 뭉쳐 일어선 의병 가운데에서 가장 규모가 크고 위세를 떨친 것은, 충청도 제천의병이었다. 당대의 거유로 일컬음 받던 의암 유인석이 의병장이었다.

유인석은 의병이 조직되기 전에 이미 호서와 영남과 기호 지방의 선비들을 불러 모아, 이토록 참람한 지경을 맞이하여 선비로서 처신할 바를 심도 깊게 토의하였다. 선비들은 현하 시국을 진단함에, 의견이 일치된 것은, 여태 중화의 빛나는 전통을 이어내려 소중화의 자리에 있던 떳떳한 우리 조선이 이제 오랑캐의 침략으로 소일본으로 전락하고 말았다라는 거였다. 선비들은 비분강개하여 흐느끼고 통곡하며 눈물콧물 범벅되어 이마빡을 바닥에 짓찧기도 했다. 그리고 유인석이 대의를 위하여 선비가 나아갈 바를 제시하였다.

"이런 대재앙이 덮쳐 소중화의 땅이 더럽힘을 당했으니, 우리는 지극히 비상한 처신을 할 수밖에 없소. 그 방법은 마땅히 중화의 대의와 전통에서 찾아야 할 것이요. 그래서 세 가지 방법을 알아냈소이다. 첫째, 깨끗이 스스로 목숨을 끊어 절개를 지키는 길이요. 둘째, 대의의 칼을 들고 나서 의병을 일으키는 것이요. 마지막으로는 더럽혀진 오랑캐의 땅을 떠나 중화의 양맥을 보전하여 권토중래하는 길이요."

그리하여 선비들은 모름지기 이 세 가지 길 가운데 하나를 골라잡기로 하였다. 먼저 유인석은 요동 땅으로 건너가 양맥을 보지하고 살다가 뒷날을 도모하겠노라고 자신의 길을 먼저 내놓았다. 그의 여러 제자들과 문우들이 그 길을 따르기로 하였다. 다음은 떨쳐 일어나 의병을 일으켜 맞서 싸우겠다는 사람들이 있었다. 마지막으로 몇 사람은 깨끗이 스스로 죽음을 결행하겠노라고 했다.

제일 먼저 행동에 나선 것은 의병파였다. 망명파는 준비를 서둘렀다. 자살파는 관망하고 있었다.

의병의 길을 택한 선비 이춘영과 안승우는 고향인 지평〈양평〉에서 병사를 모으고 지평 일대의 산포수 두령인 김백선을 포섭하여 400여 명의 포수들을 의병에 끌어들였다. 지평 의병의 주력부대가 된 포수들은 이미 전투 경험이 있었다. 작년 동학도의 난이 났을 때, 선비들이 조직한 동비 토벌을 위한 의병에 가담하여 동학도를 쳐부순 역전의 용사들이었고, 두령 김백선은 그 토벌 공로로 절충장군이라는 칭호까지 하사받았다.

천여 명의 병사를 모은 지평의병은 포수 부대를 앞세워 기세 좋게 밀고나가, 원주까지 진출하여 관아를 점령하고, 제천으로 들어갔으나, 지방 수령들은 성을 내주고 도망질하기 바빴다. 이곳저곳에서 일어난 의병들이 모여들어 통합하여, 충무공 이순신 장군의 후손인 이필희를 대장으로 삼았다. 의병진은 단양을 공격하여 들어갔다. 처음 전투에서는 승리하였으나 곧 일본군과 합세한 관군의 공격을 받고 패배하여 도망질쳐야했다. 그 뒤로 의병진은 걷잡기 어려운 혼란에 빠졌다. 군율이 서지 않았다. 지휘자들끼리 서로 원망하고 반목하였다. 대장을 죽여야 한다는 부류까지 생겨나, 이필희는 의병진에서 사라지고 보이지도 않았다. 도망치는 병사들이 속출하였다.

영월로 퇴군한 의병진은 선비 장수들이 수습책을 논의한 끝에 신망 받는 유인석을 대장으로 추대하여 난국을 타개하기로 했다. 그때에 유인석은 어머니가 돌아가신지 얼마 되지 않았으므로 의병진의 요청을 거절했다.

"친상을 당한 죄인의 몸으로 어찌 군무에 오를 수 있다는 말인가? 천부당만부당한 소리로다."

그러나 나라가 존망의 기로에 있는 비상한 때라는 것을 역설하며 선비들이 뜰에 엎드려 울며 간청하여 기어이 유인석을 대장으로 추대하였다. 그렇게 되자 요동 망명을 준비하던 선비들이 길을 바꾸어 의병에 참가하였으므로 천군만마를 얻은 것 같은 기세가 되었다.

기복 의병장에 오른 54세의 유인석은, 하얀 심의를 입고 하얀 망건에 흰 갓을 쓰고 대장단에 올라 취임식을 엄숙히 거행하였다.

유인석은 막료 장군들과 종사관을 불러 모아 군율을 세우고 기강을 바로잡을 방도를 숙의하였다. 병사들 내부에 이간질하는 오랑캐의 첩자가 침투해 있을 추론이 대두되었다. 선비들이 전에부터 데리고 부리다가 의병이 된 자들을 비밀히 불러 병사들 내부의 동태와 언어에 대한 정보를 취합하여 보고서가 작성되었다.

이튿날 아침 의병장 유인석이 중군장 이춘희를 불러, 적바림이 들어있는 봉투를 내주었다. 네 사람을 신속히 묶어서 대령시키라는 명령이었다. 중군장이 그들을 묶기 전에 다시 들어와서 대장에게 아뢰었다.

"제가 조사한 바로는 사실이 다릅니다. 이 네 사람은 모두가 온 진중의 병사들에게 신뢰받는 인물들입니다. 전투가 벌어지면 용감히 앞장서 싸웠고, 군심이 해이해지고 방만해졌을 때에도 이 네 사람이 병사들을 연대하여 흩어지지 않게 하는 구심점 역할을 했습니다. 그리고 견문이 많아서 많은 병사에게 기림을 받는 자들입니다. 하필 그런 사람들을 죄 준다면 군심이 동요되어 무슨 변고가 생길지 우려됩니다."

그러나 대장 유인석은 불호령을 내렸다.

"이미 장령을 내렸거늘, 불복하겠는가? 곧 바로 대령하라! 군율을 시행하고 있다."

중군장은 명령을 따랐다. 병장기를 갖춘 병사들이 두르고 선 삼문루에 높이 좌정하고 앉은 대장이 먼저 이민오라 하는 자를 불러냈다. 이민오는 상투를 잘라내고 양오랑캐머리를 하고 있었다.

"네놈은 지평 군수 맹영재와 어떤 사이냐?"

"작년 동학군 토벌하는 의병에 들어 그의 수하에서 싸웠습니다."

"너와 맹영재가 긴밀한 관계라는 걸 알고 있다. 맹영재는 개화당 역도 어윤중의 심복이다. 맹영재가 너에게 무슨 임무를 주어 우리 의병진에 들여보냈느냐?"

"맹영재 군수와는 알고는 있으나, 제가 의병에 들어온 것은 그와는 아무 상관이 없습니다."

"이실직고하지 못할까! 네놈이 병사들에게, 저 개화당 역도들이 만든 개화법이 마땅히 시행되어야 할 좋은 것이라고 말하지 않았느냐?"

"그런 말은 했습니다. 그러나 그것은 우리 힘으로 해야지 일본의 강압으로 해서는 안 된다는 말도 했습니다. 그래서 왜놈들을 모두 몰아내야 한다는 말도 했습니다."

"네놈이 저 오랑캐 앞잡이 개화당의 개라는 걸 알고 있다. 이놈이 사실을 토설할 때까지 주리를 틀어라!"

이민오의 두 다리 사이에 주릿대를 넣어 틀기 시작했다. 처절한 비명이 터져 나왔다. 그리고 다시 물었으나 이민오는 억울하다는 말만 되풀이 했다. 몇 번이나 고신이 되풀이 되어 다리뼈가 부서지고, 이윽고 다시 한 번 더 주릿대가 들어오자, 이민오는 울면서 소리쳤다.

"그래 그 말이 맞다. 날 죽여라!"

기진한 그는 개 끌리듯 끌려 나갔다. 다음으로 최진사라 불리는 자가 불리어 나왔다. 최진사의 상투는 유난히 컸다.

"지금 우리를 치러 내려온 오랑캐의 개 유세남을 잘 안다고 하였지?"

"이웃에 살아서 알고는 있으나, 교분은 없습니다."

"유세남이 저 역당의 괴수 유길준의 수족이라는 것도 알고 있지? 네놈도 개화당이 아니냐?"

"아닙니다. 나는 개화당을 반대합니다."

"그러면 어찌하여 개화법이 좋은 법이라고 말하였느냐?"

"잘못했습니다. 살려주십시오."

"개화당의 끄나풀이 되어 의병에 들어왔다는 것을 인정하겠는가?"

"인정하면 살려줍니까?"

"실토하고 죄 값을 받으라."

"아닙니다. 저는 왜놈을 몰아내는 의병이 좋아서 자진해서 들어왔습니다."

그러나 최진사도 앞의 이민오처럼 수차례 고신을 당하고 더 이상 부인하지 못할 지경에 이르러서야 끌려나갔다. 다음에 나온 박주사라 불리는 병사는 키가 크고 깡마른 몸매에 머리털을 밤송이처럼 짧게 깎고 있었다.

"네놈은 어찌하여 병사들에게 단발을 권하였느냐?"

"상투가 없으면 머리 씻기 편하고 위생에 좋고 전투하는 데에도 편리하다고 말했을 뿐입니다."

"네놈도 최진사라 하는 저놈과 한통속이 아니냐?"

"친구일 뿐입니다."

"군율이 엄연하거늘, 어찌하여 장수들을 욕하고 험담하기를 일삼았느냐?"

"백면서생들이 졸지에 장수가 되는 바람에 군사를 통솔하는데 실수가 있고, 작전에도 서툴어 갈팡질팡할 수밖에 없다는 말을 했을 뿐입니다."

"양반 선비는 다 죽일 놈들이라고 하지 않았느냐?"

"사람이 화가 나면 무슨 말인들 못하리까. 죽어간 병사들을 보고 너무나 슬프고 분하면, 악에 바친 말도 나올 수 있는 것이 인간이오이다."

"건방진 놈이로구나. 네놈은 일본말도 잘 한다고 들었다."

"적을 이기려면 적을 알아야 한다는 말이 있습니다. 일본과 싸우러 온 나를 일본의 앞잡이로 몰고 싶다면, 어차피 그렇게 만들고 말 것이니, 그냥 죽이시오. 허나 당신네들의 울분을 이런 식으로 풀면, 우리 조선의 앞날이 너무나 캄캄해 보여 슬프고 분하오. 그러니 양반은 다 죽일 놈들이라는 소리를 듣는 것이요."

당당하게 소리치고, 그는 고신 당하지 않고 재빨리 끌려나갔다. 마지막으로 나온 신이백은, 병사들 간에 신처사라 불리고 또한 선달이라는 호칭까지 얻고 있었는데, 생김새와 언행이 고상해 보이고, 더불어 전투에서는 용맹하여 병사들의 신뢰를 얻었으며, 도술을 한다는 소문까지 나 있었다. 그는 전군장의 종사로 발탁되어 있기도 했다.

"네놈은 동학 비도가 아니냐? 여기가 어디라고 너 같은 동비가 끼어들었느냐! 요사스런 주문을 겁도 없이 나불대고, 사특한 교리를 설파하고, 의병을 꾀어내 동학 비도를 다시 일으켜 세우려고 했겠다?"

"그렇다고 하리다. 병사들을 겁주어 억압하려는 희생 제물로 우리를 골랐다면, 어차피 자기들 뜻대로 하는 것이 당신네들의 억지라는 걸 잘 알고 있소이다."

신처사는 하늘을 우러러보며 말을 이었다.

"이 시대를 살아오며 원통한 일을 수많이 겪고 살아왔거늘, 끝내 죽음까지도 원통하구나! 하늘님이 내려다보고 계신다. 아아 개벽이 머지않았거늘… 오호라 알았도다. 나는 당신들의 희생 제물이 아니다. 미구에 올 새 시대 개벽을 앞당기는 희생 제물로 간다. 시천주조화정영세불망만사지, 시천주조화정…"

"저 요사스런 놈을 속히 끌어내라!"

끌려 나가면서도 신처사는 계속해서 주문을 외우고 있었다. 하늘이 시퍼렇게 개여 있는 추운 날씨였다. 네 사람 모두 망나니의 칼에 목이 베어져 그 머리가 진중에 내걸렸다.

유인석 대장의 참모였던 이정규는 그때의 정황을 그의 〈의병전쟁 종군기〉에 이렇게 기록했다.

…그들의 목을 베니, 한 진영 상하가 신이하게 여겨 놀라고 두려워하였다. 거만하고 사납고 완패한 사졸들이 벌벌 떨어 부드럽고 온순하게 되어 장수 명령이 떨어지면 마치 몸이 팔을 사용하는 것 같이 되었다.…

그러나 사흘 뒤의 일지에서는 또 이렇게 적었다.

… 말과 소를 잡아 군사를 먹이고, 의암 선생께서 나에게 병사 인원을 점고하여 보고하라 이르기에 조사해보니, 밤사이에 40여명이 도망쳤다. 다음날 또 군사를 먹이고 가만히 점검해보니, 또 30여명이 사라졌다. 이대로 며칠이 지나면 군사는 한 사람도 남지 않게 생겼으니, 장차 이 일을 어찌할꼬…

의병이 된 포수와 농민들은 자꾸 도망쳤으나, 그만큼 소모해 들이는 병사들이 있었기에 유인석 의병은 400명 정도의 인원을 계속 유지시켜 나갔다.

네 사람의 병사를 처단하여 군기를 다잡은 유인석 의병은 영월을 떠나 본거지를 제천으로 옮겼다. 다사다난했던 을미년도 저물어가고 있었다. 섣달 그믐날에, 인근의 지방 수령 가운데 강제 삭발을 열심히 수행하여 원성이 자자한, 단양 군수 권숙과 청풍 군수 서상기를 묶어와 의병진의 뇌옥에 가두었다.

그들의 문초는 새해가 밝아온 병신년 정월 초사흘 날에 이루어졌다. 이날의 문초에는 의병뿐만이 아니라, 인근의 민간인까지 초빙하여 방청하도록 하였다. 꽁꽁 묶여있는 두 군수는 상투 없는 대가리였다. 먼저 권숙이 대장 앞에 꿇려졌다.

"그대는 우리 유생들이 흠모하는 수암 권상하 선생의 후손이 아닌가. 그러할진데 어찌하여 훌륭한 선조를 닮지 못하고, 그대의 사돈인 흉적 어윤중을 쫓아 오늘의 지경에 이르렀는고! 수암 선생을 생각하면 억장이 무너지는 듯 비통하지만, 그대 지은 죄가 막중하여 대의로써 다스리지 않을 수가 없다. 그 죄를 알겠는가?"

"나는 오로지 임금님의 부르심을 입어 작은 고을을 맡아 폐하의 명을 따랐을 뿐이외다."

"손바닥으로 하늘을 가리려고 하는가. 어찌 그것이 임금님의 명령이라 하는가? 폐하를 겁박하고 있는 저 흉악한 섬 오랑캐와 그 왜놈의 개가 된 역도들의 명령이라는 것은 삼척동자도 다 아는 바이거늘. 그러함에도 그들에게서 벼슬을 얻어 한 것부터 죄이거늘, 그 역도들의 망령된 명령을 받들어 우리의 떳떳한 대도와 빛나는 양맥의 전통을 짓밟고, 저 오랑캐의 사특한 난법을 받아들인 난신의 앞잡이가 된 자로써 어찌 임금님을 빙자하여 죄과를 모면하려 하는가! 일찍이 독서인이라 불리던 그대가 어찌 그것을 모른다 할 수 있겠는가. 어디 한번 대답해보라.”

“옛 성인께서도 온고이지신(溫故而知新)이라 했습니다. 새로운 것을 배우는 것도 옛것을 익히는 만큼 중요한 일이라 여겨집니다. 또한 일일신(日日新) 우일신(尤日新), 날마다 새로워지고 더욱 새로워져서, 작신민(作新民), 백성을 새롭게 만드는 것이 선비의 의무이고 군자가 행하는 도리라고 말씀하셨습니다.”

“방자하구나! 그래, 날마다 새로워지는 것이, 면면히 이어온 법도를 없애고, 질서를 허물고, 오랑캐 옷을 입는 것이고, 국모를 죽이는 것이고, 임금을 욕보이고, 상투를 자르는 것이란 말인가?”

“두발을 깎는 것은 손톱을 깎는 것과 같이 부모로부터 받은 소중한 것을 정결히 가꾸고 보존함이라 생각됩니다. 우리는 어쩔 수 없이 더 큰 세상 속에 살게 되었소이다. 성현의 말씀에도 때와 장소에 맞추어 행동하는 것이 중용의 도리라 하시었소이다. 빈천함에 처하면 그에 맞게 행동하고, 환난 중에는 환난에 맞게, 오랑캐와 함께 살 수 밖에 없을 때에는 오랑캐에 맞게 행하라고 분명하게 말씀하시었소. 그것이 군자의 도리라…”

권숙의 말이 그치기기를 기다리지 않고 유인석이 노해서 소리쳤다.

"네 이놈, 지금 여기가 어디라고 감히 네놈에 맞춰 멋대로 경전을 강론하고 있느냐! 네놈들 같은 사문난적을 죽이려고 일어선 것이 의병이다. 저 개화당이 왜놈 오랑캐의 주구가 되어 우리 조선의 화맥(華脈)을 끊고, 공맹의 유구한 성현대도를 짓밟아 만백성이 짐승으로 변하게 되어 삼천리강토가 통곡하고 있으매, 우리가 일어선 것이다. 그런데 네놈이 벼슬길에 나선 것이 환난 중에 환난에 맞게 행하는 길이란 말인가, 어디 대답해보라."

"이 사람이 벼슬에 나간 것은 임금님 명을 거역할 수 없다고 생각하였음이 그 첫째 이유이고, 두 번째는 늙은 아버지를 모시고 있는 이 사람은 그것이 효의 길이라 믿었기 때문입니다. 그 동안 이 사람은 성현대도의 가르침을 따르려고 애써왔고, 그 가르침 가운데에서도 충과 효를 다하려고 진력해 왔소이다. 헤아려 생각하기를 바랍니다."

"그대의 처신은 충효가 아니라, 불충하고 불효하기 이를 데가 없다. 오랑캐의 주구인 개화당의 명령인 강제 단발에 누구보다 열성이었고, 국모의 폐비 조칙이 내려졌을 때에는 서둘러 골골이 방을 붙이고, 복위 통고가 왔음에도 그것을 무릎 밑에 감추고 있었다는 것이 다 알려진 사실이다. 임금님을 겁박하고 상투까지 자른 개화당에 충성을 다 했을 뿐이다. 단양의 유생들뿐만이 아니라, 인근의 여러 백성들까지 권숙을 죽이지 못하면 의병이 아니다 하는 소리가 빗발치고 있다. 그러한 여론에서 나오는 원성 때문에라도 그대를 살릴 수가 없다. 마지막으로 할 말이 있는가?"

"기탄없이 말하겠소이다. 난세를 만나면 벼슬길에 나가지 않는 것이 선비의 도리라고 하오마는, 나는 가진 것이 없소이다. 팔십이 된 아버지가 계시고 식구들을 부양하기 위하여 어쩔 수 없이 벼슬을 받았소. 그것이 죄라면 어쩔 수가 없소. 벼슬을 받았으면, 내리는 명령을 수행할 수밖에 없지 않소이까? 여기 의병진에는 내 아들과 어렸을 때부터 친하게 지낸 젊은 선비가 많이 있소이다. 그들의 아버지와 나는 절친하게 살아왔소. 다 같이 유학을 받들어 살아왔으며 살아가려고 진력하는 사람들이요. 우리가 성현의 말씀을 이행하는데 그 해석이나 방법이 다르다고 그 사람을 죽이는 것은 성현이 말씀하진 인의예지가 아니라고 생각됩니다. 그리고 여론의 원성이라 하시었소이다마는 그러한 여론은 시기하고 증오심 많은 사람들의 소리만 드높고, 그 아래 더 많이 잠복해 있는 사람의 소리는 귀에 들리지 않을 뿐입니다. 나와 내 아들의 친구들을 봐서라도 나를 살려주어 늙은 내 아버님에게 크나큰 불효를 저지르지 않게 해주신다면 남은 생은 결코 벼슬길에 나아가지 않겠습니다."

권숙의 모습은 처연했고 그 목소리도 떨리며 몸까지 떨고 있었다 추위 때문만은 아닌 것 같았다. 유인석은 고개를 숙이고 말이 없는데, 방청하고 있던 유림들이 대신 소리치기 시작했다.

"죽이시오! 죽이시오! 대의를 만천하에 알리시오!"

"살려주면, 의병지지를 철회할 것이요."

주위가 마구 시끄러워지자, 유인석이 벌떡 일어서서 소리쳤다.

"죄인 권숙과 서상기를 참수하라!"

그러자 다시 방청하던 사람들 가운데 외치는 소리가 나왔다.

"안될 말이요! 참수는 가당치가 않소. 능지처참을 해야 마땅하오!"

"육시를 해야 될 놈이요!"

모여 있는 다수의 군중 가운데 소수이긴 했지만, 악바리의 부르짖음은 드높았다. 적개심과 증오의 발로였으며, 또한 그렇게 소리쳐야 소신 있는 지식자로 보인다고 생각하는 못난 이든지, 어느 시대나 그런 인간은 있기 마련이었다.

유인석 대장의 제자로써 종사관이었던 젊은 선비 이조승은 〈의병 일기〉에 이렇게 썼다.

…수염 없는 권숙의 목이 쟁반에 받쳐 온 것을 보고, 나는 머리와 뼈까지 오싹 떨렸다. 권숙은 나에게는 아버지의 친구요, 고모부의 형님이다…

유인석 의병은 제천과 인근의 유력자들 원조에 힘입어 급속히 그 세가 불어났다. 제천은 유인석이 진즉부터 서사를 열어 향음례를 거행하여 왔고 여러 제자들을 가르쳐 온 고을

이었다. 전에 승지 벼슬을 지냈던 우기정이, 많은 병사를 모아 합세했고. 선비들은 열심으로 백성들을 의병으로 끌어들였다. 소문은 빨랐다. 인근 다른 고을의 의병들도 유인석의 휘하로 모여들었다.

정월 초닷새 날에 유인석 의병은 5,000여 명의 규합된 군사로 충주성을 공격했다. 충청도 관찰사 관아가 자리하고 있는 충주는 조선땅의 중심이라고 일컬어졌고 교통의 요로였고 군사의 요새였다. 그때 충주성 안에는 경병 400여 명, 지방대 500여 명에 일본군 200명이 주둔하고 있었다. 그러나 의병은 숫자는 많았지만 총을 가진 병사는 400명이 채 되지 않았다. 허지만 의병은 쉽게 충주성을 함락했다. 충주성에 살고 있는 유력자들과 지방대에 미리 사람을 보내 호응하기로 밀약되어 있었기 때문이었다.

유인석의 종사관인 이조승은 충청도 제일의 부자라는 소리를 듣는 지주 집안의 자제였다. 이조승의 집안에서 의병을 적극 돕고 있었다. 충주성 향교 도유사 이벽원은 이조승 집안과 오랜 교분이 있는 사람이었고, 지방대 두령 김성한은 이조승 집안의 마름 일을 하였던 수하인이었다. 그리고 그날의 의병 전술은 용의주도했다. 야음을 틈타 병력을 비밀리에 충주성 가까운 산 속에 숨어들어 있게 했다가 사방에서 성을 에워싸고 한꺼번에 함성을 지르며 돌격했다. 때맞춰 성안의 지방대가 성문을 열어주고 달아나고 더러는 의병에 합세하니, 졸지에 당한 경병과 일본군은 뒷문으로 도망쳐 달아나고 말았다.

생포된 관찰사 김규식은 의병진의 장수에게 넌지시 말했다.

"우리 집안은 대대로 척사를 부르짖어 왔습니다. 그랬는데 나는 어쩌다가 환장을 해서 개화당의 부름을 임금의 하명으로 생각하고 이 지경에 처하고 말았구려. 그러나 나도 작금의 돌아가는 정세를 보고 어떻게 일본을 몰아낼 것인가를 염두에 두고 깊이 궁리하여 왔소이다. 이제 대의가 일어섰으니, 나로 하여금 의병을 돕게 한다면, 내가 관찰사로써 왜군에 대해 알고 있는 바의 정보가 있으니, 미력이나마 도움이 될 것입니다. 척화의 대열에 함께 서고 싶소."

관찰사 김규식의 전향 의사를 놓고 의견이 엇갈렸다.

"지금 우리 의병이 호서로 진출하려면 일본군 병참기지인 가흥참과 안보참을 무너트려야 할 것이요. 그리고 충청도를 장악한 다음에 그 기반으로 한성을 쳐야 될 판이니, 작전에 그가 쓰잘 데가 있을 것이요. 그리고 관찰사가 우리 휘하에 들었다는 것은 의병의 성가를 높이는 것이 될 것이요."

이렇게 말하는 소리는 낮았다. 그러나 반대하는 소리는 드높았다.

"흉적을 받아들여 야합을 하면 창의의 기상은 훼손되고 병사의 기개가 꺾이고 대의를 따르는 팔도의 수많은 선비들과 백성들의 지탄을 면하지 못할 것이요!"

"조선 팔도에서 단발을 자행함이 가장 혹심한 곳이 충청도라고 하는데, 관찰사를 목 베지 않으면 어찌 의병의 기개가 서겠소. 그를 죽이지 않으면서 어찌 의병이라 할 수가 있겠소!"

"그 자를 살려두면 난 의병을 떠나겠소!"

목소리 큰 자들의 기세는 살기등등했다. 그들에 맞서면 살인이라도 날 것 같은 사나운 분위기가 만들어졌다. 관찰사 김규식은 곧 목이 베어져 관아 앞에 효시되었다.

충주성 함락의 소식이 전해지자 사방에서 일어선 크고 작은 의병대가 유인석의 휘하로 모여들었다. 유인석은 중부지방의 연합 의병장으로 부상되었고, 호좌의병 의병장이라는 명칭을 사용하였다. 그때에 호좌의병의 병사 수효는 만여 명이었는데, 퍼져나간 소문으로는 십만 대군이라 부풀려졌다.

전투의 승리는 병사들의 기개를 드높였지만 사람의 심사를 무모함에 들뜨게 하기도 했다. 선봉장 김백선은 대장소 앞에서 마구 소리쳤다.

"한성으로 쳐들어가지 않고 왜 미적대고 있소이까? 진군 명령을 내리시요!"

김백선은 진즉부터 작전이고 나발이고 고려하지 않고 무턱대고 싸우기를 주장하여, 신중한 장수들은 위험한 폭탄 같은 존재로 우려하고 있었다.

이춘영은 스물일곱의 나이로 의병진 서열 2위인 중군장이었지만, 그동안 전투에 앞장 설 기회가 없었다. 그는 스스로 중군의 병사들을 이끌고 나서, 수안보 온천을 점령하고 있는 일본 병참을 공격하였다. 그러나 일본군의 방어는 무서웠다.

의병은 많은 사상자를 냈고, 중군장 이춘영도 총에 맞아 죽었다. 의병은 이춘영의 시신만을 가까스로 떠메고 퇴각하는 패배를 맛봐야 했다.

의병군의 대장소에서는 대진을 통솔하기 힘에 버거웠다. 성 밖에 진지를 구축하고 파수대를 설치하고 명령을 전하고 보고를 받고 군량을 조달하고 배분하고 사방 고을에 정벌부대를 출격시키고 작전하기도 힘겨운데, 군부 안에서는 서로 내부의 비리를 참소하고 성토하여 정신을 혼란하게 했다. 그런 데다 이곳저곳에서 민원이 밀려들었다.

골골에 죽여야 할 놈들이 너무 많았다. 누구는 개화당의 앞잡이다. 누구는 스스로 상투를 깎고 개화법이 좋은 법이라고 백성들을 선동했다. 또 하얀 옷을 물들여 소매 좁은 무색 옷으로 만들어 입고 다니며 서양력을 잽싸게 받아 정삭다례와 송구영신의 의례를 오랑캐 법으로 하는 놈도 있었으며, 의병을 비방하는 놈이 있는가 하면, 도둑과 강도와 살인이 곳곳에서 일어나고 있었다. 성질 더럽고 사나운 놈, 증오심 시기심 많은 인간들이 혼란 가운데에서는 더욱 기승하는 것은 예나 지금이나 어쩔 수 없는 사태였다.

충주성을 함락했던 처음에는, 의병이 상투 없는 남정네는 다 죽인다는 유언비어가 성안에 파다하여, 그것이 낭설이고 의병은 오히려 상투 잘린 백성을 위로한다는 사실을 설파하고 방을 붙이기까지 했다. 난세에 백성을 통솔하고 통합하는 일은 힘들었다. 그러는 와중에도 군대를 천안에까지 파견하

84

여, 상투 자르기에 광분하였다고 소문이 난 천안 군수 김병숙의 모가지를 잘라내는 전과를 세우기도 했다.

그때에는, 개화당 패거리끼리의 세력 다툼으로 친일 오랑캐 내각이 무너졌다는 소식이 의병진 안에까지 전해져 다 알고 있었다. 친 로서아 개화당과 친미국 개화당이 전국의 의병 진압에 분주해 있는 틈새에 임금을 궁궐에서 빼돌려 로서아 공사관으로 옮기는 작전에 성공하여, 단발령을 내린 친일 개화당을 체포 사살하라는 임금의 명을 받아, 총리대신 김홍집과 임금의 상투를 잘랐다고 알려진 상공대신 정병하는 즉결로 죽임을 당했고, 탁지대신 어윤중은 고향으로 내려가다가 평소에 사사로운 원한을 가졌던 자에게 타살되었으며 다른 대신들은 숨어버렸고, 유길준과 친일 개화당들은 가까스로 몸을 피해 일본으로 망명하였다.

김홍집과 정병하의 시체는 광화문 앞 길거리에 내던져져 백성들 앞에 제시되었는데, 여러 사람이 그 시신에 침을 뱉고 발길질을 하고 칼질을 하고 살점을 도려내고 각각으로 분노를 나타내고 환성을 질러 댔다. 그러나 저만치 떨어진 데에서는 눈물 흘리는 사람들도 있었다.

그들이 그렇게 죽었다는 소식이 온 나라에 전해지자, "듣던 중 반가운 소리로다. 오랑캐 앞잡이 괴수노릇 천년만년 해먹을 줄 알았던가. 속 시원히 잘 죽었다." 기뻐하며 반기며 통쾌해 하는 사람들이 있었다.

그리고 다른 사람들은, "어찌 이런 일이 일어났을꼬. 백성들 위해서 나라를 뜯어고치려고 그렇게 애쓰다가 원통하게 가시다니. 개화는 물 건너갔는가. 애석하기 그지없네." 슬퍼하며 흐느끼며 통곡하기도 했다.

단발령을 내린 김홍집 내각은 망했다. 그러나 그들을 이어 정권을 잡은 것은 친 로서아와 친 미국 개화당으로, 같은 오랑캐 앞잡이들이니, 의병으로써는 그들도 용납할 수가 없는 흉적들이었다. 내친 싸움을 그만 둘 수는 없는 일이었다.

그러나 도망치는 병사가 많아 의병의 수는 줄어들어 있었고, 충주성은 포위되었다. 성을 에워싼 관군과 일본군은 가까운 산 위에서 성 안을 향하여 집중 사격을 해왔다. 의병도 응사하여 공방전을 했으나, 성 안의 사람들이 입은 피해는 컸다. 안과 밖에서 총알만 주고받은 것이 아니고, 선유사와 의병장은 통고문과 답문으로 서로 문장도 주고받았다.

…관리를 목 베고 관청의 재물을 약탈하고 백성을 죽이고 임금의 명을 거역하는 자들을 의병이라 부를 수는 없다. 너희는 흉적이며 역도다. 당장에라도 들어가 토벌하기는 쉬우나, 그러면 죄 없는 백성들이 희생될 것이니 말미를 주겠다. 애초에 너희가 일어선 것은 역적을 죽이고, 상투를 보전하기 위함이었다. 이제 역적은 죽었고 상투도 보전하게 되었다. 임금의 선유를 받들어 즉시 해산하여 역적을 면하고 상투와 생명도 보전하라…

해산을 종용하는 선유사의 통고를 받고, 의병장은 항거의 의지를 흔들림 없이 밝히는 답서를 보냈다.

… 더러운 오랑캐의 앞잡이가 되어, 아름다운 우리의 전통과 문화와, 정의로운 법도를 다 파괴하고, 임금을 볼모로 잡고 겁박하여, 권세를 잡은 자들이, 어찌 지존의 명을 빙자하고 있는가. 공맹 성현의 대도와 선왕의 유업을 지키기 위하여 죽는 것이 선비의 도리이다. 오랑캐에 굴복하여 짐승으로 살아가느니, 죽음을 택하여 향기로운 이름이 세세토록 살게 하리라 …

문장 꾸미기를 좋아하는 선비들이어서 여러 수식어를 덧붙이기도 했지만 내용은 대충 이런 요지였다.

성벽을 경계로 하여 벌어지는 공방전으로 성 안에는 여기저기 시체가 쌓여가고 부상당한 자와 병신된 자들의 신음과 비명이 처절했다. 지휘자들은 독기가 올라 무서웠다. 항복을 권유했다가는 당장 죽임을 당할 것 같은 분위기였다. 그러나 양식은 바닥나고 땔감이 없어 집을 헐어 불을 지펴야 했다. 날씨는 아직도 무섭게 추웠다.

견디다 못한 의병진에서는 탈출을 감행했다. 성 안에 들어온 지 18일째 되는 날이었다. 이른 새벽 동문을 열고 의병진은 출격했다. 김백선이 이끄는 선봉부대가 앞장서 길을 트고 의병의 대진은 대장을 에워싸 호위하고 짓쳐나갔다. 선봉부대가 길을 잘 잡았던지, 아니면 운이 좋았던지, 또는 진압군이 손자병법의 충고를 받아들여, 쫓기는 적이 궁지에 몰려 극단의 저항을 하는 사태를 피하기 위하여 도망쳐 빠져나갈 길을 터주었던지, 아무튼 의병진은 산을 넘고 강을 건너 나아가는 동안 적과 마주치지 않았다.

유인석 의병진은 다시 제천에 입성하여 군영을 재정비하였는바, 남아있는 병사는 천 명 정도였다. 그러나 곧 다른 고을에서 일어선 의병들이 유인석의병진에 합세해왔다. 문경에서 봉기하여 안동관찰사를 목 베는 전과를 올렸던 이강년이 부대를 이끌고 와서 합류한 뒤를 따라, 원주, 횡성, 영춘의 의병들이 속속 유인석의 휘하로 들어왔으며, 소모장을 영남으로 파견하여 백성들을 끌어 모아, 제천의병은 2,000여명의 군사를 유지할 수가 있었다.

제천으로 통하는 사방의 길목과 요소들에 진지를 만들어 성을 옹위하여 파수하게 하고 안에서는 성벽의 무너진 부분을 복원하는 공사를 해나갔다. 하루는, 성 밖의 길목 진지를 맡아 주둔하고 있던 선봉장 김백선이 성벽 공사장에 나타났다. 술이 취해서 더욱 험상궂어진 김백선은 마구 성난 소리를 내질렀다.

"지금이 담이나 쌓고 있을 때이냐? 또 한 번 독 안에 갇힌 쥐새끼 꼴이 되고 싶어 환장했구나! 밀고 나가 쳐들어갈 생각은 않고, 이것이 무슨 좃지랄이냐!"

김백선의 사나운 성질과 고약한 술버릇은 이미 소문이 나있었다. 그는 술이 취하면 얼른 쳐들어가자고 소리 지르고 양반 선비들에게 대놓고 욕을 퍼부었다. 그는 선비들을, 겁 많은 쥐새끼라느니 고자좃 같은 놈들이라고 스스럼없이 호통을 쳤다. 처음에는 그런 김백선을 나무라며 나선 양반이 주먹질이나 발길질을 당하기도 하였지만, 이제는 김백선이 취해서 행패를 부리면 슬슬 피해가기 일쑤였다. 선비들은 취하면 언사가 더러워지는 김백선을 똥 같은 놈이라고 하면서, 똥이 무서워서 피하는 것이 아니라 더러워서 피한다고 하며 그 앞에 얼씬하지 않았다.

신분 질서의 가치를 귀중히 여기는 의병진에서, 김백선이 그렇게 양반들에게 행패를 부리고도 이때까지 무사할 수 있었던 것은, 그가 의병진에서 최첨단 무기인 화승총을 가진 포수들의 우두머리이기 때문이기도 했지만, 또한 대장 유인석의 비호에 힘입은 바가 컸다. 유인석은, 김백선이 동학비도의 진압에 공을 세워 이미 절충장군의 첩지를 받은 신분으로 선봉장의 직위를 가진 장수라는 사실과, 그리고 전투에서 누구보다 용맹하다는 것과 또한 그가 가장 먼저 창의한 공로를 높이 샀다. 그리고 유인석은 그 동안의 접전에서 두 번이나 죽을 고비에 처했을 때 김백선의 자기 몸을 돌보지 않는 도움을 받아 구출되기도 했었다. 그러나 여러 선비들은, 배워먹지 못한데다가 성질 더러운 김백선이 점점 오만방자해져서 의병진의 군기를 어지럽히고 있음을 걱정하고 있었다.

"싸움이라면 슬슬 피하고, 같잖은 소리나 나불대고 쓰잘떼기 없는 짓이나 일삼고 있는 선비라는 놈들은 어디 있느냐! 썩 나서지 못할까!"

김백선의 주정은 더욱 사나워져 갔다. 성벽 쌓는 일에 끌려나와 있던 백성들이 김백선의 기세에 감탄하는 기색을 보이고 시원하다는 표정까지 나타내고 있었기에, 그는 더욱 기운이 솟구치는 것 같았다. 그때에 선비를 대신하여 젊은 병사 하나가 김백선의 앞에 나타나 소리쳤다.

"지금이 어느 때인데, 술 취해 망동이오? 그치시요!"

"지금이 어느 때인데, 새파란 쫄자놈이 선봉대장 앞에서 감히!"

소리치는 것과 함께 김백선의 주먹이 날아들어왔다. 그러나 주먹이 닿기 전에 김백선의 손목이 병사의 손아귀에 틀어잡혔다. 반사적으로 김백선은 자유로운 손으로 공격을 했으나 그 손목마저 잡히고 말았다. 김백선은 몸을 뒤틀고 흔들어대며 그의 손아귀에서 빠져나오려 했으나 허사였다.

"네놈은 누구냐?"

김백선이 충혈된 눈을 부릅뜨고 물었다.

"나는 조련대 조교 박순돌이오."

"아하 의병진 제일의 힘센 장사라고 소문난 병사가 바로 네놈이로구나. 허나 아무리 장사라고 하드래도 장수를 겁박하는 짓은 용서받지 못할 것이다."

"장수라면, 장수로써의 체통을 지키시오."

농사군 출신의 병사 박순돌, 그의 아비가 상투를 깎으려고 온 체두사를 엎어 쳐 꼬라박고 도망치다가 붙잡혀 상투를 깎이고 곤장 백 대를 맞았다. 그리고 홧병과 장독이 겹쳐 그만 죽고 말았다. 그런 뒤에 박순돌은 농기구를 놓아두고 의병에 자원입대하여 병장기를 들었다.

 그날 박순돌의 힘에 제압당한 김백선은 더 이상의 행패는 부리지 못하고 성 밖으로 밀려나 자신의 진지로 돌아갔다.

 의병진 안에는 갈등과 알력이 얽혀 제각각으로 소란스러웠다. 크게는 양반과 상놈의 갈등, 그리고 또한 주류와 비주류의 알력이 있었다. 가장 먼저 의병을 일으켜 유인석을 대장으로 추대한 이른바 원조파가 주류를 형성하고 있었고, 그 뒤에 합류된 유입파가 비주류 세력이었다. 또한 공격파와 방어파의 대립도 있었다. 그때에 의병진 지휘부인 주류파에서는, 우선 방어를 튼튼히 하여 내실부터 다지자는 전략을 채택하고 있었다. 그러나 공격이 최선의 방어라는 의견도 무시할 수 없는 강경한 압박이었다. 지도부에서는 공세적 방어라는 절충적 전략 방안을 채택하였다.

 의병진의 앞길에 장애물인, 가흥참의 일본 기지를 공격하여 함락하기로 계획을 세웠다. 그 동안의 전투에서 많은 참상을 겪고 희생을 치른 수뇌부에서는 신중하게 비밀리에 작전을 모의하고 있었으나, 김백선처럼 무조건 공격을 주장하는 강경 공세파들은 어서 밀고나가자고 성화를 대고 있었다. 그때에 천둥산 파수대에서 전령이 달려와, 가흥참의 일본 기지에서 일본군 200여 명이 목계나루를 건너 북쪽으로 이동하고 있다는 보고를 했다.

 의병진 지휘부에서는 이 틈에 일본군 기지를 함락하기로

서둘렀다. 성밖을 지키고 있는 여러 의병 진지에 전령을 보내 작전 명령을 하달했다. 저녁때에 또 하나의 다른 보고가 올라왔다. 수안보의 일본군 100여 명이 군장을 갖추고 충주성으로 가고 있다는 것이었다. 지휘부에서는 그러한 적들의 이동에 대하여 새로운 해석이 나왔다. 관군과 일본군이 합세하여 제천성을 공격하려는 움직임이다. 가흥의 일본군 기지 공격을 중단하고 제천성 방어에 주력해야 한다. 그러나 지휘부에서는 방어는 방어대로 하고 일본군 기지 공격은 그대로 밀고 나가기로 했다. 그러나 애초에 계획했던 것보다는 공격 병사의 수효가 대폭 줄어들었다.

중군참모 한동직이 공격부대의 총지휘자가 되었다. 한동직은 원주에서 의병을 일으켜 얼마 전에야 제천의 유인석 휘하로 들어왔지만, 그는 진즉에 오위장 벼슬을 지낸 바 있는 무장 출신이었다. 이곳저곳의 의병진지에서 병사를 차출하여 일본군 기지를 사방에서 에워싸고 공격하기로 하였는데, 기습작전의 비밀이 적에게 알려지지 않게 하기 위하여 모두 어두워지면 군사를 움직여 가기로 하였다.

제천성을 방어하는 병사들은 밤새도록 눈을 부릅뜨고 공격해 올 적을 기다리고 있었다. 이 월 초닷새 조각달은 일찌거니 지고, 어둡고 차가운 밤이 무서운 정적 속에 깊어지고, 이윽고 먼동이 트고 차츰 밝아져 아침이 되었으나 쳐들어오는 적은 없었다.

한편, 일본군 기지를 공격한 의병부대는 참담한 패배를 했다. 어두운 산길을 헤쳐 가던 총지휘자 한동직이 발을 잘못 디뎌 발목을 삐었고, 긴장하거나 흥분하면 발작하는 그의 고질병인 흉복통까지 겹쳐왔다. 한동직은 병사들에게 떠메어 결전장으로 갔지만 이미 동이 터오는 무렵이었다. 사방에서 일본군 진지를 에워싸고 기다리던 공격부대들은 동이 트기 직전에 지휘부대에서 쏘아 올리는 불화살을 신호로 일시에 달려 들어가기로 작전이 짜여 있었다. 동쪽에서의 공격을 맡은 김백선의 부대는 너무 일찍거니 당도하여 숲속에서 떨면서 기다리고 있었다. 그러나 동이 터오고 밝아져 오는데도 불화살이 오르지 않자 불 같이 성이 난 김백선이 부하들을 앞으로 진격시켰다. 그때에야 불화살이 올랐다.

"왜놈들을 한 놈도 남김없이 죽여라! 후퇴하는 놈은 목을 벨 것이다!"

김백선은 칼을 빼들고 부하들을 내몰았다. 그러나 그들은 화승에 불을 붙이기도 전에 빗발처럼 쏟아져오는 총탄을 맞아 뿔뿔이 흩어져 달아났다. 그들이 산속으로 몸을 피하고 났을 때야 반대쪽에서 공격하던 부대도 총탄 공격을 받고 달아났다. 이렇게 여러 방향에서 시간차를 두고 산발적인 공격을 감행했으나 일본군은 사방에서 공격해올 것을 미리 알고 있었다는 듯이 의병부대의 접근을 막아냈다. 김백선 선봉부대는 재차 공격을 시도했으나 희생자만 남기고 다시 도망쳤다. 날이 밝아 일본군 기지가 훤히 보였으나 더 이상 공격하는 부대는 없었다. 여기저기 진지에서 차출하여 급조된 의병

의 기습은 졸렬한 공격을 감행하여, 참담한 패배로 끝나고
말았다.

　퇴각하여 제천성으로 달려들어 온 선봉장 김백선은 마구
악에 바친 소리를 내질렀다.

　"왜놈이라면, 무서워서 몸을 사리는 비겁한 선비라는 작
자들은 어디 있느냐! 농사꾼 쫄자들은 다 죽어도 좋고 너희
들만 살아남겠다는 심뽀 더러운 놈들아! 어찌하여 꿈적 않고
있었느냐? 중군장은 나와서 대답하라!"

　무장을 갖춘 수많은 병사들이 몰려들어 김백선의 부대를
에워싸고 다가들었다. 병사들 가운데서 중군장 안승우가 앞
으로 나서 김백선에게로 다가왔다.

　"왜 또 망동하고 있소? 패장이 어찌 누구를 원망한다는 말
이요. 적들이 코앞으로 다가들어 오고 있는 이때에 자중지란
을 일으키겠다는 것이요! 지금 병사들은 밤새 한숨도 못자고
눈이 시뻘개져 있소. 이번 일본기지 공격 실패는 그 진상을
조사하여, 마땅히 책임자를 가려낼 것이요. 선봉장은 맡은
진지로 돌아가 방어태세를 갖추시오. 또 난동을 부리면 군율
로 다스릴 것이요."

　강직하기로 소문난 중군장 안승우의 기색은 엄준했다. 조
련대 조교 박순돌과 젊은 병사들이 김백선에게로 바짝 다가
들어 왔다.

　"네놈들이 선봉장인 나를 어찌겠다는 것이냐! 에잇 더러운
놈들! 자 가자!"

김백선은 분기가 가라앉지 않은 채 부하들을 이끌고 성을 떠나갔다. 그날도 그 다음날도 제천성을 공격해 오는 적군은 없었다.

일본군 기지의 기습공격 참패는 의병진의 사기를 더욱 떨어트렸을 뿐 아니라, 내부의 갈등을 심화시키고, 불만을 표출시키고 노골적인 소란을 야기했다. 작전에 참가한 병사의 수효는 거의 반으로 줄어들었다. 총 맞아 죽은 병사가 열이라면 도망친 병사가 백이라는 조사 결과가 나왔다.

억지꾼들은 질 수 없는 싸움에서 졌다고 우기고, 누군가는 그 책임을 져야한다고 핏대를 세웠다. 지휘부에서는 패배의 원인을 규명하기 위한 조사와 토론을 거듭했다. 여러 장수들이 작전의 총지휘를 맡았던 한동직을 죄인으로 몰아갔다. 한동직은 그 싸움에서 패배하여 퇴각하는 그길로 집으로 떠메어 가서 앓고 있는 중이었다.

불만과 증오심으로 어지러워진 군심을 정돈하기 위하여 처벌이라는 수단이 필요했다. 처벌이란 곧 목을 베는 것이었다. 전투에서 죽어간 혼령을 위한 제물이 있어야 했고, 그것은 동요하는 병대를 바로 세우는 유일한 처방이었다.

대장 유인석은 마지막 결단을 내리기 전에, 측근 참모와 종사를 불러 다시 한 번 의견을 물었다. 그들 측근이 바로 의병진의 실세 중에서도 실세요 주류 중에 주류라는 것을 알 만한 사람들은 다 알고 있었다. 참모 이정규가 의견을 피력했다.

"참패의 원인은 밝혀지지 않았습니다. 적들의 계책에 속아 뒷 속으로 우리가 들어갔는지, 아니면 그날 밤의 포위 잠복 과정에서 이쪽의 동태가 감잡혀서 그들이 준비를 했는지, 또는 우리가 너무 적은 병사로 무모하게 공격을 했는지, 판단하기 어렵습니다. 그리고 패배는 병가지상사라 했습니다. 그런데 누구 한 사람에게 책임을 지우는 것은 온당하지 못합니다."

"그런데 어째서 한동직을 죽여야 한다고 여러 사람이 말하는가?"

"한동직은 원주의 군사를 이끌고 우리에게 들어온 지가 얼마 되지 않았습니다. 그래서 세가 없습니다. 고립무원의 처지라 할 수 있습니다. 다른 장수들이 모두 그에게 죄를 씌우려 하는 것은 자기들에게 불이익이 떨어질까 불안해서 그러는 것 같습니다. 만약 한동직을 죽인다면 비단 정의로운 처사가 아닐 뿐 아니라, 금방 소문이 퍼져서 앞으로 우리 휘하로 들어오려는 병사들을 내치는 결과까지 따라올 것입니다."

"그러면 어찌해야 옳은 처사인가?"

"한동직은 복통을 참고 진군하다가 다리뼈까지 부러졌으나, 고통을 견디고 끝까지 공격임무를 다했습니다. 대장께서는 그를 위로함이 타당하다고 생각됩니다."

이정규의 의견은 받아들여졌다. 그래서 한동직은 죽음 대신, 대장의 위로 서신과 함께 의원의 약 처방까지 얻었다.

의병진 내부의 소요는 좀체 가라앉지 않았다. 유인석의병이 장악하여 그 세력이 관할하는 제천성과 그 일대의 고을 민심도 의병을 기피하고 거부하는 분위기가 확산되고 있었다. 비방하고 모략하는 민원이 자꾸만 접수되었다. 트집쟁이들과 트레비아들과 누군가를 죽여야 속이 풀리는 야차 같은 인간들이 날뛰기 좋은 환경이었다. 군기가 빠져서 병사들이 엇나가고 통솔하기 어려워지고 도망치는 병사가 속출했다.

후군장 신지수가 등에 칼을 비껴 메고 홀로 말을 달려 제천성으로 들어왔다. 그는 대장의 최측근인 참모 이정규와 종사 이조승을 은밀히 불러 말했다.

"지금 적의 압박이 더욱 조여 오는데, 요새를 맡은 장수가 군진을 떠나 이렇게 달려온 것은, 내부의 적부터 베어 없애, 군사의 불만을 해소해야 적들과 싸울 수 있기 때문이요. 지금 중군장 안승우가 갖가지 비리를 자행하여 그 소문이 온 진중과 고을에 파다하오. 내가 그 자의 목을 베어 높이 매달아 군심을 바로 세우려 하오."

마흔 세 살의 나이로 수염이 반백이 된 후군장 신지수는 의분에 불타는 기색을 내뿜었다. 그는 그 동안의 전투에서 혁혁한 전과를 올려 의병진 최고의 맹장이라는 소문이 나 있었다. 참모 이정규가 부드러운 말씨로 물었다.

"중군장의 비리라는 것이 무엇이오이까?"

"가지가지 많지만, 그 중에 군량미와 군포목을 빼돌려 자기 집에 보냈다는 것은 여러 사람이 증언하는 바이오."

"우리도 그런 이야기가 떠도는 것을 듣고 이미 철저하게 조사를 했소이다. 이용강이라는 고을 부자가 의병진에 벼 60석을 헌납하기로 하였는데, 그 자가 중군장 안승우의 할머니와 가족이 굶주린다는 말을 듣고 그 중에 20석을 자기 재량으로 보내 주었다하오. 그런데 그것을 알게 된 안승우는 군사를 동원하여 자기 집에 들어간 벼를 모두 반납하여 군영으로 실어왔습니다. 이것은 증거할 군사가 여러 명 있습니다. 그리고 군포목에 대해서는 여기 이조승 종사가 익히 아는 바이오. 안승우의 할머니와 식구들이 너무 헐벗고 있다는 말을 듣고 백목 3필을 보내주었다 하오. 그런데 그것을 알게 된 안승우가 곧 집으로 달려가. 할머니 앞에 엎드려 아뢰기를, 조모님께서 헐벗은 것은 이 손자의 죄이옵니다. 그러나 이것은 싸우는 군사들을 위한 백목입니다. 이것을 우리 집에 들이는 것은 불의한 일이옵니다. 하고는 그것도 가져오고 말았습니다. 그리고 중군장을 두고 떠도는 다른 말썽을 다 검증하였으나 모두가 거짓말이라는 것이 밝혀졌습니다."

"그런데 어찌하여 여러 사람이 중군장을 불의하다고 비방하고, 그에 대한 흉흉한 소문이 떠도는 것이요?"

"중군장이 너무 강직하고 융통성이 없어서 병사들이 두려워하고 불만을 품고 있습니다. 그런 데다, 군수책임(軍需責任)을 맡고 있으니, 군대를 유지하기 위하여 토색(討索)을 하지 않을 수가 없습니다. 재물을 내놓아야 하는 부자들이 불만을 가지고 있습니다. 그래서 직책상 여러 사람의 미움을 사고 있습니다. 그런데다 또 사기 치는 놈들이 중군장의 명령이라고 거짓말하여 백성의 재물을 빼앗는 일까지 있었소이다."

"떠도는 소문이란 것을 다 믿어서는 안 되는 것인가?"

신지수는 누그러진 기색이 되어 혼잣말처럼 뇌었다. 두 사람의 대화를 듣고만 있던 젊은 종사 이조승이 거들고 나섰다.

"그 동안 겪어보니, 턱없이 사람을 미워하는 인간들이 많다는 것을 알게 되었습니다. 자기 마음에 들지 않는 사람은 죽여야 속이 시원해지는 잔인한 마음을 가지고 있습니다. 그렇게 증오심 많은 인간들이 누군가를 비방하고 모략합니다. 더구나 자기에게 손해를 끼쳤다고 여겨지는 사람에 대한 적개심이 무섭게 발동하는 것을 알 수 있었습니다. 또한 중요한 직책을 맡은 사람에 대해서는 그것이 큰 권세를 가졌다고 생각하여 질시하고 화를 내는 인간들이 있습니다. 없는 흠집이라도 만들어 밀어내고 싶어 합니다. 그런 비뚤어진 인간들이 헛소문을 지어내어 퍼트리기도 합니다."

이조승이 말을 마치자 다시 이정규가 덧붙였다.

"지금 우리 의병들은 농민뿐만이 아니라 장사치 보부상 군인 승려 청국인도 있고 왈짜패도 섞여들어 있습니다. 그러나 이렇게 갖가지 생업을 가졌던 사람들이 모였다 해서 통합이 어려운 것이 아닙니다. 산포수나 대장장이 갓바치 백정, 이런 사람은 아주 유용한 의병진의 자산입니다. 그러나 성정이 다른 여러 사람이 모이다보니, 심사가 사나운 인간이 큰 문제입니다. 어긋쟁이 트레바리, 야심가와 공명심 승한 인간,

이런 자들이 터무니없는 비방과 모략을 일삼고 있습니다. 이런 사람들이 지휘부를 미워하고, 불만을 가진 사람들과 작당하여 거짓 소리를 지어내어 병사들을 충동질하고 있습니다."

"그렇다면 그런 거짓 소문을 지어내는 나쁜 놈들부터 찾아내어 엄벌해야 되겠소. 지금 우리 의병진 안에 악성의 여러 소문이 나돌아 이리저리 파벌이 생겨나 있소. 이러다가는 내부로부터 허물어지게 생겼소. 파벌을 조성하는 놈들을 목 베어 기강을 바로 세워야 되겠소이다."

"서로 다른 의견으로 파벌 비슷한 것이 생긴다는 것은 어쩔 수 없다 치더라도, 그 보다는 지휘부를 못마땅하게 여겨 와해시키려고 하는 불순한 세력이 있다는 것이 큰 문제입니다. 그들은 무모한 공격만을 주장하는 철없는 자들을 자꾸 충동질하고 있을 뿐 아니라, 심지어 병사들로 하여금 양반 선비들에게 반감을 갖게 만들고 있습니다. 책상물림들이 전투에 서툴다는 비방을 넘어서, 선비족속은 모두 비겁하고 근본부터 나쁜 놈들이라는 생각까지 주입시켜 지휘부에 반발하도록 유도합니다. 결국 자기네들이 의병진을 장악하려는 음모입니다."

이조승이 심각한 얼굴로 염려를 피력하고, 이정규가 뒤를 이었다.

"중군장이 너무 강직 엄격하다보니, 반발하는 자들이 자꾸 생겨나고 있소이다. 중군의 종사였던, 심이섭 홍병직 이근영은 중군장을 헐뜯다가 의병진을 떠나 상경하여 돌아다니며 중군장을 모함하고 있습니다. 그들과 같은 중군의 종사였던 민의식도 중군장을 미워하여, 다른 장수 직함을 원하다가 뜻대로 되지 않으니 선봉장의 종사로 자진해서 갔습니다. 이미 3품직의 벼슬살이를 했던 민의식이 산포수 김백선 앞에서 막하의 예를 공손히 행하고 달라붙으니, 김백선이 더욱 우쭐해져서 사대부 앞에서 오만방자함이 우심해졌소이다. 그리고 민의식과 함께 중군장을 욕하고 나가서 지휘부에 있는 선비들을 마치 원수처럼 여기고 있으니 심히 우려됩니다. 우리 내부의 그런 세력이 의병을 위태롭게 만들고 있는 것은 사실입니다."

후군장 신지수가 소리 쳤다.

"지금 우리를 죽이려는 적들과 코앞에서 대치하고 있는 전쟁터에서 사사로운 미움이나 의견이 다르다고 엇나가는 자들을 용납해서는 안 되오. 의견을 취합하여 대장소에서 한번 결정을 내리면 일사불란하게 따라야 하오. 반발하고 분열을 조장하는 자들은 가차없이 처단해야 군율이 바로 설 것이외다."

"전 번에 가흥에 있는 왜병기지 공격 실패를 가지고 끈질기게 지휘부를 헐뜯는 무리들이 있습니다. 쳐들어오지도 않는 적군을 방어하기 위해서 공격 군사를 너무 적게 보낸 것이 그날의 패배 원인이었다는 것을 내세워 작전의 책임자인 중군장을 목 베어야 한다고 주장하는 자들이 있습니다. 그러나 그때의 여러 정황으로 방어태세를 공고히 하지 않을 수가 없었습니다. 중군장을 목 베야 한다는 주장은 너무 가혹한

것이 아니겠소이까. 우리가 대의를 위해 일어섰지만, 사람의
목숨도 귀중한 것이오이다. 우리들이 잠깐 방심하면 여러 병
사들의 목숨이 사라진다고 생각하면, 신중하지 않을 수가 없
소이다. 어떤 작전을 세우더라도 시행 직전까지 철저한 비밀
로 보안을 유지해야합니다. 적에게 알려질 가능성이 많습니
다. 지휘부에서는 촌각이라도 긴장을 늦출 수가 없어 밤잠을
제대로 못 자고 있습니다."

야윈 얼굴에 신중한 눈빛을 하고 말하는 이정규의 모습엔
깊은 고뇌가 드리워져 있었다. 신지수는 벌떡 몸을 일으켜
세웠다.

"우리는 대의를 위해 목숨 걸고 일어섰소. 나는 밤에 잠을
잘 때에도 군복을 벗지 못한지가 오래됐소. 우리는 대의를
짓밟은 오랑캐들과 싸울 것이오. 그대들은 병사들을 분열시
키는 내부의 적들을 처단하여 조직을 바로 세워야 할 것이
요."

그리고, 후군장 신지수는 말을 타고 자신의 진지로 달려갔
다. 대장소의 지휘자들은 어지러워진 의병진의 기세를 통합
하여 바로세울 방안을 숙의하였다.

소모장들을 다른 지방으로 파견하여 병사들을 모으는 일이
나, 군수책임자들이 군량미를 거두어들이는 일이 갈수록 어
려워지기만 했다. 강제 단발령은 이미 중지되어 이제는 상투
를 잘리지 않게 되었으므로 백성들은 의병이라는 존재에 대

102

해 불만을 노골적으로 나타내고 있었다. 제천성은 포위되어 있었고, 금방이라도 적들이 공격해 올 것만 같은 위기 상황이었다. 그러나 가흥의 일본기지 공격 실패 이후 열흘이 지났지만 적들은 쳐들어오지 않았고 항복만을 권유해오고 있었다.

아침 일찍 대장 유인석의 명령을 받고, 선봉장 김백선이 대장소로 들어왔다. 김백선은 서른 명의 무장한 부하들을 이끌고 왔다. 그러나 김백선 일행은 수백 명의 병사들에 포위당하여 무장을 해제 당했다. 창과 칼과 활과 총을 든 수많은 병사들에 에워싸여 있는 김백선 앞으로 중군장 안승우가 다가왔다.

"단신으로 달려와 명령을 받들라는 대장님의 하명이거늘 어째서 총을 든 많은 병사를 이끌고 왔는가! 언제까지 독불장군 행세로 멋대로 망동하겠는가? 인내에도 한도가 있다. 저놈을 묶어라!"

중군장이라는 중책을 맡은 서른두 살 나이의 안승우는 부하를 대할 때면 근엄한 표정에 꼿꼿한 자세를 보여주는 선비였지만, 이때의 안색은 어느 때보다 엄숙하고 긴장된 자세였다.

"대장의 명령을 받들고 온 나를 너희들이 감히…"

마흔다섯 살 나이의 선봉장 김백선은 험악한 인상에 거친 행동거지를 스스럼없이 내보이는 난폭한 사나이로 알려져 있었지만, 이때의 표정은 더욱 험상궂게 일그러졌다. 그러나 그는 주위의 분위기에 주눅 들어 목소리엔 이미 질린 기색을 감추지 못했다. 그리고 김백선은 말을 끝내기도 전에, 달려든 힘센 병사들에 의하여 온 몸을 꽁꽁 묶이고 말았다.

"이게 무슨 짓이냐! 나는 선봉장이다! 감히 네놈들이! 간사한 놈들, 더러운 놈들! 대장을 만나야겠다."

김백선은 포획된 맹수처럼 힘써 몸을 비틀고 비명 같은 목성을 내질렀다.

"이놈이 더 소리치면 아가리를 짓뭉개버려라!"

중군장이 소리치자, 창과 칼을 든 검센 병사들이 김백선 앞으로 바짝 다가들었다. 김백선은 무릎을 꿇고 머리를 땅바닥에 짓쪃었다.

"대장을 만나게 하라!"

이마에 피를 흘리며 소리치는 김백선의 모습은 야수처럼 무서웠다.

이날, 의병진의 분위기는 삼엄하고 비장했다. 조련장에서는 병장기를 번득이며 진법훈련이 진행되고 있었고, 여기저기 장대에 높이 매달린 의병 깃발이 바람에 펄럭이고 있는데, 대장소 앞에 무기를 들고 정렬한 병사들은 한 팔을 굽혀 주먹을 들어 올리고 내지르는 동작을 반복하며 구호를 외쳐대고 있었다.

"오랑캐를 죽이자!" 선창자가 외치면, "죽이자!" 병사들이 추임새를 합창하고, "개화당을 죽이자!" "죽이자!" "위정척사 살리자!" "살리자!" "목숨 바쳐 싸우자!" "싸우자!" 우렁차게 외쳐대고 있었다. 김백선은 압도당하여 맥이 빠져갔으나, 억센 수염으로 감싸인 입에서는 계속 비명 같은 소리를 내지르고 있었다.

"간사한 놈들! 네놈들이 이러고도 무사할 것 같으냐? 나는 대장님 부름을 받고 왔다!"

대장소 앞의 단상을 에워싸고 수많은 병사들이 모여들었다. 봄 하늘에 떠오른 태양빛을 받고 밀집되어 있는 총과 칼, 창과 활이 번득거렸다. 장수들이 단상 좌우로 도열해 서 있었고 결박당한 선봉장 김백선은 단상 아래로 끌려나왔다. 이윽고 대장 유인석이 단상 위에 놓인 의자에 좌정했다. 문초가 이루어졌다.

"네 죄를 알겠느냐?"

"어찌하여 나를 이리 하는지 모르겠습니다. 나는 오직 의병을 위하여 목숨을 돌보지 않고 앞장서 싸웠습니다."

"그것은 나도 알고 있다. 그런데 어찌하여 네놈은 선비 장수들을 원수로 여겨 그토록 행패를 부려왔느냐?"

"제가 쌍놈이긴 하지만, 선봉장이 되었으니, 어엿한 장수이옵니다. 나에 의견을 말할 자격이 있습니다. 이놈이 못 배운 탓으로 입이 거칠고 언사가 험할 때가 있었다고는 하나, 그것은 어쩔 수 없는 태생 탓이 아니겠습니까! 의병을 위하여. 어리석은 자들이나, 비겁한 자들이나, 쓸데없는 교만을 부리는 자들을 일깨워주기 위하여, 내가 그들을 꾸짖었다 하여 그것이 그렇게 큰 죄가 되는 것이옵니까?"

"우리는 대의를 위하여 결성된 군대이다. 내가 전에도 너에게 말했다. 막돼먹은 몹쓸 성질을 함부로 내놓지 말라고. 그런 데도 네놈은 끄떡하면 포악하고 비루한 언행을 서슴없이 자행하였다. 너의 망령된 짓거리가 군대의 사기를 떨어트리고 분란을 일으키고 있음에, 여러 장수들이 분개하여 처벌을 주장했으나, 선봉장이 누구보다 일찍이 의병에 투신하였고 또한 용맹한 장수라는 것을 내세워 나는 너를 비호해왔다. 그리고 너에게 몇 번이나 경고했다. 의병은 불량배 집단이 아니라고. 의병의 장수에 맞는 처신을 하라고. 그런 데도 네놈은 나의 경고를 무시하고 번번이 말썽을 부려왔다. 인내와 관용에도 한도가 있고, 더구나 군대라는 조직에서는 기율이 무엇보다 중요하다. 어째서 나의 간곡한 충고를 무시하고 그렇게 네 멋대로 포악을 부렸느냐?"

"저도 나에 성질이 사납다는 것은 알고 있습니다. 그리고 저의 언행은 이미 어쩔 수 없이 몸에 밴 것입니다. 저에게는 일상생활입니다. 그리고 저는 사람들의 가증스런 언행을 보면 참지 못하는 성질이 있습니다. 대장님의 경고를 무시한다는 생각은 추호도 없었습니다."

"네놈이 양반 선비라면 무턱대고 가증스럽게 여기는 몹쓸 생각을 가지고 있다는 것을 진즉부터 알고 있었다. 사람은 그런 것이 아니다. 선비는 무조건 나쁘고, 아니면, 상민은 무조건 어리석고, 그런 편벽된 생각은 버려야 한다고 나는 너에게 말했다. 그런데 네놈은 너의 편벽된 생각으로 선비들을 싸잡아 죽일 놈으로 여기고 성깔을 제멋대로 부렸다. 점잖은 선비가 걸핏하면 네놈에게 뺨따귀를 얻어맞고 발길질을 당한 일이 여러 번이다. 선봉장은 제 성깔대로 멋대로 포악을 부려도 된다고 생각하느냐?"

"아닙니다. 양반 선비들에게 멸시를 당해 온 것은 바로 이 사람입니다. 그들이 처음부터 상놈이 선봉장된 것에 불만을 가지고 나를 무시하고 여러 가지로 음해했습니다. 대장께서 들으신 것은 모두 저들 선비들이 나를 음해하기 위한 소리들입니다. 저가 참다못해 쌍소리를 내지르기도 하고 때로는 새파랗게 젊은 양반이 저를 모욕하면 저도 몰래 손길질이나 발길질을 하기도 했습니다. 그러나 그런 일은 모두 저들이 자초한 일이었습니다."

"끝까지 너에 못돼먹은 성정을 반성하지 못하고 있구나! 지난 충주성 공방전에서 아깝게 전사한 입암 주용규 참모장에게도 네놈이 망령된 짓을 자행하지 않았느냐. 입암은 의병진뿐 아니라 온 나라에 자랑할 만한 큰 선비였다. 그의 전사를 생각하니 또다시 가슴이 미어지는 것 같구나. 입암은 문장이 탁월하여 의병진의 대변인 역할을 수행함에 온 나라의 많은 선비들로부터 찬사를 받았다. 그가 지어내서 전국으로 배포한 격문은 그 뜻이 절실하고 심도 깊어 사람들의 심중을 감동시키고 의분을 불러일으키게 했다. 그는 학문뿐이 아니라 인격도 고매한 사람이다. 그리고 너보다 나이가 훨씬 많은 어른이었다. 그런 입암을 네놈이 상투를 잡고 회술레를 돌리는 참람한 짓을 하지 않았느냐? 그때에 선비들의 주장을 받아들여 네놈의 목을 쳤어야 했다. 다시는 그런 짓을 하지 않겠다는 네놈의 약조를 받고 용서했더니, 네놈은 그 뒤로도 안하무인으로 행패를 부려왔다. 아직도 네놈의 방자한 행위가 옳은 일이라 말하겠는가?"

"그때에도 저가 사실을 말씀 드렸습니다. 그 일은 먼저 입암 선생께서 나를 종놈 잡도리하듯 몰아세우고 때리려고 달려들었습니다. 저는 방어의 수단으로 그의 상투를 붙잡아 한 바퀴 돌렸을 뿐인데, 나를 미워하는 선비들이 과장해서 대장께 보고했던 일입니다. 나를 눈에 가시처럼 여기는 선비들의 말만 듣지 마시고 저의 거짓 없는 이야기를 헤아려 주셔야 합니다."

"미움을 받아야 마땅한 자기의 몹쓸 성질을 탓하지 않고 남만 원망하고 있구나. 이번에 가흥참 일본진지 공격이 참패로 끝난 것도 선봉장의 신중하지 못하고 성급한 성정 때문이라는 조사결과가 나왔다. 어두워진 다음에 군대를 이동하라는 명령을 어기고 너는 너무 일찍 군사를 이끌고 적진 가까이 들어감으로 적들이 공격을 알아차렸을 가능성이 크고, 기다리는 동안 추위를 이기려고 불을 피웠다는 사실도 알게 되었다. 너와 반대편에서 공격을 기다리던 병사들이 너희 쪽에서 불기운이 오르는 것을 보았다고 한다. 그리고 공격 신호가 오르기도 전에 너는 성급하게 군사를 내몰았다. 왜병진지에서 공격을 알아차리고 대비한 것이 모두 선봉장의 성급하고 무모한 행동 때문이었다는 것이 다른 부대원들의 한결 같은 증언이다. 그에 대해서 할 말이 있느냐?"

"그 모두가 나를 미워하는 자들이 만들어낸 시커먼 거짓말입니다. 나와 함께 했던 부하들에게 물어보면 그것이 새빨간 거짓이라는 것을 알 수 있을 것입니다. 더구나 불을 피웠다니, 어처구니없는 날조입니다. 마음보 시커먼 자들이 어떻게 하든 나를 얽어매려고 도깨비불까지 나에게 끌어다 붙이고 있습니다. 너무나 억울한 모략입니다!"

"나는 어느 한쪽편의 말이나 다만 몇 사람의 말만 듣고 선부른 판단은 하지 않는다. 그래서 그것을 너에게 물어본 것이다. 그러나 오늘 선봉장을 묶으라고 명령한 것은 앞서 말한 것 때문이 아니다. 도저히 용서할 수가 없는 너의 모반이 밝혀졌다. 반역을 꾀한 사실을 실토하겠느냐?"

"그건 또 무슨 터무니없는 소리요?"

"네놈이 포수들을 모아들여 선비 장수들을 다 죽이고 의병을 장악하려는 흉계를 꾸민 것이 이미 들통이 났다."

"아아, 나를 기어이 죽이려는 나쁜 놈들이 그토록 가당찮은 흉계를 지어냈소이까!"

"네놈이 그 사실을 부정하니, 많은 사람이 믿을 수 있는 증인을 불러내겠다. 네가 형님으로 모시는 사람이다. 고아장은 앞으로 나서거라."

단상 좌우에 도열해 있던 장수들 틈에서 허우대 큰 사나이가 단상 앞으로 나왔다. 그는 김백선과 의형제를 맺은 포수로써, 대장을 가장 측근에서 호위하는 아장(牙將)으로 발탁된 인물이었다. 증인으로 나선 의형을 보자 김백선의 얼굴은 험악하게 일그러졌다. 대장 유인석이 소리쳤다.

"고아장은 의에 의거하여 한 점 거짓 없이 고하라. 김백선이 너에게 은밀히 통지한 사실을 실토하라."

"중군, 전군, 후군에 배속되어 있는 지평 출신 포수들을 모두 주포에 있는 선봉대로 보내주라고 했습니다."

"숨기지 말고 남김없이 모두 고하라!"

"그들과 합세해서 선비들을 모두 쳐 죽이겠다고 했습니다."

고아장의 말이 떨어지자, 김백선이 악을 썼다.

"형님! 어찌하여 망발을 부립니까! 저 간악한 선비들이 나를 기어이 죽이려는 흉계에 형님까지 가담했소이까? 나는 기억에도 없는 소리입니다. 설령 내가 그런 소리를 했다고 하면, 그것은 내 성질머리가 사납고 입이 험악하여 화가 치밀면 뜻 없이 지껄인 그런 소리라는 것을 형님은 알고 있을 것입니다. 또 술 취하면 투세가 고약해서 아무 소리나 마구 내지른다는 것도, 그런 나에 성질과 버릇은 나 알고 형님도 알고 대장님도 알고 하늘이 알 것입니다. 그런데 저 선비들이 나를 죽일 구실을. 그토록 믿었던 형님께서 주시는 것입니까! 저 간악한 선비들의 개가 되었소이까? 그렇게 동생을 죽이고라도 자기 자리를 지키겠다는 것이오!"

땀이 솟아나 번들거리는 김백선의 얼굴은 흡사 도깨비처럼

험악해져 처절한 기운이 솟아났다. 고아장도 김백선을 마주
보고 맞받았다.

"내가 몇 번이나 타일렀는가? 선봉장 하는 동안만이라도
취하게 마시지 말고, 언행을 조심하라고. 그런데 명색뿐인
절충장군에 취하고, 선봉장이라는 명목에 더욱 우쭐해져 성
깔 부리다가 기어이 이 지경에 이르고 말았으니…"

고아장은 말끝을 흐리고 돌아섰다. 김백선은 하늘을 향해
얼굴을 치켜 올리고 "아아아악!" 비명을 지르다가 땅을 향해
고개를 숙이고 "아이고! 아이고!" 비명 같은 곡성을 내놓았
다. 눈에서는 도깨비불 같은 인광이 번득였다. 갑자기 미쳐
버린 것 같았다. 그러다 이윽고 소리를 뚝 그쳤다. 사위가
조용했다. 대장 유인석의 가라앉은 음성이 흘러나왔다.

"백선아… 너는 용맹하였고 남아의 기개가 넘쳤다. 너와
나의 사사로운 정리로 말한다면 나는 너를 죽일 수 없다. 너
는 나에게 생명의 은인이다. 너가 아니었으면 나는 진즉에
죽은 목숨이었다. 너는 나에게 충성을 다 하였고 나도 너를
총애하였다…"

유인석의 측근 참모였던 이정규는 종군일기에서, … 의암
선생께서 눈물을 흘리시며 말했다… 라고 이 대목에서 기록
했다. 유인석은 천천히 말을 이어나갔다.

"허지만 우리는 대의를 세우기 위하여 목숨을 걸고 모였
다. 군대를 유지하려면 사사로움에 머무를 수 없다. 진즉부
터 너의 못된 성정과 술주정과 참을성 없음에 여러 장수와

병사들이 분노해왔다. 마치 호랑이와 한 우리에 들어 있는 듯 불안해왔다. 그러다가 이제는 네가 고향 쪽 포군들을 규합하여 모반을 꾀했다는 증좌가 드러나고 말았다. 아무도 너를 더 이상 비호할 수가 없구나. 나도 읍참마속(泣斬馬謖)의 심경으로 너를 다스릴 수밖에 없다."

유인석은 침통한 표정으로 김백선을 바라보았다. 김백선은 금방 발광할 것 같았던 모습에서 놀랍도록 의연한 기색이 되어 대장을 똑바로 쳐다보고 소리쳤다.

"나도 양반 개 삼년 하다 보니, 들은 풍월은 있소. 이건 읍참마속이 아니라, 토사구팽(兎死拘烹)이요. 산짐승이나 잡아먹고 살던 쌍놈이 양반 선비들의 꾐에 빠져 사람 죽이는 백정이 되고 말았소. 의병이라는 이름으로 동학도 소탕에 끌려들어가, 수많은 동학도들을 죽였소. 사람 많이 죽였다고 절충장군이라는 첩지까지 받고 나는 우쭐해졌소. 이번에는 양반네들 상투 보전하려고 또 나를 끌어들였소. 이제 상투를 잘리지 않게 되자, 그 동안 고분고분하지 않았던 쌍놈을 기어이 죽여야 속이 풀리겠소? 하늘이 내려다보고 있소이다."

"아니다. 우리가 일어선 것은 비단 상투 하나 때문이 아니다. 우리는 유구한 역사와 당당한 민족정기를 가지고 성현의 대도를 지키며 살아왔다. 그런데 저 서양오랑캐와 일본오랑캐가 이 땅을 침노하고, 그들의 개가 된 개화당이 이 나라를 오랑캐로 만들었다. 사람이 짐승이 되는 지경을 당하여 우리는 중화의 대도를 다시 세워 사람답게 살기 위해 일어섰다.

우리의 싸움은 이제 시작일 뿐이다. 저 오랑캐와 그 앞잡이 개화당을 이 땅에서 몰아내고 대의를 바로세울 때까지 우리는 싸워야 한다. 싸우기 위해서는 군대가 필요하고 군대를 위해서는 기율이 있어야 한다. 모반을 꾀한 자를 살려둔다면 어찌 군대가 유지되겠느냐? 나도 용사를 참할 수밖에 없는 이 지경이 참으로 안타깝구나. 그러나 어쩌랴 이것이 너와 나의 가혹한 운명인 것을…"

대장 유인석이 잠간 동안 말을 이어가지 않는 사이, 선봉장 김백선이 목을 곧추세우고 말을 내놓았다.

"선비라는 자들은 이쪽이나 저쪽이나, 모두 자기들 주장질을 대도 대의라고 우기고 있소. 그러나 나의 대의는 따로 있소. 나는 당신들의 그 잘난 주장질을 세워주기 위해 싸운 것이 아니요. 나는 우리나라를 짓밟은 저 일본을 쳐부수기 위해서 싸웠소. 나에게는 그것만이 대의요 목숨을 바칠 가치라 여겨 앞장선 것이요. 그것이 선비들과 내가 충돌할 수밖에 없는 원인이었소. 그 동안 일본인보다는 우리 백성을 많이 죽였소. 이제 죽음이 목전에 다다르니, 확실히 깨달아지는 바가 있소. 많은 사람을 죽인 나는 죽어 마땅한 죄인이라는 사실이오. 죽어가는 마당에 단 하나 청할 것이 있소이다. 나도 죽을 때 나의 이 총에 맞아 가고 싶소."

여기까지 말하고 김백선은 갑자기 벌떡 일어서서 에워싸고 있는 병사들을 휘둘러보며 악을 썼다.

"너희 병사들아, 양반선비들에게 속지 마라! 저들은 대의라 부르는 지랄 같은 자기 주장질을 이루기 위해서, 백성들 목숨은 얼마든지 죽여도 좋다고 여기는 간악한 놈들이다. 떠나거라! 사람 살리는 너희의 생업에로 …"

그러나 달려든 장수들의 주먹과 발길에 김백선은 꺼꾸러지고, 곧 이어 달려든 힘센 병사들에 의해서 입에 재갈이 물려졌다. 그리고 뒤이어 나무에 묶여 총살되었다.

김백선이 죽임을 당한 다음 날에는, 나흘 전에 생포해 와 뇌옥에 가두어두었던 평창군수 엄문환을 끌어내 목을 베었다. 엄문환은 아전 출신으로 갑오년 동학 난리에 의병을 일으켜 동학도들을 열성으로 토벌하여 그 공로로 평창 군수가 되었는데, 을미년 단발령에 열성으로 백성들 상투를 잘라내 벌써 죽일놈으로 지목되어 있던 자였다. 그의 머리를 장대에 꽂아 높이 세워놓고 성안에 있는 병사들이 모두 모여 주먹을 부르쥐고 구호를 외쳐댔다. 죽이자, 죽이자.

김백선의 처형으로 유인석의병진 내부의 걸림돌이 여럿 빠져나갔다. 그 동안 지휘부에 불만불평을 가졌던 자들이 도망을 갔다. 자청하여 김백선의 종사가 되었던 민의식은 따르는 병사들을 이끌고 도망쳐 독자적인 소규모 의병으로 행세하다가 민용호가 이끄는 강릉의병으로 들어갔다. 자기들을 관동의병으로 내세우는 민용호 의병진은 결성 초기 단계에서부터 유인석 의병과는 반목하는 관계였다. 서로가 병사들을 끌어들이는 과정에서 상대진영을 비방하고 있었다. 자기들 휘하로 오는 병사들을 가로채 빼앗아 갔다고 서로가 헐뜯어왔다. 나중에는 두 의병진을 합병해야 된다는 세력이 생겨나 압력을 가했지만, 양측 지휘부의 협상은 주도권을 위한 계산 때문에 실패했다. 두 의병진은, 상대방보다 더 많은 투쟁과 성과를 이루기 위해서 더욱 맹렬히 싸워야 했다. 대의를 짓밟은, 일본 오랑캐와 권력을 잡은 개화당과 그들의 개혁시책을 열심히 수행한 관리를 누가 더 많이 죽이는가, 이러한 경쟁심 때문에 벼슬아치들뿐 아니라 의병의 많은 병사가 죽어야 했다.

그 즈음에 이르러서는 온 나라에서 일어선 의병의 기세는 수그러들고 있었다. 이미 단발령이 취소되었고, 일본과 힘을 합해 개혁을 추진했던 김홍집내각은 붕괴되었고, 그래서 의병을 지지하는 백성이 부쩍 줄어들어 있었다. 임금의 선유를 받들고 여기저기에서 의병이 해산하고, 더러는 의병진이 관군과 합세하여 투항하지 않는 의병에게 해산을 종용하는 압박을 해오기도 했다.

그러나 지휘자들이 굳센 이념과 신념을 가진 의병진은 결코 굴하지 않고 끝까지 버티어나갔다. 운수 사납게 그런 의병진에 속하게 된 병사들은 속절없이 죽어야 했다.

유인석 의병은 꺾이지 않는 투쟁을 계속했다. 자기들의 이념만이 오직 선(善)이요 절대 정의(正義)라는 완강한 신념을 가진 선비들이 장악하고 있는 의병진이었다. 개화파가 만들어놓은 개혁과 쇄신의 법과 제도를 모두 뒤엎고, 옛 법도를 회복하고, 오랑캐를 몰아내기 위해서 싸우다 죽어야 한다는 결연한 의지를 포기할 수가 없었다.

토벌군은 여러 차례 간곡한 선유문을 보내고 여러 가지 방법으로 해산을 종용했으나, 받아들여지지 않았으므로 드디어 최후통첩을 보내고, 그리고도 저항의지를 굽히지 않는 유인석 의병진에 대한 대대적인 공격을 감행했다. 일본군의 조력을 얻어 밀어붙이는 토벌군의 기세는 무서웠다. 길목의 요소요소를 지키던 의병의 파수부대는 무너져 흩어지고 제천성의 본진도 무참하게 패배했다. 수많은 의병의 병사들이 죽었고, 중군장 안승우도 죽고, 선비 장수들도 죽었다. 그러한 와중에도 대장 유인석은 죽음을 모면하고 병사들의 호위 속에서 제천성을 탈출할 수가 있었다.

조선팔도에서 일어선 여러 의병진 가운데 가장 강성한 세력을 자랑하고 가장 큰 전과를 올렸던 유인석 의병도 와해되고 말았다. 그러나 살아남은 의병들은 좌절하지 않고 뿔뿔이 흩어진 병사들을 규합하여 저항을 계속했다. 토벌군의 추격에 쫓겨 다니면서도 유격전을 감행하며 항거의지를 꺾지 않았다.

그때에 나라의 군부대신이었던 이윤용이 글을 보내왔다. 지금이라도 군대를 해산한다면, 죄를 묻지 않고 뒷탈을 없애 주는 물침첩(勿侵帖)을 인출하여 의병에게 나누어 주겠다는 제안의 서신이었다. 그러나 유인석 의병진에서는 이를 단호히 거절하고 오히려 준절히 통박하는 답문을 보냈다.

대장 유인석은 제천성이 함락되는 전투에서 수많은 부하와 충성스런 선비 장수와 제자들의 죽음을 겪고, 자결하려는 결심을 굳히고 결행하려 하였다. 그러나 살아남은 측근들의 간곡한 반대에 결국 죽지 못했다. 지금 이 마당에서의 자결은 대의가 아닐뿐더러 책임을 회피하는 비겁한 행위로써 명분 없는 죽음이라는 제자들의 설득을 받아들여 살아서 다시 투쟁하는 길로 나아가게 된 것이었다. 그리고 쫓기는 싸움을 계속하다가 너무 지치고 절망감을 못 이겨, 토벌군 앞에 스스로 나가 그들을 꾸짖다가 잡혀 죽겠다는 결심을 하고, 선왕(先王)과 선조(先祖)와 임금께 그 뜻을 알리는 제(祭)를 올리는 의식까지 행하였으나, 이 또한 충성스런 제자들의 지극한 만류에 뜻대로 할 수가 없었다. 한번 떠받들어 올려진 자리에서는 죽음도 자기 마음대로 할 수가 없었다.

　죽음도 사로잡힘도 대의에 어긋나고, 병사들을 더 모집해 들일 수 없는 처지에서의 투쟁은 너무 구차했고, 이대로 가다가는 개죽음만이 기다리고 있다는 위기의식에서 유인석과 그 측근들은 망명의 길을 선택했다.

　강원도를 거쳐 평안도 땅으로 들어간 그들은 무더위를 헤치고 북진을 계속했다. 토벌군에 쫓기며 피하며 무찌르며 나아갔다. 갈수록 병사들의 수효는 줄어들었다. 유인석 의병진의 맹장으로 이름을 떨친 신지수와 발 빠른 선비 이범직이 선봉부대를 인솔하고 앞서나가 의병진의 앞길을 개척했다. 압록강이 얼마 남지 않은 강계에 이르러 토벌군의 습격을 받아 선봉부대는 많은 병사가 죽고 잡히고 뿔뿔이 흩어졌다. 그동안 유인석을 받들어 열렬한 투쟁을 했던 스물여덟 살의 선비 장수 이범직은 사로잡혀서도 대의를 부르짖으며 적장을 맹렬히 꾸짖다가 맞아죽었다.

살아남은 유인석의병진이 압록강변 국경마을 초산에서 강을 건너 청나라 땅으로 들어갔을 때는 이미 가을이었고, 병사는 200여 명이 남아 있었다. 그러나 그 병사들도 모두 청나라 군대에 의해 무장을 해제당하고 해산해야 했다. 그때에는 조선 땅에서의 의병도 모두 해산하고 토벌 당하여 자지러들고 말았다.

그리하여 양반 선비들이 서로의 이념을 세우기 위하여 혈투를 벌인 이른바 상투전쟁은 을미 병신년 간에 온 나라에서 수많은 상놈들의 생목숨을 앗아가고 병신으로 만들고 끝장이 났다. 하지만 그 싸움이 남긴 상처와 고통은 오랫동안 남아 사람들을 불행하게 했다. 그리고 유인석은 위정척사의 대의를 저버리지 않는 선비들을 거느리고 그들의 하인들을 부리며, 요동 땅에 터 잡아, 소중화의 양맥을 보지(保持)하는 삶을 살아나갔다. ■

합리적 복수

문주주의(文主主義)를 실현시킬 때가 드디어 도래했다. 선비들은 흥분했다. 문주주의는 시대의 최고 과제일 뿐 아니라, 영원불변의 진리이다. 천륜이며 인륜도덕의 근본이며, 정치와 문화와 생활의 기본이다. 지식자로 자처하는 선비들의 확고한 신념이었다. 그때에 선비들의 열망은 다른 어느 시대보다 강하고 절실했다. 무신들이 반란을 일으켜. 권력을 장악하여 나라를 통치해온지 어언 20년의 세월이 흘렀다.

그동안 무신 군사정권의 지배 속에 살아오며 선비들의 울분과 증오는 갈수록 증폭되었고, 그와 함께 문주주의를 향한 갈망과 사랑은 더욱 절실해졌고 더불어 선비들의 주특기인 논리의 정립과 보급에도 더욱 향상된 성과를 얻었다. 그동안 문주주의를 옹호하기 위한 각종의 저술이 축적되어 왔고, 그

중에는 유별난 설명과 기발한 발상이 곁들여지기도 했지만, 그런저런 이론들은 그저 잡소리에 불과했다. 하기야 지식인을 자처하는 선비들이란 잡소리의 달인이었다. 그런 장황한 이론은 거론할 필요도 없고, 문주주의의 기본 논리는 단순하고 명쾌한 것이었다.

문주주의는 하늘이 부여한 천리이며, 거역할 수 없는 자연법칙의 순리이다. 하늘은 주(主)고 땅은 종(從)이다. 양(陽)은 주이고 음(陰)은 종이다. 남자는 주이고 여자는 종이다. 정신이 주이고 육신은 종이다. 정신에서 나온 문(文)은 주이고 육신에서 나온 무(武)는 종이다. 이러한 명쾌하고 확고한 신념체계가 문주주의의 기본 원리였다.

천리와 인륜을 거역한 역도 무신들이 정권을 탈취하여 폭압으로 나라를 다스리고 있으매, 지각 있는 지식인으로 어찌 통탄하지 않을 수 있겠는가? 이렇게 정치가 거꾸로 뒤집혔으매. 그 지배를 받는 민심도 고약해지고 풍속도 흉악해져서, 항간에서는 남녀가 방사를 이룸에도 계집이 위로 올라타는 고연 일이 능사로 자행되고 있으니, 어찌 천벌을 받지 않겠는가?

문주주의를 만고불변의 진리로 신념하는 선비들의 분노는 극에 이르러 있었고, 집권무신들에 대한 증오심으로 악에 받쳐 있는 지식인들은 어쩔 수 없는 현실 속에서 울분을 삭이지 못해 자신의 정신을 썩히고 있었다.

집권세력의 비리와 흉계에 관한 소문이 자꾸만 생겨나 떠돌았다. 그 가운데에는 증오심 심한 사람들이 꾸며낸 거짓

이야기들이 많았으나, 고금을 막론하고 집권자들에 대해 거부감을 가진 사람들은 많았으므로 얼토당토 아니한 이야기를 사실로 받아들여 열성적으로 전파한 인간들은 많았다. 집권자를 악의 화신으로 만들어, 백성들에게 인식시키려는 시도는 권력을 빼앗으려는 세력이 항용 써먹는 수법이었다. 현실적 힘이 없는 세력은 힘센 상대방을 모략하고 백성을 선동하는 것을 자기들의 힘이며 무기로 삼았다. 온갖 말재간을 활용해서 사람들을 설득하고 세뇌시키는 것을 전문으로 하는 지식인이라는 작자들이 있었다. 문주주의에 빠진 많은 사람들에게 집권 무신의 우두머리는 죽여 마땅한 악마였다.

그 악마, 권력의 정상에 있던 대통수가 드디어 죽임을 당했다. 문주투사의 손에 의해서가 아니라, 같은 집권 무신세력의 서열 2위인 부통수에 의해서였다. 문주주의를 열망하던 선비들은 환호했다. 오랫동안 폭압의 힘으로 군림했던 악마의 괴수를 우리 손으로 죽이지 못한 것이 애석하지만, 그래도 악행은 비참한 최후를 맞는다는 천리가 이룩되었다. 이제야 문주주의를 바로 세워야 할 때가 도래했다. 방방곡곡에서 희망에 부푼 지식자들의 움직임이 분주해졌다.

그러나 많은 백성들은 대통수의 죽음을 슬퍼했다. 선정을 베푼 임금의 죽음을 맞은 듯 통곡하기도 했다. 나이든 사람들은 지난 과거를 기억하고 있었다. 문신들이 나라 살림을 맡아 했을 때에 얼마나 사람살이가 피폐하고 어지러웠는지를 잊지 않고 있었다. 교활하고 이기적인 문신들은 서로가 권력을 잡으려고 파당을 지어 싸우고 죽이고 온갖 술책을 다 부렸다. 그러는 와중에 수많은 도둑과 폭력배들이 들끓어 백성들을 괴롭히고 죽였다. 일하기 싫은 나쁜 놈들이 작당하여 산적이 되고 화적이 되어 사람을 죽이고 재물을 약탈하였다.

온 나라에 벼슬아치와 폭력배들이 지역 독재자로 군림하며 널리 퍼져 백성을 수탈했다. 힘없는 백성은 아무리 억울한 일을 당해도 어디 하소연 할 데가 없었다. 어지럽고 참담했다.

그때에, 남존여비(男尊女卑) 문존무비(文尊武卑)의 완강한 사상 아래에서 문신의 종노릇하던 무신들이 일어섰다. 군대를 이끌고 궁궐을 점거한 대장군이 부패하고 무능한 문신들을 잡아 가두고 문신들의 꼭두각시 노릇하던 늙은 임금을 폐위하고 젊은 임금을 세웠다. 무신들은 단호하게 개혁을 감행했다. 군대를 동원하여 온 나라의 산적과 화적과 불량배와 독재자들을 처단하고 폭력을 소탕하는 엄격한 법률을 강하게 밀어붙였다. 그동안 권력을 가지고 있던 문신 패거리와 그들의 비호를 받거나, 무지한 폭력으로 나라 곳곳에서 독재자 노릇하던 자들은 새로운 권력을 차지한 무신들을 죽이고 싶었지만, 고난 받던 백성들은 만만세를 불렀다. 그러했던 실상을 알고 있는 나이 든 백성들은 대통수의 죽음에 통곡하지 않을 수가 없었다.

문주주의 신념을 가진 자들은 슬퍼하고 통곡하는 백성들을 보고, 저들이 저토록 어리석으니 고생살이 할 수밖에 없다고 치부하여 백성을 더욱 무시하는 마음을 새삼스럽게 되새기고, 백성들은 기뻐하는 선비들을 보고, 저들이 저렇게 이기적이고 잔인하다는 것을 다시 한 번 가슴 깊이 새길 수 있었다. 온 나라에 팽배한 이러한 갈등은 문과 무의 갈등을 넘어서 세대의 갈등으로 번져났다. 한 집안 가족끼리의 갈등을 가져왔다. 젊은이들은 시대의 이념이나 주의에 맹목적으로 맹종하는 성향을 예나 제나 가지기 마련이었다. 나이든 백성들은 그런 이념이나 주의를 반박할 수 있는 이론의 언설을 만들지는 못했으나, 경험과 지혜에서 오는 통찰과 직관이 있었다. 그래서 어떤 주의에 맹종하여 그것만이 정의요 진리라는 신념을 가진 자들을 철부지로 치부했다. 그들이 중요하게 여기는 것은 어떤 주의가 아니라, 지금이 어느 철이냐 하는 것이었다.

권력을 장악한 무신 집권세력은 그런 백성들의 생각에 힘입어, 지금은 문주주의 만을 고집할 때가 아니라, 문무평등주의를 구현할 때라고 내세웠다. 그리고 나라 살림을 주관하는 조정에는 실상 무신보다는 더 많은 문신들이 있었다. 집권 무신들은, 옛날부터 권력을 행사해오던 문신들을 내쫓고 좀 더 능력 있는 문신들을 요소요소에 발탁해 들였다. 그들의 표현을 빌리면, 부패한 기득권 문신세력에 끼지 못해서 재능을 펴지 못하던 방방곡곡의 강태공과 제갈공명을 모시어 들인 것이었다.

문주주의의 굳센 신념을 가진 선비들은 무신정권 아래의 조정에 들어가 일하는 문신들을 쓸개 빠진 더러운 놈들이라고 매도했다. 매도를 넘어 증오했다. 어떤 이념에 열렬한 자들은 자기와 다른 이념을 가진 자들을 증오하는 자기감정을 신념의 투철한 소산이라 여겨 자랑스럽게 내보이기 십상이었다. 그들은 갖가지 방법을 동원하여 끈질기게 문주주의 부활을 획책했다.

집권 무신세력은 군대의 힘을 동원한 철권통치로 권력을 유지해 나갔다. 그래도 심심찮게 반란이 일어났다. 지방 여기저기에서 모험가와 야심가와 공명심 승한 자들이 지역민을 끌어 모아 무장투쟁을 벌였다. 그렇게 뭉쳐진 향토세력은, 이미 수백년 전에 망해버린 그 지역 옛 왕조의 복원을 주장하는 복고주의를 내세우기도 했다. 그와 함께 오랫동안 천대받아 왔던 천민들인, 대장장이 갖바치 무자리(楊水尺) 등등이 뭉쳐서 항거하기도 했고, 노비(奴婢)들도 자기네들이 권력을 잡겠다고 반란을 획책했다.

무신정권에서는 문무동등주의라는 표현을 슬그머니 거두어들였다. 그 대신 시의론(時宜論)이라는 이론으로 문주주의에 대응했다. 지금 이 나라는 문신들의 오랜 통치로 인하여 썩고 병들어 있다. 병든 나라를 치유하여 건강을 찾기 위해서는 시의적절한 처방을 할 수밖에 없다. 이렇게 비상한 시기에 문무가 합심하여 나라를 바로 세우려는 지금의 이 조정에 위해를 가하려는 행위는 비상한 조처로 대응할 수밖에 없다. 이러한 논리로 정권을 정당화하고 문주주의 세력을 억압하고 반란을 진압했다.

탈취한 권력을 잃지 않으려는 무력과 빼앗긴 권력을 되찾으려는 세력의 시도가 상충하는 와중에서 누가 옳고 누가 그른가를 놓고, 권력을 탐하지 않는 백성들도 나름대로의 생각으로 양분되어 있었다. 그렇게 20여 년을 살아왔는데, 권력의 우두머리인 대통수가 부하의 손에 죽임을 당했으니, 기쁨과 슬픔, 환호와 통곡이 온 나라에 교차할 수밖에 없었다.

기뻐하고 환호하는 사람들은 기대에 부풀었다. 그들은 무신정권과 대통수를 동의어로 생각하고 있었다. 사람이나 짐승의 대가리를 잘라내면 몸통까지 모두 죽는 것처럼 무신정권도 다시 살아날 수 없다는 생각을 은연중에 가지고 있었다. 그러나 얼마 가지 못해서 그런 생각이 착각이었음을 깨닫게 되었다. 죽임을 당한 대통수의 충직한 부하인 별초대장 대두 장군이 발 빠르게 움직여 모반한 부통수를 죽이고 그 일당들을 소탕하더니, 군대를 휘어잡았다. 대가리만 바뀌고 무신권력은 계속 유지되려는 조짐이었다.

그러나 문주주의를 회복하려는 세력은 희망을 포기하지 아니하였다. 무력의 힘을 갖지 못한 선비들은, 갖가지 이론과 언설을 동원하여 백성들로 하여금 무신정권을 부당하게 여기고 미워하도록 충동하였다. 무신 지배 권력자를 잔인무도하고 더러운 인간으로 만드는 이야기를 날조하여 유포했다. 백성들이 무신을 증오하고 분노와 적개심을 갖도록 하는 각종의 유언비어가 난무했다.

문주주의를 표방하는 선비들은, 이 기회를 놓치지 않고 백성들을 일으켜 세워 무신독재를 거꾸러트려야 한다는 다급함에 쫓기며, 그러한 혁명을 위해서는 어쩔 수 없이 피를 흘려야 된다고 생각했다. 백성을 죽음으로 내모는 시도를 했지만, 대부분의 선비들은 자신은 죽지 않으려고 몸을 사렸다. 자기들은 죽지 않고 살아서 문주주의가 이루어졌을 때 보람 있는 일을 수행하기 위해서였다. 그러기 위해서는 간교함이 필요했다. 그들은, 자기의 신념을 위해서는 물불 가리지 않고 투쟁하는 젊은이들을 설득하고 충동하여 앞장세우려는 계책을 신중하게 꾸며나갔다.

무신정권을 쓰러트리고 싶어 하는 사람들은 문주주의자들뿐만이 아니었다. 어느 시대에나 집권층에 반감을 가지고 미워하는 사람은 많이 있기 마련이었다. 어떤 계기만 주어진다면 수많은 사람이 합세할 것이었다. 무신권력자들도 이것을 알고 있었다. 죽느냐 죽이느냐, 생사를 담보한 위기가 도사리고 있었다. 피를 부르는 싸움을 일으키려는 선비 세력과 싸움을 막으려는 무신 세력의 팽팽한 대립 속에서 백성들은 불안과 두려움 속에 숨죽이고 있었다.

정월 대보름날, 수미산의 대사찰인 목탁사의 승려들과 신도들이 모여, 마구니 퇴치 국태민안을 위한 야단법석(野壇法席) 촛불 관음제를 행하였다. 그 집회에 참가했던 300명의 비구와 비구니, 그리고 500명의 우바니 우바새가 국가의 정법수호와 무신정권 퇴진을 외치며 일떠서 진군대열을 이루었다. 급기야 그들은 관아를 점령하고 지방군을 몰아내고, 무장을 갖추니, 여기저기에서 더 많은 승려들과 신도들이 모여들어, 정법대사를 총대장으로 하는 정법군이 조직되었다.

승민(僧民) 연합의 정법군은 초장에는 나날이 그 세가 불어나고 강하여졌으나, 그들을 토벌하려 달려온 별초군과 맞닥뜨렸을 때에는 그 기세가 맥없이 무너졌다. 나무아미타불 관세음보살을 애타게 부르며 도살되고 도망쳤다.

소문은 방방곡곡으로 전하여졌다. 칼을 맞은 정법대사의 목에서 흰 피가 솟구쳤다느니, 스님들의 가죽을 벗겨 나무에 내걸었다느니, 정법군이 머물었던 마을의 사람들을 하나도 남기지 않고 다 죽였다느니, 임신한 여자의 배를 가르고 태아를 꺼내 난도질했다느니, 토벌군의 극악무도함을 최대로 과장하기 위한 유언비어가 횡행했고, 많은 사람들이 그 소문을 믿고, 분노에 치를 떨었다.

남녘땅에서 문주주의를 줄기차게 기다리던 선비들이 뭉쳐 일어섰다. 그들은 재빨리 백성들을 끌어들여 문주회복 의군이라는 이름의 군대 기치를 내걸었다. 이러한 거사를 하는데 선봉에 나서 탁월한 지도력을 발휘한 선비 김활이 대장에 추대되었다. 그는 남달리 키가 컸음으로 장대 대장으로 불리어졌다. 그는 신언서판(身言書判)이 출중하고 문무를 겸비한 호걸이라는 명성이 진즉부터 자자하여 널리 알려진 인물이었다. 그가 과거시험을 보면 장원 급제는 떼어 놓은 당상이라고 주위 사람들은 말하였지만, 그는 무신정권 아래에서 벼슬하는 짓은 일찍이 포기하고 오직 문주주의 회복을 열망하며 살아와 이제 서른셋의 나이에 이르러 있었다.

그는 언변이 좋았으므로 이르는 곳마다 군중을 모아놓고 열변을 토하여 사람들의 환호를 얻었으며, 문장 또한 훌륭하여 그가 지어내어 각처에 보낸 격문은 뭇사람의 마음을 격동시켰다. 많은 젊은이들이 휘하로 모여들었다. 장대 대장은 진즉에 각종 병서를 탐독하여 군대를 운영함에나 전투 전술에서도 신출귀몰하다는 소문이 퍼져났다. 그는 도술을 행하여 손바닥을 휘저어 한꺼번에 수십 명의 적병을 쓰러트리고, 비와 바람을 부를 수도 있다고 했다. 이념 투쟁은 영웅을 조작해내고 그를 우상으로 받들어 올려 일사불란한 조직체계를 만들어 낸다.

장대 대장이 점령한 운풍현에서 30리 떨어진, 양지벌 마을에도 그의 격문이 전해져왔다. 사람들이 모여들어 거처를 이루고 살아가는 많은 마을들이 그렇듯이 양지벌 마을은, 병풍 같은 산자락 아래, 약간씩 떨어져 앉은 3개의 부락으로 이루어져 있었는데, 모두 합해 80여 호의 집이 들어선 큰 마을이었다. 제법 널찍하게 펼쳐진 들판의 논밭은 햇볕이 바르고 뒷산에서 흘러내리는 두 줄기 냇물로 보를 만들어 농사 짓기 좋은 터전이었다. 들판 아래로는 기다란 강이 논밭을 감싸듯이 휘돌아 흘렀으나, 강물이 들어오는 곳이나 나가는 곳이 모두 깎아지른 절벽으로 험악한 산악으로 이어져, 양지벌 사람들이 타곳으로 나갈 때에는 강을 건너야 했다. 그러나 강 건너에도 험준한 산세가 가로막고 있어서 산과 산 사이로 난 고개를 넘어가는 한줄기 길이 타곳으로 나가는 유일한 소통로였다.

이렇게 솟아오른 산에 온통 에워싸여 고립되어 있는 막다른 곳이었지만, 유연하게 흐르는 강을 대면하여 제법 넓은 들이 펼쳐져 논밭 일구고 가축 먹이고 산에서 자생하는 것을 수렵 채취하여 자급자족하니, 어떤 사람은 양지벌을 도원경이라고 말하기도 했다. 그러나 대장간이나 옹기막도 없으니, 살림살이 도구나 연장 같은 것을 구하기 위해서는 물을 건너고 고개를 넘어야 했다. 그래도 진즉부터 글을 배우는 서당이 하나 있었다. 그 때문에 인근 다른 마을 사람들로부터 유식한 아니면 유별난 벽촌이라는 소리를 듣고 있었다.

의군이 파견한 밀사가 전해준 격문으로 하여 양지벌은 소란스러워졌다. 격문은 과격한 언사와 미사여구로 조합되어 있었다. 무신권력자들의 횡포와 비리를 통렬하게 지적하고, 이제는 그들을 축출하라는 하늘의 명이 이르렀으니, 이 땅의 남아는 모두 떨치고 일어나, 정의를 세우는 역사의 대 조류에 참가하여 향기로운 이름을 만대에 전하라. 하는 것이 요지였다.

양지벌 마을에 은밀한 갈등이 생겨났다. 대부분의 다른 마을처럼 양지벌도 노장들이 주축이 된 향촌회의가 법도와 질서를 세워 마을을 이끌어나가고 있었다. 나이 든 어른들은 우려했다. 젊은 것들이 그래도 글 배운 책상물림이라고 문주주의에 빠져있다는 것을 알고 있었다. 마을회의를 소집하여 남정네들을 모두 모이게 했다. 촌장어른이 한단 높이 올라서서 엄숙한 표정으로 말하였다.

"현하 바깥세상이 난리통이라는 것은 우리 양지벌 사람들도 알고 있는 사실이니, 그에 관하여서는 말을 아끼겠소이다마는, 다만 우리 향촌회의에서 결의된 것을 공지하려고 오늘 사람들을 모았소이다. 지금부터 금도하령(禁渡河令)을 엄히 선포하는 바이니, 우리 부락사람 모두가 합심하여 지켜주기를 당부합니다. 금도하령이 해제되기 전에 필히 강을 건너야 할 사정이 생긴 사람은, 그 연유를 향촌회에 고하여 허가를 받아야 합니다."

모인 사람들이 웅성거렸다. 한 젊은이가 소리쳤다.

"그런 금지법을 만든 연유를 알고 싶습니다."

촌장이 소리친 젊은이를 바라보며 가다듬은 목소리를 냈다.

"바로 그대 같은 젊은이가 염려되어 내려진 보호령이네. 청년들은 혈기왕성하나, 지혜가 모자라네. 그래서 그럴싸하게 지어낸 언설에 속아 넘어가기 쉽네. 감언이설을 진리이며 정의로 받아들여, 그것이 신념이 되고, 그 신념이 시키는 대로 물불 안 가리고 달려가는 혈기가 있네. 그것만이 진리요 정의가 아니라는 것을 생각할 수 있는 여유가 없으니, 부화뇌동(附和雷同)하여 잘못된 길을 따르기 십상이란 말이네."

촌장의 음성은 간곡했으나, 젊은이는 저항하는 기세를 감추지 못하고 되받았다.

"그러면, 저 무지한 무신정권이 정의요 진리라는 말입니까?"

촌장은 잠간 동안 미간을 찌푸리고 있다가 천천히 대답했다.

"무신권력이 진리요 정의는 아니다. 그렇다고 그들을 타도하고 싶어 하는 세력도 진리가 아니고 정의도 아니라는 것을 생각할 수 있어야 한다. 옛날 문신들이 권력을 누려왔을 때에도 정의와 진리와는 거리가 멀었다."

촌장어른이 말을 그치자 또 다른 젊은이가 토를 달고 나섰다.

"세상에는 엄연히 질서가 있습니다. 장유유서(長幼有序)가 있어야 하고 남녀유별(男女有別)이 있듯이 문과 무도 위계가 있습니다. 지금 우리나라는 그런 천륜이 거꾸로 되어 있으니 응당 바로잡아야 하지 않겠습니까?"

사람을 바꾸어가며 따지고 드는 젊은이들의 공세에 촌장은 피곤한 기색을 드러냈다. 다른 노익장께서 대신 나섰다.

"문과 무는 위계질서가 아니다. 그리고 분리할 수도 없는 것이다. 사람이라면 누구나 문과 무를 다 가지고 있다. 그런데 영악한 선비라는 저들이 그것을 갈라내어 문주주의라는 것을 만들어 놓았다. 순진한 젊은이들이 깊은 생각 못하고 그것을 만고불변의 진리로 받아들였다면, 애초부터 속은 것이다."

장유(長幼)의 토론은 계속되었다.

"지금 권력을 틀어쥐고 폭압을 자행하는 저들 무신세력이 옳다는 말씀입니까?"

"나라의 권력은 하늘이 주는 것이다. 권력자를 도와서 백성들을 편안하게 만들어주려고 노력하는 것이 선비의 도리이다. 지금도 그런 문신들이 많이 있다. 실상 나라 살림은 그런 문신들이 하고 있다. 그렇게 발탁되지 못한 문신이나, 또한 어긋나고 성질 더럽고 증오심 많은 문신들이, 권력자를 모략하고 음해하여 젊은이의 의분을 부추겨왔다. 어느 권력이라도 선악(善惡)을 다 가지고 있다. 사사건건 발목을 잡고 억지를 부려 나라 살림을 더욱 어렵게 하는 어긋쟁이들과 야심가들이 젊은이를 부추겨 권력을 빼앗으려 하는 것이 지금의 난리라는 것을 깨달아야 한다."

"그것은 저들 무신세력이 권력을 누리려고 만들어낸 말입니다."

"그렇다. 이 패거리나 저 패거리나 다 자기들 욕심에서 나온 말이다. 그러니 이쪽 말은 다 옳고 저쪽 말은 다 그르다고 생각해서는 안 된다 그 말이다."

"그러면 어째서 문주주의를 외치는 선비들을 옳지 않다고 어르신네들은 생각하시는 것입니까?"

"그들의 말이 옳지 않다는 것이 아니다. 젊은이들의 생명을 앞세워 자기들 뜻을 이루려는 그 행위를 용납해서는 안 된다는 말이다. 이들이나 저들이나 매일반인데, 백성의 희생을 가져오는 짓거리는 용서할 수 없다."

"하오나, 금도하령까지 내려 자유의사를 억압하는 것은 과하다고 생각됩니다."

여기저기에서 웅성거림이 일어나고, 불만스러운 기운과 우려하는 기색이 교차하여 분위기가 사뭇 어수선해졌다. 한 장년이 커다란 소리로 웅성거림을 가라앉혔다.

"금도하령은 시의에 적절한 결정이요. 사람은 언제나 그렇지만, 이런 어지러운 때에는 더구나 신중하게 분수를 지켜 경계를 넘지 말아야 하오. 강을 건너지 못하게 하는 것은 비단 나가지 못하게 하려는 뜻만이 아니요. 어지러운 시국을 만나면 여기저기에서 도적떼가 창궐하여 마을로 쳐들어와 불지르고 죽이고 약탈하는 사태가 생긴다는 것을 경험 많은 어르신네들은 잘 알고 있소이다. 장정들의 가장 우선적인 책무는 가족과 마을을 지키는 것이요. 우리의 경계를 넘어들어오는 도적은 우리 힘으로 막아내야 하오. 모두 합심하여 경계를 게을리 하지 말아야 하오."

젊은이들의 반항적 기세가 수그러지는 조짐을 타고 다시 촌장이 나섰다.

"이런 시국을 만나면, 젊은이들은 신중해야 하오. 노파심에서 다시 한 번 이르겠소이다. 우리 여인네들이 부르는 구슬픈 노래가 있소. '님이여 물 건너지 마소…' 이 노래는 천년 전부터 불러졌다고 하니, 지금 같은 난리는 예부터 있어, 그토록 애달픈 가락이 여태 전해져 온 것이 아니겠소. 깊고 넓게 생각하여 처신해야 된다는 당부를 끝으로 오늘의 회합을 마치겠소이다."

그리하여 양지벌에서는 새로운 자위대가 조직되었고, 밤에도 불침번을 세워 외적의 침입을 경계하였다. 여인네들은 틈틈이 노래 불렀다.

"임이여, 물 건너가지 마시오라 하였더니. / 임은 기어코 물 건너가시었네. / 원통해라 물에 빠져 죽은 임아. / 어떻게 만나보나 그 임을 어찌할까."

곡조는 애절했다. 그러나 양지벌 사람들 가운데, 아홉 명의 남자가 몰래 물을 건너가고 말았다. 역사의 대 조류에 가담하여 향기로운 이름을 남기라는 부름에 투신한 그들 남아들은, 스무 살 안팎의 청년이 일곱 명이었고, 30대와 40대가 각각 한 명이었다. 가장 나이 어린 열여섯 살짜리 총각 하나를 빼고는 모두가 어린 자식을 둔 지아비들이었다.

물을 건너 떠나간 사람들을 걱정하고 있는 양지벌 마을에 찾아든 사람들이 있었다. 먹을 것을 이고 지고 어린애를 업고 온 피난민들이었다. 이곳에서 자라나 타곳으로 시집간 여인네가 식구들을 데불고 오기도 했고 그저 이 마을과 연이 있었던 사람들도 있었다. 그들은 자기네들 마을 가까운 곳에 수많은 관군이 몰려와 의군 토벌이 시작된 것을 보고 부랴부랴 도망쳐 온 것이었다. 양지벌에서는 이들 스물이 넘는 사람들을 받아들여 쉴 곳을 마련해주었다. 그리고 사흘이 지나, 금도하령을 어기고 이곳을 떠났던 마을 청년 하나가 피폐된 몰골로 되돌아왔다.

"다 죽었어! 다 죽어 자빠졌어!"

살아서 돌아온 그도 넋이 빠진 사람 같았다. 관군에게 포위당한 의군이 몰살을 당해, 시체가 땅을 뒤덮고 너부러졌다고 했다.

다음날, 강을 건너가 돌아오지 않는 젊은이들의 가족 가운데 다섯 사람이 향촌회의의 허가를 얻어 마을을 떠났다. 나이는 많으나 강건한 세 남자와 두 여자가 주먹밥과 볶은 보리와 콩을 괴나리봇짐에 넣어 짊어지고 강을 건너갔다. 난리 속을 찾아 들어가기 위해서였다. 아침에 떠난 그들은 밤새도록 돌아오지 않았다.

이튿날 정오쯤에 마을로 들어온 것은, 애타게 기다리는 떠나간 사람들이 아니었고, 무장을 갖춘 50여명의 군대였다. 70여명의 자위대를 거느린 촌장이 그들과 대면했다. 군대의 길 안내를 한 사내는 고개 넘어 큰골 사람으로 양지 마을 사람들과도 알고 지내는 남자였다. 군대는 도망친 반란군의 수괴들을 찾는 수색대라 하였다. 촌장은 자기가 거느리고 있는 사람들은 도적떼나 반란군이 마을을 침범하면 싸우려고 만든 자위대라고 설명했다.

마을 사람들은 밥을 짓고 돼지를 잡아 수색대를 대접했다. 군인들은 여러 정보를 마을에 제공해주었다. 관군과 반란군의 접전에서 반란군은 무참하게 박살이 나고 말았다. 천여 명이나 되는 의병이 모여들어 그 기세를 자랑하던 반란군은 싸움이 붙자마자 무너지고 말았다. 반란군은 죽은 자의 수가 백 명이 넘고 항복하여 붙잡힌 자가 이백여 명이고, 나머지는 뿔

뽈이 흩어져 도망쳤다는 것이다. 붙잡힌 자들의 반 이상이 부상자라 했다. 창에 찔리고 칼에 베이고 화살을 맞아 중상을 입은 사람이 많아 사망자는 더 불어날 것이라 했다. 반란군 가운데 말을 타고 있던 수괴들이 열 두어 명이었는데 그들은 거의 모두 도망쳐 사라졌다고 했다. 바로 그놈들을 잡으려고 수색대가 궁벽한 마을까지 뒤지고 다니는 것이라 했다.

"차라리 죽는 것이 복이라는 생각이 드는 것이, 부상당해서 신음하고 있는 사람들 보니, 차마 못 볼 지경이었소. 전쟁질이라는 것은 크나 작으나 비참한 것이요."

수색대 대장은 상을 찡그리고 고개를 저었다. 양지 마을 사람들은 찾아든 군인들에게서 더 긴요한 정보도 얻을 수 있었다. 당국에서는 늘 그래왔듯이, 억지로 끌려들었거나 꾐에 빠져들었거나, 반란군의 일반 병사는 다시는 그런 짓을 하지 않겠다는 서약서만 받고 풀어줄 것이고, 죽은 자는 그 가족들이 아무 제약 없이 그 시체를 가져가게 한다는 것이었다. 어리석은 백성들에게는 이렇게 관용을 베푸는 유화책을 쓰지만, 반란의 수괴들만은 기필 색출하여 법의 엄정함을 보이겠다는 것이, 조정에서 이미 정해놓은 진압책이라 했다.

양지 마을 사람들은 강을 건너 역사의 소용돌이 속으로 들어간 가족과 이웃을 찾아 나섰다. 성벽 아래, 끌어다 모아놓은 시체가 줄지어 너부러져 있었다. 거기에서 두 사람의 양지마을 젊은이 시신을 찾아내었다. 울부짖으며 통곡하며 시신을 거두어 고향마을로 운구해왔다. 그리고 잡혀있는 반란군 가운데에서도 양지마을 사람 세 명을 찾아내었다. 세 사람 모두 크게 상처 입어 처참한 몸으로 간신히 살아있었다. 뇌물을 바치고 그들 세 사람도 우선(優先)하여 빼내어 집으로 옮겨올 수 있었다. 금도하령을 어기고 강을 건너간 아홉 사람 가운데 세 사람은 그 생사나 종적을 알 수가 없었다.

초상마당이 된 양지벌은 슬픔의 도가니였다. 분하고 억울하고 원통하여 울고 소리 지르고 날뛰기도 했다. 자식을 잃은, 흰머리(白首) 아비는 미친 사람(狂夫)처럼 내달려 강물 속으로 들어가기도 했다. 참담한 심경이 가져다주는 고통은 극심했다. 부상당한 젊은이들은 지독한 상처의 고통으로 신음하고 있었고, 처참한 마음의 고통을 겪는 사람들도 신음하며 울부짖었다.

고통의 치유책이 대두되었다. 신원(伸冤)하기 위하여 복수하는 것만이, 참을 수 없는 고통을 무마하는데 도움이 된다는 결론에 도달했다. 죽인 자를 죽이는 것은 정당한 일이라는 명분이 힘을 얻었다. 죽은 자들과 상처 입은 자의 가족들을 중심하여 신원의용대(伸冤義勇隊)가 이루어졌다. 분함과 억울함에 취해 있는 사람들 가운데에는 무모하게 날뛰려는 자도 있었지만, 냉정한 이성으로 소기의 목적을 달성하려는 신중한 사람들이 의용대를 이끌었다. 계책을 짜고 조심스럽게 행동에 나섰다.

서른 명의 행동대원들은 무술 훈련을 받았다. 그들의 무기는 박달나무 몽둥이가 주종이었다. 이동할 때에는 지팡이로 둔갑할 수가 있었다. 그리고 두 사람씩 짝을 이룬 정탐조 3개 조를 내보내 관군의 수색대 동향을 탐지하고, 또한 지방 인맥과 접촉하여 여러 정보를 수집했다. 그 지방에서 2백 리 떨어진 데에서 또 반란이 일어났다고 했다. 이쪽에 파견되었던 관군의 대다수가 그 새로운 반란지로 이동하고, 이곳에는 적은 인원의 수색대만 주둔하고 있다는 것을 알아낼 수가 있었다. 정탐조는 각방으로 애를 쓰다가, 반란을 일으켜 패배한 장대 대장의 동조세력과도 선이 닿아, 연계할 수 있는 길이 열렸다.

장대 대장은 거느리던 천여 명의 군사를 잃었지만, 용케 잡히지 않고 은밀한 곳에 숨어있으면서 동조세력을 통하여 재기를 모색하고 있었다. 양지마을 의용대는 기어이 장대 대장과 면담할 수 있는 길을 얻을 수 있었다. 몇 사람의 부하와 함께 요소에 숨어있는 장대 대장에게 먹을 것을 날라주고 외부의 상황을 알려주는 사내와 접선하여, 그를 따라 요소를 찾아가 장대 대장을 만날 수 있었다. 건장한 체구의 장대 대장은 갑옷을 입고 투구를 쓰고 등에 칼을 비껴 메고 찾아온 사람들을 대면했다.

"참으로 장하이다. 그대들이 일어선 것은, 비단 자기의 원수를 갚는 일일뿐더러 썩어가는 나라를 바로 세우는 일이오이다. 나는 진즉부터 문주주의를 위하여 목숨 바쳐 그것을 이루어 내겠다는 한 가지 신념으로 살아왔소. 한번 패배했다고 하나 그대들을 보니 천군만마를 얻은 듯 힘이 솟아, 기필 뜻을 이룰 수 있겠다는 확신이 더욱 뚜렷해집니다."

장대 대장은 여전히 신념에 찬 굳건한 의지를 내보였다. 그 눈에는 빛이 있었다. 양지마을 의용장이 말을 받았다.

"우리 마을은 아비지옥 같은 지경이요. 죽은 자와 상한 자의 부모와 형제 처자식뿐만이 아니라, 온통 가족 같이 살아온 이웃들이 모두 참담한 고통을 겪고 있소. 죽은 자를 위한 복수는 살아있는 사람들을 위로할 수 있는 유일한 처방이요."

두 사람의 대화는 이어졌다.

"불의를 보면 일어서 싸우는 것은 인간의 마땅한 도리요. 하물며 그 불의로부터 치명적인 위해를 받았다면, 어찌 설원하지 않을 수 있으리오. 그들을 죽이고 정의를 세우는 일에 우리 모두 분기합시다."

"사람 하나가 죽으면, 그 죽음으로 여러 사람이 고통을 당하고 불행하게 살아갈 수밖에 없소. 그 불행은 오랜 세월을 지나도 대대로 이어질 것이요. 아비를 잃은 자식은 불행하게 되고, 그 불행한 아들이 나은 자식도 불행에서 헤어나지 못할 것이니, 한 사람의 젊은 목숨이 비명횡사하는 것은 몇 백년을 이어나가는 비참을 가져오는 것이요. 그런 씨앗을 뿌린 인간을 어찌 용서할 수가 있겠소?"

"옳으신 말씀이오이다. 의에 의거하여 심판을 내려야 하오이다. 자, 우리 앞으로 행할 계책을 의논합시다."

"행할 계책은 벌써 마련되어 있소. 이미 시작되었소."

"어떤 방안을 가지고 있는지? 서로 논의가 필요하오이다."

"논의는 방금 주고받은 대화만으로도 충분하다. 그대는 우리의 방안에 따를 뿐!"

"무슨 소린가?"

장대 대장은 졸지에 기분 상한 기색을 역력히 드러내며 둘러선 사람들을 휘둘러보았다. 박달나무 지팡이를 짚기도 하고 어깨에 둘러메고 선 장정들의 눈길은 무서웠다. 의용장의 무서운 음성이 터졌다.

"네놈을 죽여서 원한을 풀고자 우리가 왔다!"

깜짝 놀란 장대 대장은 얼굴이 시뻘게져 눈을 벌려 떴다.

"이게 무슨 마른하늘에 날벼락 같은 소린가! 죄 없는 우리 형제를 죽인 것은 악독한 무신 독재자들과 그들의 앞잡이 군인들이다. 그대들도 그들의 앞잡이들인가?"

"나라 정치를 맡은 사람들은 반란을 진압할 책무가 있다. 나라 녹을 먹는 군인들은 상부의 지시에 따라 싸우는 것이 그들의 본분이다. 그들은 책임과 의무를 다했으니 정당하다. 생명을 살상한 죄는 순진하고 어리석은 사람들을 끌어내고 꾀어내어 죽음으로 내몬 네놈들이다."

의용장의 소신에 찬 강경한 음성을 듣고 장대대장의 얼굴엔 퍼런빛이 감돌고 눈에는 붉은빛이 어렸다. 당혹감과 분노가 버무려져 처참한 몰골이었다. 졸지에 들이닥친 놀라운 위기 앞에 붕괴되어 가는 정신을 수습하려는 듯 그는 눈을 질끈 감았다가 뜨고 말을 내놓았다.

"그대들은 크게 잘못 생각하고 있다. 하나만 알고 둘은 모르고 있다. 지금의 이 악랄한 권력은 곧 무너지게 되어있다. 그동안 저들을 무너트려야 한다는 의로운 신념이 쌓이고 쌓여 이제야 터져 나오고 있다. 궁벽한 고을에 사는 그대들은 세상을 너무 모르고 있다. 지금 이 나라 방방곡곡에서 저항하는 세력들이 우후죽순처럼 일어서고 있다는 소식을 못 들었는가? 이 정권이 계속되리라는 생각은 어리석은 착각이라는 것을 깨달아야한다. 그대들의 이런 행위는 화를 자초하고 있다는 생각을 왜 못하는가?"

장대대장은 어떻게 하던 이 어리석은 백성들을 설득해보려는 안간힘을 내보였다. 그리고 눈치를 살피듯 여러 사람을 둘러보는 그의 모습은 처량한 기색마저 드러났다.

"화와 복을 내세워 사람들을 겁주고 어르는 것이 네놈들의 수법이라는 것을 우리는 잘 알고 있다. 하기야 사람 목숨을 개 목숨 같이 여기는 네놈들이 권력을 가지면 우리를 죽이고 싶겠지. 허지만 우리는 그런 계산을 하지 않는다. 소신과 신념은 네놈들에게만 있는 것이 아니다. 우리도 우리의 소신으로 행동한다. 자기 고집을 이루기 위해서 사람을 죽이는 놈들을 응징하는 것은 정당한 일이다. 더 이상의 사람 목숨을 희생시키지 않기 위해서도 네놈은 죽어야 한다."

소신 있게 소리치는 농부의 말이 끝나자, 눈치를 살피는 것 같던 장대대장의 눈빛에 돌연 폭발하는 듯한 분노의 불길이 솟구쳤다. 장대대장은 한 발작 내딛으며 등에 진 칼을 뽑았다.

그러나 긴 칼을 다 뽑기도 전에 장정의 박달몽둥이가 장대대장의 칼 잡은 손을 벼락 같이 내려쳤다. 억센 농부의 한발 빠른 일격에, "억"하는 비명을 지른 장대대장의 몸에 연거푸 박달몽둥이가 떨어져 내렸다. 장대대장은 무릎이 꺾이어 앞으로 고꾸라지고, 옆에 있던 장대대장의 부하 두 사람도 칼을 뽑았으나, 후려쳐 온 몽둥이를 맞고 모두 옆으로 쓰러졌다.

"네놈들을 이 자리에서 때려죽일 수 있으나, 네놈들로 하여 참담한 고통을 당하는 사람들은 우리 마을뿐 아니라, 인근에 더 많이 있다. 그래서 만인이 보는 앞에서 너희 목을 베겠다. 묶어라!"

의용장의 말이 떨어지자 농부들이 달려들어 사냥한 맹수를 묶듯이 그들을 결박하는데, 묶이면서도 그들은 짐승처럼 발악하며 악을 썼다.

"이 불학무식한 놈들아! 천인공노할 악질들아!"

"천한 것들이 감히 이럴 수 있느냐!"

"하늘이 무섭지 않느냐? 벼락 맞을 놈들아!"

묶이고 나서도 그들은 욕지거리를 그치지 않았다.

"네놈들이 인간이냐? 너희는 무신의 개다! 짐승만도 못한 것들아!"

그들의 악다구니를 의용장이 맞받았다.

"짐승만도 못한 것은 바로 네놈들이다. 네놈들은 무슨 주의라는 것을 만들어놓고 그 신념에 얽매어 오직 그것만을 위해서 못된 짓을 서슴없이 자행한다. 네놈들이야말로 그런 이념의 개들이다. 우리들에겐 문주주의도 무주주의도 다 같이 쓸데없는 것이다. 백성을 죽이려하는 자들이 우리의 원수일 뿐이다."

"백성들을 잘 살게 하기 위해서 문주주의는 절대 필요한 것이다. 바로 백성을 위해서 우리는 목숨을 내놓고 싸우는 것이다."

"이쪽이나 저쪽이나 다 그렇게 말한다. 네놈들은 모두 그렇게 생각하고 있지만, 실상은 네놈들이 골라잡은 무슨 주의나 신념을 위해서 싸울 뿐이다. 그것을 이용하여 권력을 잡아 백성 위에 군림하려는 욕심을 위해서 어리석은 백성을 위험으로 내몰고 있다."

"아아! 못 배워먹어 아무리 무식한 인간이라고 해도 어떻게 이토록 흉악무도할 수가 있는가! 오호라 원통하고 절통하다. 네놈들은 곧 죄값을 받아 거꾸러질 것이다."

"더 지껄이면 잘 배워먹어 개가 된 네놈의 아가리를 뭉개 놓겠다!"

양지마을 사람들을 이곳으로 안내해 온 사내는 질린 표정으로 몸을 떨고 있었다. 그도 묶으려 하였으나, 의용장이 소리쳤다.

"그는 나둬라! 그 사람은, 사람이다. 저놈들에 노비 몸으로 어쩔 수 없이 심부름꾼 노릇을 했다."

처참한 격전장에서 용케 빠져나와 은신처에 몸을 보전하고 있던 장대대장 일행은 한번 싸워보지도 못하고 허무하게 포획되고 말았다.

관군의 수색대가 기어이 잡으려고 혈안이 되어 뒤지고 다녔어도 찾아내지 못했던 반란군의 수괴들을 무지렁이 농군들이 붙잡게 되었다는 사실이 사방에 알려지면서, 사람들은 나름대로의 의견을 붙여 이야기를 전해 나갔다. 사람에게 들이닥치는 행운과 불운은 도대체 어디서 오는지 알 수 없지만, 아무튼 그 사건도 사람의 운수소관으로 치부할 수밖에 없다는 설명을 덧붙이기도 하고, 아니면, 촌놈들의 위계(僞計) 전술이 기막히게 교묘하여, 반란군의 수괴들이 어쩔 수 없이 당할 수밖에 없었다는 해석을 내놓기도 하고 또는, 하늘의 뜻이었다거나 기적이었다거나 하고 사람들은 제각각으로 표현했다.

장대대장과 그 일행은 관군에게 넘겨졌고, 심사관의 조사를 받아 장대대장과 또 두 사람은 주동자로 판정되어 참수형에 처해졌고, 나머지 두 사람은 옥에 갇혔다.

지방 현지에서 참수된 장대대장과 두 사람, 그리고 다른 곳에 숨어 있다가 붙잡힌 또 다른 주동자 두 사람, 목이 베어진 다섯 개의 머리가 성문 앞에 한 달 동안 효수되었다.

그 소식은 온 나라에 전파되었다. 사람들은 그 양지마을 의용대를 박달부대라고 불렀고, 그리하여, "박달몽둥이가 반란 잡았다."라는 말이 생겨나고, "박달나무가 난리 막는다." 또는 "개 같은 인간에게는 박달몽둥이가 직방이다."라고 하는 말이 속담처럼 구전되었다. ■

이념의 괴뢰들

예로부터 인간의 생존방식에는 두 가지가 있었다. 노동하여 먹고 살 것을 생산하는 사람들이 있었다. 그리고, 노동을 하지 않고 다른 사람이 생산해놓은 것을 도둑질하고 빼앗아 먹고 살아가는 사람이 있었다. 노동하는 사람들이 더불어 살기 위하여 마을을 이루게 되고, 빼앗아 먹는 인간들도 얼려들어 도적떼를 이루었다. 도적떼는 마을을 습격하여 사람들을 죽이고 생산해놓은 것들과 여자를 약탈했다.

생산하는 사람들은 다수이고, 도둑질하고 빼앗는 인간들은 소수라 하여도 이러한 구조는 사람살이에 크나큰 장애와 불행을 가져왔다. 생산해내기 위한 노동은 몹시도 견디기 어려운 고역이었다. 그 고역을 견디기 싫어서 다른 사람의 생산을 빼앗아먹고 살아가는 놈들은 끊임없이 생겨났다.

갈수록 사람들은 더 많이 어울려들어 부족을 이루고 부족을 통합하여 하나의 나라를 만들어 힘을 합쳐야 했다. 그리고 도둑놈들이 사람들을 해치지 못하도록 법(法)과 도(道)를 만들어냈다. 그러면서 생산하는 육체노동을 하지 않고 살아가는 또 하나의 부류가 생겨났다. 그들은 나라를 운영하고 법과 도를 세우는 일을 하는 소수의 사람들이었다. 노동하는 사람들은 그들을 먹여 살려야 했다. 사회의 질서를 유지하는 권한을 얻게 된 지배자들은 생산해낸 것의 분배까지도 관장하는 막중한 임무까지 가지게 되었다.

이렇게 되자 생산노동을 하지 않고도 살아갈 수 있는 사람들의 수효는 갈수록 불어났다. 자연을 연구하고 인간성을 탐구하고 사람들을 계몽하고 교화하는 업무는 사회생활에 필요한 요소였다. 더 편리한 도구를 만들어내고 더 나은 제도를 만들어 사회는 발전 진보해 나갔다.

육체노동을 하는 사람들은 먹을 것과 입을 것과 거처할 곳을 만들어내는 업무를 담당했고, 생각하는 사람들, 이른바 정신노동에 종사하는 사람들은 사람살이의 질서를 위한 이론을 생산했다. 이렇게 생성된 이론이 동조하는 생각을 얻어 이념이라고 하는 것이 되고, 이념을 실현시키기 위한 의지가 사상이라고 부르는 것이 되고 사상을 결속하기 위하여 주의(主義)가 탄생되었다. 지금의 세상 사람들이 가장 많이 쓰는 어휘로 이데올로기라는 것이 만들어졌다.

인류가 만들어낸 갖가지 이데올로기 가운데에서도 가장 오래되고 강력하고 끈질긴 힘을 발휘하는 것이 야훼[여호와] 이데올로기일 것이다. 옛날의 이데올로기가 모두 그렇듯이 야훼 이데올로기도 먼저 자기들이 모실 신을 먼저 만들고 그 신으로부터의 명령이 곧 그들의 이데올로기였다. 모든 부족 과 민족이 자기들이 받드는 신[이데올로기]을 하나 아니면 여러 개 가지고 있었지만, 그렇게 수많은 신들 가운데에서도 이스라엘 민족이 만들어낸 야훼라는 신은 어떤 다른 신보다 배타적이고 무서운 신이었다. 야훼는 천상천하 유아독존의 유일신이었으며 강력한 힘으로 이스라엘 민족의 역사와 개개 인의 일거수일투족을 직접 통솔하는 인격신이었다.

이데올로기는 시대의 산물이다. 역사적 체험과 당대의 시 대상황에 의해서 생성되어 나온다. 만들어낸 사람들의 기질 도 스며들 수밖에 없다. 이스라엘 민족은 오랜 세월 박해 당 하고 수난 당해온 고난의 민족이었다. 힘 약한 유목민으로 떠도는 부족으로 곳곳에 산재해 있는 다른 부족들에게 시달 리며 쫓겨 다녀야 했으며 가까운 데에서 문명을 일으켜 대제 국을 형성한 나라가 계속 생겨났으므로 그럴 때 마다 그들의 침략을 받았다. 인류문명의 발상지인 메소포타미아에서 남으 로 내려와 가나안 지방에서 몸 붙여 살아보려 했으나 여의치 않았고 사람이 살 수 없는 광야를 건너 남쪽으로 더 내려가 보았지만 거기에는 이집트라는 거대한 제국이 가로막고 있었 다. 이스라엘의 역사서에 의하면 그들은 이집트에서 400년 을 살았다고 했고, 그동안 이집트로부터 민족적 차별을 받아 그들의 노예생활을 했다고 기록되어 있다. 그러다가 모세라는 민족의 지도자가 이스라엘 민족을 이끌어 이집트를 탈출하여 가나안 땅으로 향하였다.

옛날의 역사 기록은 사실 그대로의 기술보다는 기록당시의 아니면 기록자의 이데올로기에 의하여 과장되거나 날조된 것이기도 하지만, 강력한 이데올로기의 지배 하에서 나온 것일수록 더욱 왜곡되고 터무니없이 창작된 것이라는 것이 이미 밝혀졌다. 허지만 어쩔 수 없이 그들의 기록에 의하여 이야기를 전개할 수밖에 없다.

모세의 지도 아래 60만 인구의 이스라엘 민족이 이집트에서 며칠이면 갈 수 있는 가나안 땅으로 들어가는데 40년이 걸렸고, 그 고난의 행군과정에서 야훼 이데올로기가 형성되었다.

모세는 야훼를 수시로 직접 대면하여 그의 명령을 받아가며 민족을 이끌었다. 야훼 이데올로기의 대헌장인 십계명, 그리고 이스라엘 민족이 지켜야할 규범과 세세한 생활규칙인 율법을 야훼는 모세에게 직접 하달했다.

야훼는 모세의 먼 조상인 아브라함에게 이미 가나안 땅을 이스라엘 민족이 거주할 땅으로 점지해 주었다. 그리고 그 땅에서 모든 다른 민족을 종으로 부리며 살아가도록 약속했다. 그러나 그 약속은 이스라엘 민족이 야훼가 내린 책무를 지켜야 된다는 단서가 붙었다. 그것은 야훼와 이스라엘 민족이 맺은 계약이었다. 그래서 야훼가 이스라엘 민족에게 내린 말씀을 그들은 계약이라고 명명했다.

가나안 땅을 향한 도정에서 이스라엘은 여러 이민족과 투쟁했다. 이스라엘의 전략전술은 모두 야훼에게서 직접 지시 받아 이루어졌는데, 일단 전투가 벌어지면 상대방을 멸절시키는 것이 야훼의 명령이었다. 가나안 땅이 눈앞에 보이는 요단강 가까운 데에 이르러 미디안 족속과의 싸움에서 이스라엘은 대승을 이루었는데, 그 전투를 지휘한 장군은 야훼로부터 심한 질책을 받았다. 야훼는 미디안 족속을 모두 죽여 없애라고 하였는데 전투 지휘자는 남자들만 죽이고 여자들을 살려 포로로 끌고 왔기 때문이다. 모세가 야훼에게 하소연하여 절충이 이루어졌다. 여자들 가운데에서 동정녀만 추려내고 나머지 여자들은 모두 죽이는 것으로 야훼의 양해를 얻어냈다. 그리하여 한번이라도 남자와 교접이 있었다고 여겨지는 여자들은 모두 살육되었다.

모세는 가나안 땅에 들어가지 못하고 죽었다. 모세의 호위장이였던 여호수아가 지도자의 권력을 이양 받아 민족을 이끌고 요단강을 건너 가나안에 들어갔고, 대 정복전쟁이 본격적으로 시작되었다. 그곳에 진즉에부터 터 잡아 살고 있었던 부족들을 정벌해 나가는데, 야훼는 이스라엘 민족의 앞장을 서서 싸워나갔고, 그의 명령은 엄격하고 혹독했다.

정벌한 이민족은 갓난애로부터 늙은이에 이르기까지 모두 죽이라는 것이 야훼의 정벌 원칙이었다. 또 어떤 족속을 쳤을 때에는 사람뿐 아니라 그들이 가졌던 말이나 소나 개나 모든 숨 쉬는 짐승까지도 다 죽이라고 했다. 사람은 살려두면 언젠가 그들이 복수할 수도 있기에 다 죽여야 했고, 짐승까지도 죽이는 것은 그 짐승과 함께 살았던 족속이 이스라엘에 증오와 분노를 일으키게 했으므로 그 가축으로 제사 올린 것도 야훼는 받아들일 수가 없었기 때문이다.

무자비하고 혹독한 야훼 이데올로기로 무장한 이스라엘 족속은 가나안 땅에 감당하기 어려운 공포를 불러일으키며 정복전쟁을 수행해 나갔다. 야훼가 주는 그 두려움에 힘입어 이스라엘은 뻗어나갔다. 야훼가 얼마나 두려운 존재인가를 가나안 땅에 널리 전파하며 맹렬하게 투쟁했다. 그렇게 힘없는 부족들부터 살육해나가며 가나안 땅에서 이스라엘은 무서운 홀로코스트를 자행했다.

야훼를 수식하는 단어는 자비나 사랑이 아니었다. 으레 쓰는 말이 만군의 야훼, 질투하시는 야훼였다. 진노의 화신이었다. 야훼 이데올로기에서 선과 악은 확실하고 분명하게 구분되어 있었다. 최고의 선은 야훼에 순종하는 것이고 최대의 악은 야훼를 거역하는 것이었다. 야훼가 내린 계명 가운데 가장 첫째로 나오는 것이, 나 이외에 다른 신을 섬기지 말라, 하는 명령이었다. 다른 신에 대한 질투가 지독한 야훼였다. 이것은 다른 모든 이데올로기의 속성이기도 하다. 야훼에게 질투심을 야기시켜 분노를 일으키게 하면 무서운 보복을 당한다는 것을 지도자들은 백성에게 주입시켜 조직을 통솔했다.

이민족은 모두가 다른 신을 섬기는 족속이었으므로 원천적으로 악이었다. 홀로코스트는 그 악을 쳐부수는 선을 위한 야훼의 응징이었다.

야훼의 응징은 이민족에게 만이 그렇게 혹독한 것이 아니었다. 야훼가 자기의 자녀로 택한 이스라엘 민족에게는 더욱 무서운 응징을 가했다. 이스라엘 민족이 그렇게 이민족으로부터 박해당한 것이 모두 야훼에게 불순종하여 얻은 자업자득이었다. 야훼는 결코 자녀인 이스라엘을 용서하지 않고 다른 민족으로 하여금 이스라엘을 학대하게 하고 죽임을 당하도록 유도했다.

야훼는 그가 내린 계명과 율법을 어긴 이스라엘 개개인의 사람에게도 무서운 벌을 내렸다. 최초로 안식일을 범한 사람이 적발되었다. 그는 안식일에 일하지 말라는 야훼의 계율을 어기고 안식일 날 산에서 땔감을 마련하는 일을 했기 때문에 고발당하여 인민재판을 받게 되었다. 그때는 십계명을 받은지 얼마 되지 않았음으로 이 사람을 어떠한 벌로 다스려야할지를 몰랐기에. 모세가 야훼에게 물어보았더니, 돌로 쳐죽여라, 하는 대답이 내렸다. 그래서 그 가난한 나무꾼 가족은 인민들이 던진 돌에 맞아죽었다.

하나의 이데올로기는 시대의 산물이지만 그것을 만들어낸 사람의 체험과 지식과 현실인식, 그리고 정신상태까지도 작용하지 않을 수가 없다. 이스라엘 민족은 척박한 환경을 거치며 많은 이민족과 싸우며 억압받고 멸시 당하며 어렵게 생존해 나오느라, 적개심이 쌓이고 증오가 응어리지고 열등감에 사로잡혀 있었다. 그러한 스트레스와 콤플렉스와 트라우마에서 생겨난 것이 야훼 이데올로기였으니, 야훼는 질투와 분노와 독선과 무자비의 화신이 되었던 것이다.

사람이 이데올로기를 만들어 내지만, 그것이 힘을 얻으면 사람들을 지배하고 속박하게 되고, 그러한 현상이 사람살이 공동체에서 끊임없이 일어나 그것이 민족이며 국가라는 것을 유지시켜 나갔다. 야훼주의는 세상에 만들어진 수많은 이념의 원조이며 모범이라는 성격이 있으므로, 지루하더라도 좀 더 살펴보는 것이 세상살이를 위하여 무익하지는 않을 것이다.

야훼와 이스라엘 민족이 맺은 계약서, 이른바 성서에는, 조상들의 이야기와 민족의 투쟁과 삶이 서술되어 나오며, 시대의 정치와 문화와 생활 모습이 기록되어 있다. 그들의 공식적인 역사서이며 이념서인 것이다. 그리고 무엇보다 중요한 율법이라고 하는 그들의 헌법과 민법과 형법이 명시되어 있다.

그들의 역사 기록은 야훼의 인간 구원계획과 인간의 배신으로 하여 생긴 징벌로 이루어져 나온 참사라는 것을 기본 인식으로 서술되어야 했다. 인류의 중심에는 야훼로부터 선택받은 이스라엘 민족이 있고, 그 이스라엘 민족이 계명과 율법을 거스르는 불순종으로 하여 인류 구원은 이루어지지 못하고 있다는 것이 역사의 기본 전제였다. 역사 기록에서 사실은 뒷전이었다. 오로지 이념을 내세우기 위하여, 야훼 주체사상을 강조하기 위하여, 서투른 상징 조작을 서슴지 않았다.

이스라엘이 인류의 중심이며 종가라는 것을 납득시키기 위하여, 그들은 자기들에게 전해져 내려오는 자기네들의 최고 조상인 아담을 인류의 조상으로 조작하여 기록하는 무모함을 행하였다. 그리하여 아담으로부터 이어져 내려온 조상들의 이름을 전부 나열하기까지 했다. 아담이 카인을 낳고 카인이 누구를 낳고…, 하나도 빠짐없이 적장자의 이름을 너무나 소상하게 기입해 놓고 보니, 인류의 역사가 터무니없이 짧아지고 말았다. 여러 신학자와 수학자들이 구약성경에 기록된 대로 정밀하게 계산해보니, 아담이 만들어진 시기가 기원전 4,000년을 넘지 못했다.

자기들의 독선에 충실하다보니, 이렇게 인류 역사가 짧아지고 말았으며, 그 지역에 전해져 내려오는 대홍수 이야기를 온 지구로까지 확산하는 무지함을 버젓이 역사서에 기록해 놓기도 했다. 이것은 그 시대의 역사인식이 그만큼 짧았고, 세계인식이 그렇게 좁았음에 기인한 것일 수가 있다. 그 시대에는 어느 민족이나 그런 신화를 가지고 그것을 역사로 대치하여 왔다고는 하지만, 야훼 이데올로기는 그것을 너무나 명확한 사실로 만들기 위하여 세세하게 이름과 나이를 명기하다보니 많은 불합리와 부조리와 어거지를 생기게 만들었다. 그러나 그들은 불합리와 부조리를, 인간이 지혜가 모자라 신의 신비함을 다 인식하지 못함에서 나오는 어리석음으로 몰아치며 야훼 사상을 지고한 것으로 고수해 나왔다.

야훼 이데올로기에는 그 시대의 남녀 관계가 잘 드러나 있다. 야훼와 인간의 관계는 남자와 여자의 관계를 대치해 놓은 것이었다. 율법에 의하면, 동정을 상실하고 결혼한 여자는 때려죽여도 좋다고 되어 있다. 남자의 불알을 잡는 여자는 그 손목을 도끼로 찍어내라고 명시했다. 그래서 야훼는 남편이고 이스라엘은 아내로 되어 있다. 야훼가 가장 무섭게 분노하는 것은 이스라엘이 다른 신을 섬길 때 일으키는 질투에서 나온 것이었다. 이스라엘 민족이 고통스러운 일을 겪을 때마다, 야훼의 대리인이라는 선지자가 나와서. 이스라엘이 야훼 앞에 부정을 행하였고 갈보짓을 했다고 울부짖었다.

야훼와 이스라엘의 관계는 권력자와 백성의 관계를 대치시켜 놓은 것이기도 했다. 백성들의 순종을 바라는 지도자의 마음이 그대로 담겨 있다. 지도자는 질투와 분노의 화신 야훼를 내세워 공포심을 유발하여 민족을 통합하여 군림했다. 야훼 사상은 공고한 민족주의를 기반으로 하고 있었다.

야훼와 민족을 위하여서는 어떤 참혹한 만행이나 간악한 속임수도 용인되었다. 그들이 흠모하는 조상으로 내세우는 아브라함은, 네 자식을 죽여 내 앞에 제사 드리라는 야훼의 명령에 순종하여 그대로 행하려 하였음으로 믿음의 조상으로 받들어 모셔지게 되었다. 이것은 야훼를 위하여서는 어떤 끔직한 짓도 개의치 않아야 된다는 하나의 모범으로 그들의 역사에 제시되어 있다. 그들이 이스라엘 민족이라는 이름을 얻게 만든 직계 조상 야곱〔이스라엘〕은, 형의 우직스러운 약점을 틈 타 교활한 수단의 사기를 자행하여 형으로부터 장자권을 빼앗는데 성공했다. 야훼 이데올로기에만 충실하면 어떤 끔직한 행위와 사악한 수단이라도 정당하게 받아들일 수 있는 여지를 그들의 역사서에는 여러 군데 기록해 놓았다.

백성들은 야훼에게 많은 것을 바쳐야 했다. 십일조로 명명된 세금 말고도 날마다 드리는 제사를 위하여 소와 양과 기름과 곡식과 술을 제물로 바쳐야 했다. 제사의 종류도 갖가지였다. 번제, 소제, 화목제, 속죄제, 면죄제, 서원제, 자원제, 축제…. 여기에 바쳐지는 제물은 흠 없는 가장 좋은 것이어야 했다. 병든 소나 양을 바치는 자는 돌로 쳐 죽였다. 율법서에는 야훼께서 고기 살이 타는 그 노린내 향을 너무나 좋아하신다고 지겹도록 되풀이하여 적어놓고 있다. 야훼는 지배자가 만든 신이었다.

힘이 약한 다른 부족들에게 야훼는 공포였지만, 힘센 또 다른 부족에게 야훼는 조롱꺼리였다. 야훼의 추종자들은 최고 존엄 야훼가 모독당했을 때에는 수염과 머리카락을 쥐어뜯고 옷을 찢으며 발광한 듯 울부짖었다.

야훼 이데올로기에는 오로지 현세뿐 내세가 없었다. 그만큼 그들은 현세의 문제만으로도 벅찬 삶을 살아왔다. 그래서 인간은 죽으면 흙으로 돌아갈 뿐이었다. 그들이 천국이라고 하는 것은 이 땅에 야훼가 다스리는 나라가 이룩되는 것을 이름하는 것이었다. 야훼는 오직 살아 있는 사람의 신이었다. 그들은 죽은 사람에게 예의를 갖추기 위해서 죽음을 조상들에게로 갔다고 표현하기도 했다.

그러다가 훨씬 나중에 새로운 신앙이 생성되었다. 이 땅에 야훼가 다스리는 천국이 이루어졌을 때, 죽었던 사람들이 모두 되살아나 심판을 받게 된다는 부활의 믿음이었다. 이러한 생각은 독실하게 야훼를 신봉하는 백성들로 구성된 바리새파가 만들어 낸 믿음이었을 뿐, 이른바 지식인층으로 이루어진 사두개파는 이런 부활의 믿음을 인정하지 않고 몹시 어리석은 생각이라 비웃었다. 이 부활의 문제로 바리새파와 사두개파는 논쟁을 이어나갔으나 어느 편도 승복하지 않았다.

이렇게 부활이라는 새로운 이슈가 생겨나 파쟁을 하고 있을 때, 예수라는 새로운 인물이 나타났다. 그때는 이스라엘이 로마제국의 속국이 되어 지배당하고 있던 시기였다. 예수 태어나기 칠백여년 전부터 가나안땅 가까운 곳에서 대제국이 연달아 일어났다. 제국의 세력이 뻗어나가는 길목이었던 가나안 땅의 이스라엘은 정복당하여 제국의 지배를 받아 왔다.

아시리아, 이집트, 바빌론, 페르시아, 그리스의 알렉산더, 시리아, 로마. 이렇게 계속해서 일어선 제국들은 수많은 나라와 민족을 정벌해 다스렸지만, 그 가운데에서 가장 다루기 힘든 민족이 이스라엘이었다. 뿌리 깊은 야훼 신앙으로 무장되어 있는 이스라엘은 틈만 나면 독립투쟁을 일으켰다. 로마는 이스라엘에 야훼 신앙을 허용해주고 문화통치를 펴고 있었다.

예수는 이스라엘의 구원자로 나섰다. 그는 민중을 속박하고 있는 야훼 이데올로기를 개혁하려고 했다. 야훼와 율법이라는 무거운 짐과 족쇄를 타파하여 백성을 해방하려 했다. 폭압의 이데올로기에서 민중을 해방시키려 했다. 증오를 사랑으로, 복수를 용서로, 차별을 평등으로, 배타성을 화해의 정신으로, 민족이 걸어온 투쟁의 길을 바꾸어 상생의 자리를 이루려 했다.

고난 받으며 무거운 짐을 진 자들이여 내게로 오라. 내가 그대들을 편하게 하리라. 진리가 그대들을 자유롭게 해주리라. 설파하는 그의 말씀은 백성들에게 복음이었다. 그의 설교에는 지혜와 권능이 있어서 많은 백성의 호응을 얻었다.

예수는 너무나 뿌리 깊게 도사린 야훼와 율법을 정면으로 공격할 수는 없었다. 그랬다가는 야훼의 추종자들로부터 돌에 맞아 죽을 것이기 때문이었다. 이념의 추종자들은 야훼의 절대 명령인 율법을 예수가 폐지하려 한다고 공격했다. 예수는 대답했다. 나는 율법을 없애려고 온 것이 아니라, 오히려 온전하게 만들려고 왔다. 완강하게 버티고 있는 무서운 이념을 혁신하기 위하여서는 그 이념의 창시자인 모세보다 더 큰 권위를 얻는 길밖에 없었다. 그는 자신이 야훼가 보낸 사람이라는 것을 사람들이 믿게 만들려고 애를 썼다.

예수는 가난한 사람들과 여자들, 그리고 장애자와 병자와 죄인〔이방인〕들과 격의 없이 어울렸다. 이들은 모두 사회로부터 차별 당하는 부류들이었다. 장애자와 이방인은 성소에도 들어갈 수 없도록 율법에 명시되어 있었다. 이방인과는 함께 음식을 먹어도 안 되었다. 예수의 행위는 뿌리 깊고 완강한 율법과 관습에 어긋나는 것이었다. 그러나 예수는 설교를 통해서 그리고 행동을 통해서, 사랑과 자유와 평등을 거침없이 실행했다. 그러한 행위는 매우 위험한 짓이었다. 야훼이념에 독실한 자들은 그를 미워했고, 강경한 자들은 그를 죽이려고 벼렸다. 그러나 이념의 사람이 아닌 많은 민중은 예수를 사랑하고 따랐다.

많은 사람이 그를 따르게 되자, 로마로부터의 해방을 위해 싸우는 사람들과 그런 독립운동에 동조하는 사람들은 예수가 야훼의 권능을 가지고 로마를 쳐부숴 주기를 기대하고 원조했다. 예수는 말했다. 원수를 사랑하라. 우리를 박해하는 자들을 위하여 기도하라. 이스라엘에게 옛날부터 원수라 하면 이민족을 말하는 것이었다. 당면의 원수는 로마였다.

예수는 민족을 지극히 사랑하여 참담한 동포의 처지에 절실한 슬픔을 내보이기도 했지만, 그는 비폭력 평화주의자였다. 그런데다 로마 치하에서 열혈 독립운동가들과 선지자라고 하는 사람들이 백성들을 이끌어 로마에 대항하다가 참패하여 참사만 낳은 여러 번의 사실을 예수는 알고 있었다. 따르는 민중을 이끌고 독립을 위해 봉기하자고 권유하고 강요하는 자들의 요구가 예수에게는 부담이며 압박이었다.

사람 하나의 생명은 우주만큼 귀중한 것이라고 가르친 예수는, 많은 사람이 목숨을 잃을 것이 빤한 투쟁에 그들을 내몰 수는 없었다. 그러나 비참한 민족의 현실 속에서 고뇌하고 갈등하지 않을 수 없었다. 민족의 해방을 위하여 야훼 정신으로 싸우는 열심당들은 예수에게 투쟁의 대열에 앞장 서 주기를 열심히 간청했다.

예수는 곤혹에 빠져 갈등했다. 사랑과 연민, 기쁨과 슬픔, 인간의 감성이 깊고 풍부했던 예수였다. 고통 속에서 살아가는 사람들을 생각하고 울었다. 그의 설교에는 깊은 지혜가 절실하게 담겨 있었고, 그의 언어는 아름다웠다. 그에게는 타고난 개혁가적 기질이 있었다. 한번 뒤엎어 확 바꿔 버릴까. 혁명의 유혹에 빠져들기도 했다. 그는 사람들에게 이렇게 말하기도 했다. 내가 세상에 평화를 주러 온 것이 아니라, 칼을 주러 왔다. 이 말은 그 전에 했던 이야기. 그리고 그의 근본정신과는 완전히 배치되는 소리였다.

철없는 제자들은 혁명의 기대에 부풀어 이미 들떠 있었다. 예수가 왕이 되었을 때 차지할 벼슬자리를 놓고 서로 다투기까지 했다.

예수는 고뇌와 갈등 속에서 깊은 외로움에 빠져 처절하게 기도했다. 저의 뜻대로 마옵시고, 아버지의 뜻대로 하옵소서. 그래서 그것이 아버지의 뜻이었던가. 하늘의 뜻이었던가, 예수가 선택하지 않아도 일이 마무리되는 운명이 왔다.

당시, 현실을 수용하고 평화를 모색했던 야훼의 추종자들, 그러니까 그때의 제도권에서 민족의 지도자들인 제사장들이 예수를 전격적으로 체포했다. 민족의 최대 명절인 과월절을 보내기 위하여 수많은 민중이 예루살렘에 모여들어 있는 과월절 전날 밤이었다. 예수가 독립을 추구하는 열혈 항쟁단인 열심당과 내통하여, 민중을 이끌고 봉기를 획책하고 있다는 정보가 입수된 것이었다.

참담한 희생이 올 것이 빤한 무모한 불장난은 사전에 방지되어야 했다. 수많은 사람이 죽는 비참함을 부르기 전에 한 사람이 죽는 것은 어쩔 수 없는 일이다. 지도자들은 이성적인 판단으로 그 한 사람을 체포한 것이었다. 그들은 예수에게 야훼 모독죄와 율법 거역죄, 그리고 반란 획책죄를 적용시켰다. 제사장들은 당시의 재판관이기도 했지만, 사형을 선고하는 권한만은 로마에게 박탈당해 있었다. 그래서 그들은 민중까지 동원하여 로마 총독을 설득하여 기어이 예수가 사형을 받도록 하는데 성공했다. 그리하여 외롭고 슬펐던 사랑의 화신 예수는 십자가에 달려 사형되었다.

그러나 예수의 몸은 죽었지만, 그의 정신은 부활했다.

부활한 예수의 박애정신은, 생전에 그를 따랐던 제자들과 지지자들에 의해 전파되어 나갔다. 그러면서 그 정신은 하나의 이념, 예수 이데올로기를 형성했다. 제자들은 박해와 위험을 무릅쓰고 자신들의 신념을 열렬하게 설파했다. 기질적으로 이념의 사람들은 있게 마련이고, 그 가운데 강경하고 열렬한 인간들이 있다. 그들의 그 열렬함에는 정신적인 우월감과 긍지가 깃들어 있다. 그런 기질의 사람은 고난을 헤쳐 나감에서 삶의 의미를 느끼고 존재감을 가지게 된다. 처지가 궁색해져서 구걸을 하거나 훔쳐 먹는 지경에 이르러도 그들은 이념을 버리고 다시 농사짓거나 고기 잡는 범속한 생활인으로 돌아가지 못하고 신념에 종사하는 길로 전진한다.

사람들을 이끌어 들이고 지도하고 미래를 개척하는 일에 몰두하는 것이 자신의 적성이며 의무라고 생각한다. 그렇게 해서 동조자를 끌어 모으게 되면, 감화된 사람들이 적극적인 또는 나름대로 물심양면의 지원을 바치게 되어 있다. 열심히 사람 낚는 어부의 일을 하게 되면, 농사짓고 고기잡이 하지 않아도 살아갈 수 있는 방도를 얻게 되는 것이다. 나아가서 권력까지 가질 수 있다.

예수의 제자들은 이미 그렇게 살아가는 방식을 스승으로부터 배워 익히고 있었다. 그런데다 그들은 자신들이 하는 일이 민족을 아니면 인류를 구원하는 길이라는 신념과 소명의식을 가지고 있기도 했다. 그들은 박해를 받으면서도 신념을 꺾지 않고 헌신적인 노력과 희생으로 예수 사상을 전파하며 공고한 이념으로 형성시켜 나갔다.

예수이데올로기는 야훼 신앙으로부터 나왔지만, 야훼의 폭압성과 율법의 독선은 지양되고 극복된 형태를 가질 수 있었다. 그러나 태생적인 성격 때문에 야훼의 전통을 이어받지 않을 수 없었다. 야훼 이념의 추종자들은, 인류구원을 위해 야훼가 보내줄 구세주(救世主) 메시아를 기다려 왔다. 그 구세주 사상에 예수를 부합시키기 위하여 그들은 예수의 탄생에서부터 여러 가지 신화적인 이야기를 만들어내어야 했다. 예수를 믿는다는 말은 곧 예수가 구세주라는 것을 믿는다는 뜻이고, 그 믿음이 곧 그들 이념의 기본 명제였다.

그들은 예수에게 야훼의 아들이라는 지위를 부여했다. 그 것을 강조하기 위하여 성령 잉태라는 이론을 수립했다. 여기에도 야훼의 횡포는 여실히 들어났다. 하필이면 가난한 목수와 약혼한 시골 처녀에게 야훼는 임신을 시켰다는 것이었다. 그것이 화간이었던지 강간이었던지 율법대로 하면 돌로 쳐 죽여야 하는 행위였다. 그러나 야훼는 무슨 짓을 해도 인간이 이의를 제기할 수 없는 독선적인 신이었다.

예수를 전파하기 시작한 초창기에 생전의 예수를 따랐던 제자들과 말씀을 따르는 사도들은 성부[야훼], 성자[예수], 그리고 또 하나의 신, 성령신. 이렇게 삼위(三位)의 신을 함께 신앙했다. 성령신은 예수가 보내주기로 약속한 신이었다. 성령신은 개개인의 마음속에 들어와 직접 역사하는 늘 소통하는 신이었다. 신앙심이 있는 사람들은 이 성령신의 존재를 체험할 수 있었다. 성령신이 임하면 이적을 행할 수 있었다. 여러 사람의 마음을 한꺼번에 움직여 회개의 통곡을 쏟아내게 하기도 하고, 병을 낫게 하기도 하고, 방언을 마구 소리치게 하고, 의심하던 마음에 확실한 믿음이 갑자기 생겨나기도 하고, 펄쩍펄쩍 뛰게 하기도 하고, 어눌했던 사람이 갑자기 말문이 열려 유창하게 기도하기도 하였다. 이렇게 마음과 몸으로 확실하게 경험할 수 있는 신이 성령신이였기에 이들은 성부와 성자와 함께 이 성령신도 정성으로 받들었다.

예수 사상이 막강한 체제 이데올로기로 자리 잡아 가면서 이들은 중구난방의 이론을 통합하여 체계를 갖춰야 했다. 야훼의 강점은, 그가 천지만물을 창조한 조물주로써 이 세상을 다스리는 유일신이라는 데 있었다. 다른 민족들처럼 여러 신을 만들어 여럿을 함께 섬기는 미개한 다신교와는 달라야 했다. 세 개의 신이 있어서는 안 된다. 분쟁의 씨앗이 될 것이다. 복잡한 신도 조직을 일사분란하게 통솔하기 위해서도 유일 신앙이 필요했다.

그러나 당시의 현실적인 여건에서 성부와 성자와 성신 어느 하나도 없앨 수 없었고 서열을 매길 수도 없었다. 예수 이데올로기 추종자들의 이론 투쟁이 벌어졌다. 그러다가 가까스로 결론지은 것이 삼위일체(三位一體)론이었다. 어쩔 수 없이 나온 어정쩡하고 고식적인 결론이었다. 삼위의 신이 하나라는 이야기는 인간들이 받아들이기는 어려운 일이지만 사람 생각에 모순이라는 것이 신의 신비로움이라고 강변하여 밀어붙였다.

사랑과 평등과 자유를 표방하는 예수 사상 밑바탕에는 어쩔 수 없이 야훼의 독선도 함께 자리 잡게 되었다. 막강한 로마의 세력에 의하여 예수 사상은 많은 나라에서 무서운 힘을 가지게 되었다.

그와 함께 한낱 조그만 민족의 신이었던 야훼는 덩달아 인류의 신으로 그 세력을 확장하게 되었고, 이스라엘이 조상으로 받들었던 아담이 인류의 조상으로 부상되는 지경에까지 이르렀다.

전도자들은 처음엔, 예수는 잠시 야훼와 함께 있다가 세상을 구원하기 위하여 곧 재림하여 이 땅에 천국을 건설할 것이라는 구세주 예수의 약속을 강조했다. 그들은 우리들이 아직 살아 있는 이 세대가 가기 전에 예수는 재림하여 심판과 구원을 행할 것이라는 현세의 천국 믿음을 부르짖었다. 그러나 차츰 그 믿음과 희망이 좌절되고 있다는 것을 느낀 그들은 이 땅에 이룩될 천국을 하늘로 올려 보내야 했다. 그래서 사람이 죽어서 그 영혼이 들어가는 곳이 천국이라는 개념을 수립한 것이었다. 야훼 전성 체제에서는 거론되지 못했던, 죽음 뒤의 문제가 대두되어 영혼 불멸의 사상이 수립되었다. 이민족들이 신앙했던 저승을 받아들여 천당과 지옥을 만들었다. 그리고 예수를 믿는 사람만이 죽은 다음 천국에 들어가 영생한다는 것이 그들 이념의 핵심으로 부상되었다.

하나의 정신사상이 체제이념으로 성립되면, 그 이념의 지도자들에게 체제를 유지하고 집단을 통솔하는 기제로 공포는 커다란 힘으로 작용한다. 무서운 독재의 신 야훼와 사랑의 신 예수가 결합된 예수 그리스도 사상은 세상을 지배하는 강력한 이데올로기가 되었다.

많은 나라의 이방인[이민족]들이 구세주 예수 그리스도 사상을 받아들였지만, 이스라엘 민족은 달랐다. 그들에게 예수는, 거짓 선지자, 야훼의 원수로 치부되었다. 예수가 태어나기 전 천년도 넘는 세월을 오직 야훼만을 굳건히 신봉하고 살아와 이미 체질이 되어버린 그들에게 예수는 배신자였다.

세상에 부침했던 여러 이념의 속성을 이야기하려면 이념의 원조이며 대표 격인 야훼 사상을 더 들여다보는 것이 필요하다.

야훼로부터 직접 계명과 율법을 받았다는 모세가 죽고 그의 후계자 여호수아가 민족을 이끌고 가나안 땅에 들어가 벌린 무자비한 정복전쟁은 많은 희생을 딛고 성공을 이루었다. 이스라엘 민족은 가나안 땅을 12지파가 나누어 차지하고 몸 붙여 살 터전을 마련한 것이었다. 그러나 여호수아가 죽은 뒤부터는 전 민족을 통합하여 이끄는 지도자가 생겨나지 못하고 각 지파가 따로따로 지도자를 가지게 되었다. 사사라고 하거나 판관이라고 불린 지도자들은 제사를 주관하고 율법에 의하여 지파를 통솔했다. 그들은 계속 이방 민족과 투쟁해야 했지만, 때로는 지파들 간에 골육상쟁을 벌이기도 했다.

약속의 땅 가나안에 정착했으나 그들 민족의·삶은 피나는 투쟁의 연속이었다. 그렇게 200년을 살아왔을 때, 가나안 남서쪽의 해변에 자리 잡고 살던 팔레스타인 민족이 무섭게 번창하여 뻗어 나왔다. 이스라엘은 그들에 대항하여 싸웠지만, 어쩔 수 없이 팔레스타인의 지배를 받게 되고 말았다.

철기문화를 발달시킨 팔레스타인은, 철기 제작 기술을 가지지 못했던 이스라엘에게 아예 철기 제작을 금지 시키고, 농기구며 연장을 자기들에게서 사서 쓰게 하는 시책을 감행했다.

야훼 이외의 어느 누구의 지배도 받아들일 수 없는 이스라엘의 강경파들은 계속 저항했으나 역부족이었고, 야훼의 충성파들은 수염과 머리칼을 쥐어뜯고, 옷을 찢으며 발광한 듯 울부짖었으나 야훼는 오지 않았다.

이스라엘은 최후의 수단으로, 성막 안에 모셔 둔 언약궤를 꺼냈다. 언약궤 안에는 모세가 야훼로부터 직접 받은 계명이 새겨진 돌판이 들어 있었다. 이것은 최고 존엄 야훼의 상징으로 그들이 목숨보다 소중하게 여기는 신성한 것으로 모든 지파를 뭉치게 할 수 있는 위력을 가지고 있었다. 언약궤를 받들어 메고 앞장서 나가고 그것을 옹위하고 따르는 병사들의 사기는 충천하여 무서운 함성을 지르며 팔레스타인 군사들을 향하여 돌진했다. 그러나 철병기를 앞세운 팔레스타인에게 무참하게 패배하고 말았다. 이스라엘 병사들은 도망하기 바빠 언약궤까지 팽개쳐 팔레스타인에게 빼앗기는 망극한 참변을 연출한 것이었다.

야훼사상이라는 테두리 속에 살아가는 이스라엘민족에게도 파벌은 많았다. 지역[지파] 이기주의에서 나온 지파 파벌은 예부터 있어왔고, 그 시대상황에서 생긴, 반 팔레스타인파, 친 팔레스타인파, 투쟁파, 협상파, 등등이 나뉘어 있었다. 이들이 하나의 방안을 찾아내었다. 우리도 왕을 만들어 하나의 왕국 안에 모든 지파를 결속시키자, 왕을 추대하자는 운동이 많은 호응을 얻었다.

그러나 당대의 지식인이며 지도자 계급이었던, 제사장 세력은 왕국 건설을 반대했다. 왕이 권력을 얻으면 백성들이 왕의 노예가 될 것이라는 것이 그들의 표면적인 반대 이유였다. 허지만 왕국창립 세력은, 지파 가운데 가장 세가 약했던 베냐민 지파의 사울이라는 사내를 왕으로 추대하고 말았다. 사울은 온 이스라엘 백성 가운데 가장 키가 크고 잘 생긴 남자로 소문 나 있었고 인품 또한 왕 노릇 할 수 있는 인물이라는 평판을 얻었다.

사울은 왕국건설을 주도한 세력과 함께 군대를 조직하고 팔레스타인의 지배를 벗어나기 위한 투쟁을 시작했다. 그들의 적은 팔레스타인뿐만이 아니었다. 사방에 널려 있는 다른 이방민족들과도 분쟁이 잦았다. 그런데다 적은 동족 내부에도 많았다. 왕을 반대하는 무리들과 지파들은 사울과 합세하려 아니하고 오히려 훼방했다. 그 가운데서도 가장 까다롭게 굴어 다루기 힘든 것이 제사장 세력이었다.

그때 제사장 세력의 우두머리는 사무엘이었다. 사무엘은 투철한 야훼 신앙을 강인한 신념으로 밀고 나가 최고 지도자의 위치를 진즉에 굳혀놓고 있었다. 제사장 사무엘은 야훼와 직접 소통하는 예언자이며 이적을 행할 수 있는 능력자로 인정받아 모든 지파에 영향력을 행사하고 있었다. 그의 두 아들은 판관의 자리에 있었는데, 막강한 권력을 가지고 백성들을 수탈하여 원성을 듣고 있었다.

사무엘은 걸핏하면 야훼의 명령을 내세워 사울에게 시비를 걸었다. 이념에 중독되고 신념에 도취된 인간들은 무서운 적개심을 가지게 되고 살벌한 증오심에 몸살하게 되어 얼마든지 잔혹한 행위를 할 수가 있다. 자신의 적개심과 증오심이 정의를 위한 의분이라고 믿기에 어떠한 행악도 저질을 수가 있는 것이다.

이방민족을 정벌했을 때에 사람의 씨를 말려야 한다는 야훼의 명령은 모세 때부터 이어져 내려온 것이고 때로는 적들이 기르던 가축까지도 모두 죽여 버려야 했다. 그러한 야훼의 명령을 약간이라도 어긴 것을 가지고 사무엘은 사울을 질책했다. 사무엘은 사울이 붙잡아온 적군의 왕을 손수 칼로 난도질하여 죽여서 증오심을 풀기도 했다.

야훼의 추종자는 야훼를 닮을 수밖에 없었다. 지독한 증오심과 적개심에서 우러나온 분노와 극심한 질투심이라는 속성을 물려받을 수밖에 없었다. 오랫동안 민족의 지도자로 군림하던 사무엘은 왕이라는 이름으로 지도자가 된 사울에 대한 질투심이 대단했다.

그러나 사울의 세력은 갈수록 강성해졌다. 이민족과의 전투에서 승리할 때마다 재산이 늘어나고 많은 사람들이 휘하로 모여들었다. 팔레스타인의 군대로 있던 이스라엘인이 탈출하여 들어와 조국을 위해 싸웠다. 민족 해방전쟁은 줄기차

게 진행되어 이스라엘도 철제 무기를 자체 제작할 수 있게
되었다.

사울이 왕이 되어 독립투쟁을 이어온 지 십여 년 되었을
때, 다윗이라는 젊은이가 팔레스타인의 거인 장수 골리앗을
죽이는 무공을 세우고 사울의 호위장이 되었다. 사울은 다윗
을 사위로 삼았는데, 다윗은 결혼 예물로 팔레스타인 남자들
의 성기 200개를 잘라와 사울에게 바쳤다.

사울 왕실의 부마가 된 다윗은 군부의 요직을 거치며 득세
하였으며, 크고 작은 전투에서 승리하여 점점 명성이 드높아
졌다. 이스라엘의 12지파 가운데서도 세력이 강성했던 유다
지파의 유력한 가문에서 태어난 다윗은 사울 정권의 2인자로
부상하여 세력이 커나가고 있었다.

사울 왕조를 질투하는 제사장 세력과 여타의 반대하는 무
리들과 마찰하며 협상하며 어렵게 독립투쟁을 전개해 나가는
왕실 옹위 세력은 다윗의 득세를 또 하나의 강력한 위험 요
소로 우려하지 않을 수 없었다. 그들은 다윗의 권력을 빼앗
기 위한 조처를 감행했다. 다윗은 반발하여 따르는 사람들을
이끌고 사울에게 대적하였다.

갈수록 내분이 격화되어 다윗은 왕실 세력과의 전투까지
벌였으나 패배하여 도망쳐야 했다. 다윗은 팔레스타인으로
망명하여 그들의 비호를 받으며 세력을 유지해 나갔다. 거주
할 땅을 얻어 둥지를 틀고 부하들을 이끌고 근방에 흩어져
사는 작은 부족들을 습격 약탈하여 살아갔다.

사울이 왕으로 옹립되어 싸워온 지 20년이 되었을 때, 팔레스타인과의 대규모 전투를 치르다가 사울과 그의 아들 셋이 모두 전사하고 말았다. 다윗이 팔레스타인 땅을 떠나 이스라엘 남쪽 변방에 진을 치고, 유다 지파에 의하여 왕으로 추대되었다. 민족의 원수인 팔레스타인에 붙어서 조국을 배반한 다윗을 왕으로 인정하지 않는 다른 지파들은 사울의 살아남은 아들을 왕으로 받들고 다윗과 대적하였다. 3년 동안의 피 터지는 싸움 끝에 전투 능력이 뛰어난 다윗이 승리하였다.

　　유다의 왕 다윗은 인근의 약한 부족부터 하나하나 정벌해나갔다. 그렇게 해서 힘이 강성해진 다윗의 휘하로 다른 지파들이 합류해와, 급기야 다윗은 모든 지파를 통합한 이스라엘의 왕으로 등극할 수 있었다. 다윗은 야훼 사상을 강력하게 내세워 지역[지파]주의를 약화시키고 민족주의를 공고히 하여 힘을 모았다. 다윗 왕은 이스라엘을 팔레스타인의 지배에서 완전히 벗어나게 하였으며, 수많은 전쟁을 치르면서 주위에 산재해 있던 이민족을 굴복시키고, 이스라엘을 가나안 지역 최강의 왕국으로 만들어냈다. 다윗은 아들이 반란을 일으켜 잠시 궁궐에서 쫓겨나기도 했지만, 곧 반격하여 아들을 죽이고 왕권을 되찾기도 했다.

　　40년의 재위 끝에 다윗이 죽고 그의 아들 솔로몬이 왕이 되었을 때에 이스라엘은 더욱 강한 왕국이 되었다. 솔로몬은 외교와 무역에 능하여 부국강병의 나라를 이룩하였으며, 먼

나라에까지 솔로몬 왕은 지혜로운 현자라는 소문이 퍼져나갔다. 솔로몬은 남쪽의 강대국 이집트 공주와 결혼하여 동맹을 맺음으로 이스라엘의 국방을 더욱 튼튼히 다졌다. 강력한 내치로 백성을 다스리며 다양한 외교수완을 발휘했다.

해상무역을 통하여 먼 나라에까지 진출하여 이스라엘을 알렸다. 무역으로 얻어 들인 금 은 구리와 질 좋은 목재로 야훼의 전당인 성전과 왕의 거처인 궁궐을 거대하고 호화롭게 건축하고 여기저기 토목공사를 하여 나라의 위용을 과시하였다. 수도인 예루살렘에는 다른 나라에서 온 상인들과 사절들과 여행자들이 드나들었다.

다져진 왕권을 힘입어, 야훼 유일사상에서 벗어나서 많은 이민족의 사상과 문화를 수용했다. 이집트 문화를 받아들였고 또 다른 이민족의 신앙도 수용하였다. 여기 저기 신당이 세워지고 농경민족이 신앙하는 송아지 모양의 신도 만들어졌으며, 가나안 여러 민족이 섬기는 후덕한 모습의 바알세불도 만들어졌다. 백성들은 취향에 따라 자기의 신앙을 가질 수가 있었다. 신앙다원주의가 이루어졌던 것이다.

야훼 독존 사상에서 가장 큰 악은 형상을 만드는 것이었다. 오직 언어로만 형상된 야훼를 섬기는 것이 최고의 선이었다. 그러나 백성들은 송아지 형상이었던지 사람의 형상이었던지 눈에 보이는 확실한 형상을 신으로 섬기는 것이 더 마음에 믿음을 주었다. 많은 사람들이 그 이방의 신에게로 달려갔다. 이렇게 되자 야훼만을 신념하는 유일 사상가들은 머리칼과 수염을 쥐어뜯고 옷을 찢으며 발광하였으나, 솔로몬의 권력이 강력하였으므로 조직적인 저항을 일으키지 못하고, 몰래 침투하여 우상의 모가지를 자른다거나 우상 모시는 사제를 죽이는 짓거리의 투쟁을 하기도 했지만 대부분 속병을 앓고 있었다.

솔로몬의 통치는 이스라엘에 문예진흥을 가져왔다. 어떤 형상이든지 만들거나 그리는 것이 엄격하게 금지된 오랜 전통 때문에 그들 민족에게는 조각이나 미술이라는 예술 행위가 없었다. 오직 문학만이 성행했다. 언어로써만 생각을 형성해 낼 수밖에 없었다. 그들의 언어는 매우 수사적이고 장식적이고 고도로 과장되어 있었다. 언어의 유희가 지식인의 특기였다. 이스라엘의 정사(正史)인 계약서〔성경〕에는 실제로 일어난 사실보다는 기록자의 생각이 실제 사실로 둔갑되어 더 많이 씌어져 있다. 역사의 주체는 야훼라는 대전제에 충실하기 위해서 그들은 많은 자기의 생각을 형상화해서 기록해놓았다.

기록자들은 이념의 강경한 신봉자들이였기에, 그들은 꾸며낸 이야기를 극단적인 언사로 묘사했다. 그들은 무서운 질투심과 복수심과 적개심을 역사적 사실로 만들어 울분을 풀었다. 증오심이 일으킨 마음속 상상을 사실로 형상해냈다.

야훼가 약속한 땅 가나안으로 가기 위하여 이집트를 탈출하는 과정에서부터 그들의 역사는 상상 속에서 일어난 분풀이로 시작되어 있다. 야훼께서 나일강 물을 피로 만들어 이집트 사람들을 목마르게 하고 그 다음으로 개구리 떼가 이집트 온 땅을 뒤덮게 하고 엄청나게 많은 이를 만들어 이집트 사람의 몸을 뜯어먹게 하고 엄청난 숫자의 파리 떼가 이집트 사람들의 집을 향하여 달려들게 하고 악질을 퍼트려 모든 이집트 가축을 병들어 죽게 하고 사람들 몸에 독종의 피부병이 생기게 하고 우박으로 농작물을 죽이고 메뚜기가 이집트 온 땅을 덮게 하고 해를 가리어 어둠이 지속되게 하고 마지막으로 이집트 집안의 모든 장남을 급살 맞게 하고 그리고 나서야 바로가 항복하여 이스라엘 백성을 떠나도록 허용했다.

이스라엘은 떠날 때에도 그냥 떠난 것이 아니라 이집트 사람들의 금은보화와 옷들을 탈취하여 가지고 나왔다. 그러고도 분풀이가 미진하여, 야훼께서 바로의 마음을 변하게 하여 추격하도록 만들고, 바다를 갈라 바로와 그 병사들을 모두 죽여 바다 속에 수장시켰다. 이렇게 마음속에서 만들어낸 이집트에 대한 원한 풀이 상상을 사실로 만들어 역사서에 버젓이 기록해놓았다.

이념에 골몰하여 깊이 빠져 들다보면 정신이 혼몽해져서 마음속의 바람을 사실로 인식할 수도 있을 것이다. 또한 공즉시색(空卽是色)이라는 모호한 관념에 침잠되어 마음속 공상이나 현실에서 일어난 사실이 모두 같은 현상이라고 생각할 수도 있을 것이다.

율법에 의하여 그림과 조각이 금기시된 오랜 전통 속에서 이스라엘 사람들은 언어의 유희에 재미를 들였고 노래와 춤으로 문화와 예술의 충동을 발산했다. 그러나 그러한 행위도 야훼 사상을 위주로 하여 이루어졌다. 그들의 생활에서 가장 중요한 행위는 제사의식이었다. 그들은 날마다 소와 양을 잡아 바쳤으므로 제사 마당은 피비린내가 그치지 않았다. 그들은 야훼를 더욱 기쁘게 하기 위하여 수금 비파 제금 나팔 북 피리 등의 각종 악기로 음악을 연주하고 성가대를 조직하여 찬송가를 부르며 무용가들은 춤추었다. 이들 기쁨조 예술가들은 제사장들과 함께 특권층으로 대접 받았다.

다윗 왕과 솔로몬 왕은 음악가이며 또한 시인이었다. 두 사람이 지은 백여 편의 시가 그들의 역사서〔성경〕에 수록되어 있다. 다윗은 야훼 사상에 충실한 시인이었다. 그는 거듭 거듭 야훼를 찬양하고 그 힘을 갈구하는 시를 지었다. 솔로몬은 야훼 이데올로기에서 해방되어 인간의 순수 감정을 마음껏 토로하기도 했다. 그는 여자를 예찬하고 사랑을 갈구하는 연애시를 거리낌 없이 지어냈다. 많은 업적을 남기고 갖은 영화를 누린 솔로몬은 만년에 이르러 인생무상과 인간허무를 탄식하는 수필을 쓰기도 했다. 야훼 독존사상에서 탈피하여 다양성을 추구함으로써 부국강병의 나라를 이루고 문화를 진작시켜 이스라엘의 이름을 국제적으로 널리 떨치게 한 솔로몬은 세상에서 가장 현명하고 지혜로운 인간으로 불리기도 했다.

솔로몬이 죽었다. 일대혼란이 일어났다. 어떤 권력에게도 불만을 가진 사람들이나 권력을 탈취하려는 야심가나 세력은 있게 마련이다. 그런 인간들이 목청을 높이고 주먹을 부르쥐고 일어섰다. 솔로몬이 억눌렀던 지파주의가 기세를 되찾아 민심을 사로잡았다. 나라가 두 개의 왕국으로 분열되었다. 수도 예루살렘을 에워싼 작은 남부 지역은 유다 지파가 주축이 되어 베냐민 지파와 함께 솔로몬의 아들 르호보암 왕을 받들어 뭉치고, 북쪽의 땅에는 나머지 열 지파가 합하여 여로보함을 왕으로 추대하였다. 여로보함은 사무엘 왕 만년에 야훼 근본주의자들과 합세하여 반란을 일으켰다가 성공하지 못하고 도망쳐서 이집트에 망명해 있던 야심가였다.

민족이 갈라져 남 유다와 북 이스라엘이라는 두 개의 나라가 된 그들은 피터지게 싸웠다. 그들이 동족상쟁을 일삼는 동안 인근의 여러 나라들이 유다와 이스라엘에 도전해 왔다. 솔로몬의 시대에 이스라엘의 지배를 받으며 조공을 받치던 약소국들이 독립을 선언하고 일어섰다. 유다와 이스라엘은 그들 이민족에게 뇌물을 주어 자기편으로 끌어들여 동족과 싸웠다. 분단의 아픔 속에서 남과 북의 백성들은 숱하게 죽어야 했고 비참하게 생활했다.

10지파가 어울린 북 이스라엘에는 지파 이기주의에 편승한 야심가들이 권력을 탈취하려는 음모를 계속 꾸몄다. 그들은 합종연횡하며 왕권에 도전했다. 초대 왕 여로보함이 재위 20년에 죽고 그의 아들 나답이 왕위에 올라 다음 해 팔레스타인을 치러 나갔을 때, 야심가 바사가 나답 왕을 죽이고 자신이 왕이 되었다. 왕만 죽인 것이 아니라 여로보함의 혈족은 젖먹이까지 모두 씨를 말리고, 추종세력도 모두 죽였다. 그렇게 몰살하는 것이 하나의 전통처럼 되어 그 후의 잦은 정변에서도 모두 그렇게 했다. 바사가 20여년 왕 노릇하고 죽고 그의 아들 엘라가 왕이 되자 그 이듬해, 왕궁 호위대장 심으리가 왕을 죽이고 바사의 혈족과 추종자들을 몰살하고 왕이 되었다. 심으리는 단 7일간 왕 노릇하고, 군대장관 옴으리에 의해 죽임을 당하고 가족과 부하들이 몰살당했다.

왕위에 오른 옴으리는 그 동안 이스라엘이 고수해왔던 투쟁 일변도의 시책을 버리고 평화 공존 정책을 펴나갔다. 유다와 불가침 조약을 맺고 인근의 다른 나라와의 화친을 도모했다. 그는 강력한 군대의 힘으로 나라 안의 분쟁을 억누르고 치안을 튼튼히 하여 백성들의 지지를 얻어내고 민심을 안정시켰다. 평화 외교를 통하여 인근의 나라들과 통상하고 민생고를 해결하는 노력이 성과를 얻어, 안정과 번영의 길로 들어가며 사마리아에 새로운 수도를 건설하여 행정체계를 바로잡았다.

옴으리가 죽고 그의 아들 아합이 왕이 되었을 때에는 이웃 나라와 선린외교를 더욱 강화하고 베니게 왕국의 공주 이사벨을 왕비로 맞아들여 동맹을 맺었다. 이웃 나라들이 이스라엘에게 요구하는 것은 이스라엘 백성에게 신앙의 자유를 억압하지 말라는 것이었다. 백성의 삶을 책임 맡은 집권자가 어느 한 가지 이념만을 고수하여 그 이념에 맞추는 일에 급급하게되면 그거야말로 비극이다. 이렇게 사람을 위한 이념이 아니라, 이념을 위한 사람이 현실로 된다면 이것은 무서운 재앙이다. 그렇게 되면 이념은 죄악이 되고 집권자는 악마가 되는 것이다. 아합 왕은 그런 악마는 아니었다. 국제적 평화공존을 위하여 이웃 나라들의 제안을 받아들였다.

아합 왕의 왕비가 된 베니게 공주 이사벨은 바알 신과 아세라 여신의 신봉자였다. 이스라엘 곳곳에 바알 신과 아세라 여신의 예배당이 만들어지고, 많은 이스라엘 백성들이 무서운 야훼 신을 버리고 풍요의 신 바알과 아세라에게로 몰려갔다. 이렇게 되자 야훼 유일신의 열렬한 신봉자들은 무서운 분노에 사로잡혔다.

야훼 유일 신앙 구현 사제단이 조직되었다. 그들은 곳곳에서 테러를 자행했다. 바알과 아세라 신상을 때려부수고, 바알의 사제들을 살해했다. 극렬하게 투쟁하는 조직이 형성되자 그들을 통솔하는 지도자가 필요했고, 야훼 유일 신앙 사제단의 우두머리로 엘리야가 떠받들어졌다. 그들로부터 선지자로 추앙 받는 엘리야는 아합 왕과 조금의 양보도 없는 극한적인 대결 투쟁을 전개했다.

엘리야는 바알의 사제들에게 제안했다. 양쪽의 사제들이 한군데 모여 서로의 신에게 빌어 어떤 신의 힘이 더 강한지 시험해 보자는 것이었다. 약속된 장소에 양쪽의 사제들이 모였다. 엘리야는 미리 숨겨두었던 야훼의 열렬한 추종자들을 동원하여 바알의 사제들을 모두 몰살해버렸다. 그리고 마른 하늘에서 불벼락이 떨어져 바알 사제들을 모두 죽였다는 소문을 퍼뜨렸다.

소식을 듣고 격분한 아합 왕과 이사벨 왕비는 군대들을 동원하여 야훼 유일신앙 구현 사제단 조직의 공격에 나섰다. 사제단의 앞잡이 노릇하던 많은 백성이 죽임을 당했고 구속되었다. 사제단의 지도세력은 깊숙이 도망쳐 달아나고 뿔뿔이 흩어졌다. 그러나 그들은 완전히 와해된 것은 아니었다. 방방곡곡에 잠복해서 재기를 모색하고 있었다.

현실적인 권력을 거머쥔 세력은 막강한 무력의 힘을 가지고 있었지만, 그러한 힘이 없는 저항 세력은 민심을 끌어들이기 위하여 은밀한 선전선동으로 대응할 수밖에 없었다. 소문의 힘을 이용했다. 갖가지 유언비어를 만들어 유포했다. 권력자들의 불의(不義)함을 사람들에게 인식시키려 그들의 비행을 날조했다. 그리고 자기들이 정의라는 것을 강조하기 위하여 자신들의 지도자를 돋보이게 할 수 있는 이야기를 지어내어 선전했다.

사제단을 이끄는 엘리야를 야훼의 권능을 부여받은 선지자로 만들기 위하여 이적을 조작해서 퍼트렸다. 그들이 성경으로 받드는 역사서에 기술된 것에 의하면, 엘리야가 야훼의 제단에 물을 잔뜩 부어놓고 하늘을 향해 기도하니 공중에서 불이 내려와 제단에 불길을 일으켰고, 엘리야를 체포하기 위하여 진격한 왕의 군대 수백 명이 하늘에서 내려온 불에 모두 불타죽었으며, 또 엘리야가 산속의 어느 과부의 집에 피

신하고 있을 때 그 집의 밀가루 단지와 기름병에 기적이 일어나 아무리 퍼내 먹어도 계속해서 밀가루와 기름이 저절로 생겨 나왔으며, 그리고 그 과부의 아들이 죽었는데, 엘리야의 기도로 살아났다고 했다. 이렇게 황당한 이야기를 야훼의 추종자들은 그대로 믿었고, 그것은 추종자들이 사제단을 지지하고 단합시키는 힘으로 작용했다.

집권 세력에 저항하는 사람들로부터 추앙을 받았던 엘리야는 어느 날 홀연히 자취를 감추고 말았다. 그리고 엘리야로부터 후계 지명을 받았다고 주장하는 엘리사가 저항세력의 우두머리가 되었다. 엘리야의 실종이 수수께끼 같은 일이었듯이 후계자로 자처하고 나선 엘리사도 또한 수수께끼 같은 인물이었다. 그는 사제가 아닌 농부 출신의 강인한 사나이였는데 늦게야 저항 세력에 가담하여 열렬한 투쟁으로 엘리야의 측근으로 부상된 사람이었다. 그는 엘리야가 홀연히 자취를 감추는 그 마지막 장면을 목격한 유일한 사람이었다.

엘리야와 엘리사는 단둘이 산봉우리 위에 있었다. 엘리야가 자기의 겉옷을 벗어 엘리사에게 입혀주었다. 이것은 이스라엘의 제사장 전통에서 후계자를 임명하는 일종의 의식이었다. 그리고 갑자기 한줄기 회오리바람이 일어나 엘리야의 몸을 감싸고 하늘로 올라가버렸다. 그렇게 엘리야가 승천했다는 것이 엘리사의 증언이었다. 그러나 엘리야의 추종자들 50명이 모여 사흘 밤낮으로 그 산을 샅샅이 뒤지고 다녔다. 허지만 그 어떤 꼬투리도 찾아낼 수 없었다.

어쨌든 늦게야 저항세력에 투신하여 열혈 강경파가 된 엘리사는 야훼 사상 구현 투쟁단을 이끄는 지도자로써의 지위를 얻어내는데 성공했다. 그는 엘리야를 열성으로 보필하며 바짝 따라다녔으므로 엘리야는 이렇게 묻기도 했다. "너는 나에게서 무엇을 원하느냐?" 엘리사는 대답했다. "스승님의 영험한 능력을 갑절로 얻고 싶습니다." 이렇게 그는 의욕이 넘치는 속마음을 드러내기도 하였다. 엘리사가 행사한 영험한 능력이 이스라엘의 역사서인 성경에 여러 가지 기록되어 있는데, 그가 지도자의 위치에 올라 첫 번째 행사한 영험한 능력은 이런 것이었다. 어느 날 길을 가는 엘리사를 향해 아이들 떼거리가 몰려와서 소리쳤다. "대머리야 꺼져라!" 엘리사는 성깔이 돋아 아이들을 향해 야훼의 이름을 걸고 저주를 퍼부었다. 그러자, 산에서 암곰 두 마리가 내려와 아이들 42명을 모두 찢어 죽였다.

이러한 이야기를 역사서에 기록한 것은 야훼의 대행자인 선지자를 모독했을 때 야훼가 내리는 응징은 가차 없다는 것을 말하기 위함이기도 하지만, 이것은 또한 모든 이념의 강경한 추구자들의 신념에서 나온 잔혹성을 말해 준다. 이러한 인간이 커다란 힘을 발휘할 수 있게 되면, 사람살이에 무서운 참변이 일어난다.

아합 왕은 남 유다와의 적대 관계를 평화공존 관계로 개선하는데 성공하여 자신의 딸을 유다의 여로사밧 왕의 아들과 결혼시켰다. 남과 북은 독자적인 왕국을 유지하면서도 서로 교통하고 통상하며 이산가족의 상봉이 자유롭게 이루어졌다. 백성들은 신앙의 자유를 누리며 남북 화해 정국에 한결 평온해진 삶을 가질 수 있었다. 그러나 야훼 주의자들은 왕이 백성의 지지를 얻을수록 더욱 화가 나고 신경질이 솟구쳤다.

솔로몬 시대에 이스라엘의 속국이었던 모압과 암몬이 저항해 오고, 아람도 이스라엘을 공격해 왔다. 아합 왕은 번번이 그들을 격퇴했으나 끝내는 전사하고 말았다. 아합의 아들 여호람이 왕이 되어 남 유다와 더욱 공고한 동맹을 맺어 침공해오는 이방의 나라들을 막아냈다. 그러나 나라 안에 있는 야훼 유일 주의자들은 끈질기게 왕실을 전복할 음모를 획책하고 있었다.

이웃 나라 시리아가 강성해지면서 이스라엘의 국경을 침범해왔다. 여호람 왕은 유다의 아하시아 왕과 남북 연합군을 편성하여 시리아와 맞서 싸웠다. 앞장서 전투를 벌이던 여호람 왕이 화살을 맞고 부상당하여 치료를 받고 있을 때였다. 기회를 노리던 야훼 주의자 엘리사가 그동안 은밀히 내통하고 있던 군대의 장군 예후에게 야훼의 명령을 전했다. 예후는 병사들을 거느리고 달려가 부상당한 여호람 왕을 쳐 죽이고, 병문안 와 있던 유다의 왕 아하시아까지 죽였다. 그리고 궁성으로 쳐들어가 요람 왕의 어머니이며 바알 신의 신봉자였던 이사벨 왕후를 궁성 높은 데서 길바닥으로 내던져 죽게 해서 개들이 뜯어먹도록 방치했다.

예후는 왕실의 충신들에게 전갈을 보냈다. "어서 나와서 싸우라." 그러자 왕실의 충신들은 힘을 합쳐서 아합 왕실 직계자손 70명의 목을 베어 그 대가리를 바구니에 담아 예후 장군에게 바쳤다. 그러고도 예후는 피비린내 나는 숙청을 감행했다. 아합 왕실의 후손을 몰살시키고 왕실에 충성했던 신하들을 도륙했다.

이렇게 해서 예후는 왕이 되었고, 엘리사는 증오심과 적개심을 해소하였으며 더불어 탁월한 지도자이며 영험한 선지자로 추앙받게 되었다. 무서운 살육을 끝낸 예후 왕은 놀라운 정책을 발표했다.

"아합 왕실에서 백성들에게 신앙의 자유를 주어 이 땅에 바알의 신앙자들이 많이 있다. 그러나 나는 더욱 신앙의 자유를 장려하겠다."

잔뜩 두려움에 질려 있던 바알 숭배자들은 안도하고 기뻐했다. 그리고 얼마 후에는 예후 왕의 주도로 거국적인 바알 신 대축제를 열었다. 소와 양을 잡아 바알 신께 번제를 드리고 음악과 춤의 향연을 베풀었다. 제사가 한창 절정에 이르렀을 때, 예후 왕의 명령을 받은 수많은 무장군인들이 이들을 에워싸고 살육을 시작했다. 시체가 더미를 이루어 나자빠지고 피가 냇물처럼 흘렀다.

역사의 흐름 속에서 어떤 변혁이나 참변이 일어나기 위해서는 만남이 있어야 한다. 작던 크던 옳던 그르던 하나의 이념이 있고, 그 이념의 신봉자가 있고 이념을 이용하여 자기의 야심을 성취하려는 자가 있다. 이들의 결합 곧 삼위가 일체되어 변혁이든 참변이든 이루어지는 것이다. 이념가나 야심가에게 동조하는 어중이떠중이들은 어느 시대에나 있으므로 따라붙기 마련이다. 스스로 불나방처럼 모여든 사람들과 어쩔 수 없이 따라야 하는 사람들이 하나의 세력으로 형성되어 하나의 목적을 달성시키는 것이다. 이들은 자기들에게 반대하는 사람이나 동조하지 않은 인간은 모두 악인들이므로 얼마든지 무서운 살육을 자행한다. 신념이 강해지면 분노와 증오도 강렬해지는 것인지, 아니면 바꾸어 말해서, 분노와 증오가 강한 인간이 외곬수의 신념에 빠지게 되는 것인지, 오랜 역사 속에서 이런 일은 너무나 많이 있어왔다.

세월은 멈추지 않고 흘러간다. 사람은 남녀가 결합하여 또 사람을 창조해내고 그리고 죽어 없어지고 그리고 계속해서 창조하고 사라지고 이렇게 끊이지 않고 이어져 나왔다.

이스라엘이라는 나라가 남북으로 갈려서 싸우고 죽이고, 그로부터 3,000년이라는 세월이 지났을 때, 세상 사람들이 지구의 동북쪽이라고 말하는 곳의 한반도에서도 나라가 남북으로 분단되는 지경이 생겼다. 그 삼천년의 역사 속에서 수많은 이념이 창조되어 사람살이를 지배하며 이어져 나오기도 하고 사라져가기도 했다. 한반도가 남북으로 갈라진 그 시기에는 그 동안 생겨났던 그 어떤 이념보다 강력한 이념이 세상을 휩쓸고 있을 때였다.

유다인 마르크스가 만들어 낸 공산주의 사상은 무서운 힘을 발휘했다. 세상의 지식인이라는 사람들과 양심적인 사람들이 이 사상을 열광적으로 받아들였다. 이거야말로 세상을 구원할 수 있는 확실한 이념이라 믿었다. 오랜 역사에서 대다수의 민중들이 얼마나 참담한 고통을 당하며 살다가 갔는지, 그리고 그런 비참한 삶을 견디는 사람들이 지금도 얼마나 많은지 인식하고 있는 사람들은 이 인류구원의 사상을 실현시키기 위하여 목숨을 내놓고 투쟁했다. 이거야말로 자기의 생명을 희생시키더라도 아깝지 않은 값어치가 있다는 신념이 세상에 들끓었다.

기나긴 세월 동안 가진 자에게는 천국이요 못 가진 자에게는 지옥이 바로 이 세상이었다는 역사적 인식을 한 지식인들은 세상의 지옥을 없애고 천국을 이룰 수 있다는 확신을 주는 공산주의 복음에 도취되었다. 그들은 가진 자들의 완강한 저항을 물리치기 위하여 피 흘리는 혁명을 피할 수 없다는 신념에 내몰렸다.

그러나 공산주의에 반대하는 기존의 힘도 완강했다. 공산주의에 반대하는 세력에게도 하나의 사상으로 이름이 붙여져 이른바 반공주의 사상으로 불리어졌다. 이들의 주축은 기득권 계층과 그들에 더불어 오랜 세월 동안 막강한 힘을 발휘하고 있던 예수 사상과 그리고 여타의 기존 이념 세력들이었다.

공산주의는 사람의 이성과 양심에 호소하는 잘 다듬어진

이론을 가지고 있었으나, 반공주의는 이론이 궁색했다. 그러나 기존의 권력과 제도와 법에 힘입어 막무가내기의 억압과 폭력으로 공산주의와 맞섰다. 이렇게 되자 신념을 이루려는 공산주의와 그것을 막으려는 반공주의는 살벌한 투쟁을 격화시켜 나갔다.

이렇게 두 개의 이념이 온 세상에서 대립하고 있을 때 한반도의 북쪽은 공산주의가 권력을 장악하고 남쪽은 반공주의가 통치하는 세계정세의 축소판이 되었다. 남북이 전쟁을 하게 되고 동족끼리의 무자비한 살육이 자행되었다. 신념으로 무장한 북쪽 세력이 남쪽 땅을 거의 점령하여 통일을 이루는가 싶었으나, 이방의 반공세력이 한반도에 상륙하여 남쪽을 도와 싸우니 공산 북쪽은 쫓기며 싸우며 후퇴하게 되었다.

전쟁은 억제되고 감추어졌던 인간의 악랄함과 잔인함을 유감없이 드러나게 했다. 증오가 증오를 생산하고 피가 피를 불렀다. 오로지 어느 하나의 사상에 반대하여 그것을 타도하기 위하여 만들어진 반공이념의 추종자들은 더욱 무서웠다.

공산군을 몰아내는 선봉에 선 멸홍대라는 부대가 있었다. 이들은 강렬한 반공사상으로 뭉쳐 있었다. 멸홍대(滅紅隊)라는 이름은, 피의 혁명을 표방한 공산군이 내세운 핏빛의 붉은 색을 말살시키겠다는 뜻으로 부대장이 만들어 붙인 별칭이었다. 이들은 혁혁한 전공을 세우며 전진했다. 부대장은 타고난 무인기질에 완강한 반공이념을 가지고 있었다. 그리고 그의 부관과 참모는 아버지와 형제가 공산군에 의하여 학살당했다. 이들의 조합으로 결성되어 있는 멸홍부대는 무서운 신념과 증오와 적개심의 결합체였다.

멸홍부대는 쫓겨 달아나는 공산군의 뒤를 따르며 마을들을 접수하여 점검하며 전진했다. 한 면소 마을에 입성하기 전에 지휘관들이 작전계획을 세웠다. 그들은 신중했다. 이 마을은 유명한 공산당을 여럿 배출한 곳이라는 정보를 그들은 가지고 있었다. 그들 공산당에 의하여 마을 사람들도 빨갱이 물이 들었을 것이라는 판단을 했다. 그 빨갱이들을 모조리 색출하기 위하여 기발한 작전을 수립했다.

먼저 선발대를 마을로 들여보냈다. 선발대는 모두 공산도배 인민군의 군복을 입고 인공기를 앞세우고 들어갔다. 그리고 그들은 외치고 다녔다. 모두 나와서 위대한 해방 전사 인민군을 환영하라. 마을 사람들은 이념의 인간이 아니었다. 생명의 사람들이었다. 살아남으려는 본능에 충실할 뿐이었다. 많은 사람들이 공터에 모여 인민군 만세를 불렀다. 그때에 멸홍부대 본진이 반공 국방군 차림 그대로 몰려와 주민들을 완전 포위했다. 기관총이 속아서 나온 인민들에게 난사되었다. 시체가 더미를 이루고 피가 냇물처럼 흘렀다.

이러한 참사는 승리를 위하여 자행한 짓이 아니었다. 사상에 심취된 인간이 가지게 된 적개심과 증오의 발산이었다. 그로인하여 이른바 양민이라고 하는 무지렁이들이 이렇게 학살된 것이다. 이런 일이 그곳에서만 있었을까? 남에서도, 북에서도, 동에서도, 서에서도 있어왔다. 그날에만 있었을까?

어제도, 오늘도, 되풀이 되고 있다. 내일에는 일어나지 않을까? ▮

● 전쟁이 시작되면서 '암호'라는 말이 생겨났다. 암호를 몰라서 곧바로 죽임을 당했다. 그들이 어느 편인지 헤아리기 어려운 상황에 맞닥치기도 했으니 암호를 알아서 죽었다. 말을 내뱉기가 어려웠다. 말이 곧 죽음의 씨가 되었다. 말이 자유롭지 못하게 되니, 억압된 말은 변형되고 왜곡되어 떠돌았다. 여러 가지의 소문들이 자꾸만 전해져 왔다. 수많은 소문에는 수많은 암호가 숨겨져 있었다. 소문은 비유였으며 상징이었으며 경계였다.

사람과 개가 있는 풍경

후덥지근한 날 개싸움을 구경했다. 그날이 아마 유월 이십오일이었을 거다. 장소는 신시가지를 조성하기 위해서 터를 닦고 있는 벌판이었다. 다만 두 마리의 개가 맞붙어 싸우기보다는 수십만 마리의 개떼들이 전쟁을 한다면 어울릴 만한 드넓은 황무지였다.

새로운 도시를 건설하기 위해 산을 깎아내고 언덕을 밀어내어 땅이 파헤쳐져 시뻘겋게 드러누워 있는 광경은 인간과 자연의 한판 승부를 생생한 모습으로 드러내 보여주고 있는 것 같았다.

속살이 까뒤집혀 적나라한 모습으로 널브러진 흙벌판 가운데에는 사방에서 깎여나가고 붉은 기둥처럼 남아 있는 언덕이 마치 바다 위에 솟은 작은 섬이나 등대처럼 서 있었다.

굴곡져 있던 자연은 힘센 기계를 앞세운 인간의 개척 의지 앞에 속절없이 정복당해 판판하게 평정되어 가고 있었으나 아직은 몹시도 황량한 풍경이었다. 이러한 벌판 한쪽에서 두 마리의 개는 싸움질을 시작했던 것이다. 구경꾼이 스무 남은 명 있었고 승용차도 몇 대 서 있었다. 개 주인끼리 큰돈을 걸고 도박으로 개싸움을 붙인 거라고 했다.

개들은 주인 나리가 큰돈을 걸었는지 개뼉다귀를 걸었는지 알 바가 없으련만 어쨌든 열심히 처절하게 싸웠다. 두 마리는 한 덩어리로 뒤엉켜 나뒹굴며 흙먼지를 일으켰다. 적토빛 개가 기선을 제압하여 황토빛 개의 볼따구니를 물고 늘어지는데 성공했다. 황토빛 개는 아구 속에서 빠져나오려고 안간힘을 썼지만 억센 이빨이 살가죽 깊이 박혀들었는지 좀체 놓여나지 못했다. 적토개는 더욱 힘주어 고개를 흔들고 이빨을 악물며 상대의 살가죽을 기어이 뜯어내고야 말겠다는 듯 기승을 떨었다. 뚱뚱한 개주인의 개기름 흐르는 얼굴에는 득의의 미소가 겹쳐 흐르고, 건너편의 금테안경 낀 개주인은 자못 심각한 표정이었다.

"이제 그만 가요!"

뒤에서 여자가 내 옷을 잡아당겼다. 그녀는 나와 함께 소풍 삼아 이곳 개척지의 풍경을 보러왔다가 개싸움 구경까지 하게 된 것이다. 그렇건만 아까부터 못마땅한 얼굴로 저만큼 뒷전에서 나를 기다리고 있었던 것이다. 그녀는 얼굴이 핼쑥해져 기분이 좋지 않은 표정이었다. 그러한 그녀의 기색에는 그따위 개싸움에 끼어들어 시간을 잡아먹고 있는 나에 대한 불만과 실망이 섞여 있는 것 같았다. 나는 어쩔 수 없이 흥미진진한 구경을 중단하고 그녀에게 이끌려 그곳을 떠나야 했다.

"남자들은 잔인해요."

그녀가 상을 찡그리고 내뱉었다.

"그 개놈들이 더 잔인하고 나쁜 놈이지. 사람이 시킨다고 해서 아무 원한도 없는 제 동족을 그토록 독살스럽게 물어뜯다니!"

나는 개들을 욕함으로써 남자들이 잔인하다는 누명을 벗을 수가 있기라도 하듯이 서둘러 말했다.

"그 개들은 주인에게 충성하기 위해서 명령에 복종하고 있을 뿐이지요. 그러니까 개들이지요."

"그래서 사람을 욕할 때에 개 같은 놈이라고 하는가? 물론 여자에게도 그런 말 할 수 있겠지만."

"아니죠. 개만도 못하다고 그러지요. 그래도 개들은 서로 싸워도 상대를 죽이지는 않는가 봐요. 그러나 사람들은 아무 원한도 없는 사람을 죽이는 짓도 곧잘 해요. 사람들은 전쟁이라는 것을 해서 한꺼번에 마구 대량으로 죽이기도 해요. 다만 주인의 명령에 따라서."

"주인! 주인이란 또 뭐야?"

"자기가 신봉하는 신이라든가, 아니면 무슨 주의, 주장, 이익, 그리고 그런 걸 내세운 지도자, 그따위가 주인이죠. 아무튼 그러고 보면 인간처럼 어리석고 몹쓸 잔인한 동물도 없을 거예요."

"이제 그만 해야겠어. 공연한 개싸움 때문에 사람이 개만도 못해지고 말았으니…"

"그래요 더 이상 이야기가 비약되면 우울해지겠어요."

우리는 개척지를 가로질러 가고 있었다. 그래도 나는 못다 본 개싸움에 미련이 남아서 힐끔힐끔 뒤를 돌아보았다. 아직도 결판이 나지 않았는지 사람들이 둘러서 있고, 그 사이로 뒤척대고 있는 개놈들도 언뜻 언뜻 보였다.

나는 이야기를 꺼낼 때, 개싸움을 구경한 날이 아마 유월 이십오일이었을 거라고 말했다. 그런데 실상은 그날이 몇 월이었는지 확실히 헤아릴 수가 없다. 다만 더웠고 개척지를 병풍처럼 두르고 있던 산의 짙푸른 색깔만은 기억난다. 칠월의 어느 날인지도 모른다. 아니면 오월이었는지… 그런데도 나는 그 개싸움 광경을 떠올릴 때면 그날이 유월 이십오일이었을 거라는, 날짜가 얼른 껴들어 생각나고 또 그렇게 자꾸 말하고 싶어진다. 그건 내 딴에 무슨 속셈이 있어서 그럴 거다.

어느 날은 또 개죽음을 구경했다. 그날도 몹시 무더운 여름날이었다. 나는 홀로 알몸이 되어 계곡 물에 들어앉아 있었다.

사내 둘이 개 한 마리를 데리고 계곡을 타고 올라왔다. 둘

다 우리 동네 사람으로 키다리 강씨와 배불뚝이 황씨였다. 앞장서 걸어오는 노르스름한 개는 강씨가 기르는 셰퍼드 잡종이었다.

키다리 강씨는 자칭 지식인이었다. 이것저것 참견하여 빈정대며 평론을 내놓고, 클래식 음악을 사랑하였으며 그것을 자랑으로 여겼고, 아무튼 시골 동네에서 어쩌다 볼 수 있는 한심하게 되바라진 놈팡이였다. 그는 또한 제 마누라 아닌 여자와 연애하는 것을 삶의 최고 목표로 삼아 집적대고 다녔으므로 동네 사람들은 그를 강 껄떡이로 불렀다. 작금에는 읍내의 골빈 처녀 하나를 꼬셔서 내연의 첩으로 묶어놓고 희색이 만면해 있다는 것을 동네 사람들은 알고 있었다. 그가 그렇게 살아나갈 수 있는 것은 오로지 아비로부터 물려받은 재산 덕분이었다.

배불뚝이 황씨는 스스로 한량이라고 자부하며 일은 하지 않고 술을 탐하며, 술 잘 먹는 것을 자랑으로 여겼고, 욕심이 많고 느물거리는 성격이었으므로 동네 사람들은 그를 황구렁이라고 불렀다. 그가 그러고도 살아갈 수 있는 것은 오로지 부지런한 마누라 덕분이었다.

두 사람은 계곡 옆에 있는 야트막한 동산으로 오르더니 커다란 밤나무 아래 앉아 담배를 피우며 벌거벗고 앉아 있는 나를 힐끔거리며 쳐다보았다. 잡종 개는 신이 난 듯 이쪽저쪽으로 뛰어다녔다. 나는 물속에 앉아 한 폭의 풍경화를 바라보듯 그들을 보고 있었다.

강껄떡이가 누렁개를 가까이 불러 쓰다듬어 주기 시작했다. 황구렁이는 그 옆에서 아까부터 손에 들고 있던 동아줄을 매만지고 있었다. 이윽고 황구렁이가 동아줄 올가미를 누렁개의 모가지에 걸었다.

그리고 작업은 빠르게 진행되어 나갔다. 황구렁이는 동아줄을 밤나무 가지에 던져 넘겨 두 손으로 움켜쥐고 우악스럽게 잡아당겼다. 반대쪽 줄 끝에서 누렁개는 공중을 향해 훌떡 곤추섰다. 황구렁이는 다시 한 번 어영차 줄을 잡아당겼다. 누렁개는 불끈 허공으로 치솟아 올라 대롱거리고 매달렸다. 황구렁이가 동아줄을 밤나무에 붙들어 매어 단단히 고정시키고 있는 동안 강껄떡이는 누렁개의 모가지에 올가미가 잘 걸려 있는지 기웃거리며 점검하고 있었다. 누렁개는 목을 조여 오는 올가미에 매달려 버둥대며, 줄을 타고 올라가 보려는 듯 앞발로 머리 위의 팽팽한 동아줄을 움켜잡아 보려는 처절한 동작을 하고 있었다. 그러나 아무리 발악해도 질긴 동아줄은 누렁이의 숨통을 더욱 조여들고만 있었다.

두 사람은 발버둥치는 개를 그대로 두고 나무 그늘에 앉아 담배를 꺼내 물었다. 그때 개가 필사의 힘을 다한 듯 크게 한번 몸부림쳤다. 다음 순간 털썩 개의 몸뚱이가 땅바닥에 떨어졌다. 동아줄이 끊어진 것이었다. 벌거벗고 물속에 앉아 있던 나는 벌떡 일어섰다. 누렁이도 곧 일어나서 도망치기 시작했다. 담배 피우던 두 사람도 개를 추격해 달려갔다.

"누렁아!"

강껄떡이는 다급하게 부르다가 위협적으로 소리치기도 하며 애타는 음성을 연방 내지르며 개를 따라갔다.

"거기 서지 못해! 당장 스톱!"

그러자 뒤를 핼끔핼끔 돌아보며 달아나던 개가 놀랍게도 그 자리에 멈춰 서는 것이었다. 그리고 돌아서더니 몸을 웅크리고 주인의 눈치를 살피는 듯 고개를 숙였다 올렸다 비굴한 몸짓을 하고 있었다. 강껄떡이는 몸을 구부려 고개를 빼고 한 손을 내밀어 까딱대며 야릇한 음성으로 살살 달래면서 조심스럽게 접근해 갔다.

"그래그래 우리 누우렁이 착하지이… 괜찮아 요리 와아…"

골빈 처녀 꼬실 때의 음성과 몸짓이 저러지 않았을까 하는 생각이 느닷없이 들어서 나는 실소를 머금었다.

"옳지 옳지 그냥 가만히 있어. 내가 누구냐아…"

징그럽도록 부드럽게 조심스럽게 접근해 간 강껄떡이는 기어이 누렁이 목에 걸려 남아 있는 줄 끝을 붙잡는데 성공했다. 그는 개를 살살 쓰다듬고 어루만졌다. 개는 바짝 엎드려 순종하는 자세를 보이며 꼬리까지 쳤다.

이윽고 개는 다시 주인을 따라 밤나무 밑으로 가고 있었다. 황구렁이는 동아줄을 점검하고 있었다. 또다시 끊어질 약한 부분이 있는지 살펴 실수를 되풀이하지 않겠다는 듯 세심한 자세였다.

그리고 개는 다시 교수목에 매달리게 되었다. 또 다시 개는 극심한 고통에 몸부림쳤다.

개가 매달린 밤나무 뒤쪽으로는 푸른 숲으로 우거진 산이 드리워져 있었고 하늘은 맑게 개어 있었다. 밝은 공간으로는 새들이 자유롭게 비상하며 숲속으로 들어가기도 하고 하늘 높이 치솟아 오르기도 하였다.

개는 숨통을 조여오는 올가미에 매달려 눈을 흡뜨고 버둥거렸다. 나는 멀거니 쳐다보며 생각했다. 다시 한 번 도망갈 기회가 생긴다면 저놈의 개는 어떻게 할까? 그래도 또 주인이 부르면 순종하여 붙잡힐 것인가?

그러나 이번엔 그런 사태가 발생하지 않았다. 개는 마지막 격렬한 꿈틀거림과 경련이 있은 다음 축 늘어져버렸다. 두 사람은 힘을 합해 개를 질질 끌고 계곡 가까이로 내려왔다. 나는 속으로 뇌어보았다.

"누렁아 일어나라! 다시 한 번 소생하여 주인 놈을 물어뜯고 달아나라! 자유를 향하여 비상하라!"

하지만 개는 완전히 죽어버렸으며 곧 짚불에 태워져 시커멓게 그슬려 흉측한 모습이 되었다.

문득 신화에서 보았던 것이 생각났다. 죄악의 성이나 지옥에서 천신만고 끝에 탈출에 성공했으나 뒤를 돌아보았기에 소금 기둥이나 불기둥으로 변해버리는 인간, 어두운 과거는 뒤돌아보지도 말고 미련 없이 떠나야 한다는 뜻인가?

아무튼 그렇게 누렁이의 삶은 끝나고 말았으며, 개죽음은 마무리되었다. ■

어둠의 노예

　수화기를 두 손으로 꽉 붙들고 서서 병수를 히뜩 쳐다보는 아내의 몸짓이며 눈길에서 벌써 병수는 그것이 누구에게서 온 전화란 걸 퍼뜩 알아챌 수 있었다. 아내는 놓치면 날아가 버릴 날쌘 짐승이라도 부여잡아 건네주듯 수화기를 내밀었고 병수는 크고 동그란 눈을 더욱 벌려 뜨고 두 손으로 그걸 받아들었다.

　"네 저 접니다."

　어린애 같이 나약한 목소리의 병수는 긴장하면 말을 더듬는다.

　"네 아 알겠습니다."

　두 번 더듬고 통화는 끝났다.

　"그분이 우리 집으로 오신대!"

이번엔 더듬지는 않았지만 음성이 떨리고 있었다. 병수는 전화기를 손으로 누르며 엉거주춤한 자세로 주위를 한 바퀴 휘둘러보았다. 아내는 그 자리에 멀거니 서 있다.

"어머닌 주무셔?"

병수의 시선은 어두운 창을 향하고 있었다. 아내는 밝은 전등 아래 그대로 서서 잠깐 귀를 곤두세우는 표정을 하다가 갑자기 미친년처럼 고개를 크게 주억거렸다.

"아기도 얼른 재워!"

병수가 소리치는데, 방문이 열리고 아이가 나왔다.

"어디서 전화 왔어?"

아이는 아비 목소리보다 더 어른스러운 음성으로 묻는다.

"손님이 오신대. 우린 얼른 자야 돼."

아내는 솔개가 병아리를 휘몰듯 두 팔을 벌려 아이를 방 안으로 몰고 들어갔다.

마루에 혼자 남은 병수는 질린 눈망울로 환한 불빛 속에 우두커니 서 있었다. 눈을 질끈 감았다. 정체 모를 어둠이 골통 가득 들어차서 몸을 무겁게 내리누르고 있다. 머리통을 두어 번 흔들고 눈을 크게 뜨고 창문을 향해 걷다가 갑자기 방향을 바꿔 화장실로 들어갔다. 욕조 바닥에 뱀처럼 구부러져 길게 누워 있는 샤워호스가 눈에 들어왔다. 상을 찡그리고 그놈의 대가리를 두 손가락으로 조심스럽게 치켜들어 얼른 벽에 걸어놓고 돌아섰다. 모가지를 곧추세운 그놈이 금방 뒷덜미를 공격해올 것 같아 그는 후딱 돌아보았다.

병수는 화장실 사면을 두리번거리기 시작했다. 거울 속에서 커다란 머리통을 가진 사내가 동그란 눈알로 이쪽을 보고 있다. 그 모습이 구역질이 날만큼 싫었다. 상을 찡그리고 변기 위에 주저앉아 버렸다. 화장실의 작은 공간이 아늑하게 느껴져서 나가고 싶지가 않았다. 언제까지 그대로 갇혀있고 싶다. 그러나 금방 문이 벌컥 열릴 것 같아 불안하다.

초인종이 짧게 울었다. 그 소리는 찌르는 전류처럼 가슴 깊은 데까지 파고들었다. 순간 정신이 아득해졌다. 어릴 때 열병을 앓고 있을 때와 흡사한 기분이었다.

그분은 아무도 데리지 않고 혼자였다. 소파에 깊숙이 엉덩이를 디밀고 앉은 그이를 병수는 간혹 흘깃거려 훔쳐보았다. 아내가 마실 것을 사러 밖으로 나가고 나자 그분의 무거운 입술이 떨어졌다.

"지금 나가서 날치를 찾아내서 내 말을 전하게."

그는 시계를 힐끗 쳐다보고 나서 이어 말했다.

"오늘밤 한민호를 찾아 가라고, 일이 급하게 됐으니, 날이 새기 전에 해치우라고. 실수 없도록!"

병수는 이대로 일어서야 될 것인지, 무슨 말을 더 들어야 할 것인지 얼른 판단이 서지 않아 미적거리며 망설이는 몸짓으로 그이의 기색을 살피는데,

"시간이 없다!"

무서운 음성과 함께 찌르는 듯한 그의 시선이 날아들었다. 병수는 깜짝 놀라 자동인형처럼 발딱 일어섰다. 몸이 기우뚱

했고 크고 동그란 머리통이 불안스럽게 흔들렸다.

"아주 깊숙이! 살고 죽는 것은 그놈의 운이다!"

그가 다시 천천히 뇌었고, 병수는 그의 입에서 나오는 주문 같은 말 한마디라도 빠뜨리지 않고 기억하려고 신경을 곤두세워 되새기고 있었다.

"아버지 어디 가?"

자는 줄만 알았던 아이가, 외출복으로 갈아입고 있는 병수를 빤히 바라보고 있다.

"자란 말이야. 눈을 감아!"

병수는 허리를 구부려 낮게 꾸짖으며 손바닥으로 아이의 눈을 가렸다.

집을 나서 몇 발작 걷다가 마실 것을 사 들고 오는 아내와 마주쳤다.

"긴급 상황이야. 아주 중요한 일이야!"

병수의 음성은 들떠 있었다.

"내일 아침에 들어오실 건가요?"

아내는 너무 바짝 다가들어 말했기 때문에 후덥지근한 입김까지 끼쳐왔다.

"그 그렇게 되 될 것 같아."

불안한 음성으로 더듬거리며 병수는 어둠속을 두리번거렸다.

"그분은 우리 집에서 밤새도록 있을까요?"

아내는 한결 낮아진 음성으로 조심스럽게 물었다.

"글쎄 나는 모르지. 지금 기분이 좋지 않으신 것 같아, 실수 없이 신경 써 모시라고, 잘 알지?"

병수는 커다란 머리통을 기우뚱 기울여 아내를 들여다보았다.

"알아요."

아내는 가녀린 신음 같은 꺼져드는 소리를 내었다.

병수는 뛰기 시작했다. 골목엔 밤안개가 끼어 자욱했다. 여기저기에서 불빛이 흘러들어 밤의 어둠과 안개와 얼크러져 시야는 혼미했고 의심쩍은 기운이 잔뜩 서려 있었다. 어둠의 군데군데 서린 밝음이 히히거리고 웃는 귀신의 이빨처럼 섬뜩해 보였다.

이런 어둠은 어린 날을 생각하게 해준다. 온몸을 얽어매고 코앞에 대가리를 들이대는 거대한 뱀처럼 의식을 마비시키는 공포로 다가들곤 했다.

대낮의 숲속에서 뱀을 만난 일이 있다. 대가리를 꼿꼿이 들어 올리고 악마 같은 눈빛으로 마주선 그 뱀 앞에서 병수는 사지가 마비되어 몸을 움직일 수가 없었다. 뱀도 그런 겁쟁이의 약점을 간파한 듯 그 자리에 그대로 대가리를 치켜들고 서서 독 오른 아가리를 부풀리고 있었다. 금방 화살처럼 날아들 것 같았으나, 병수는 허옇게 노출된 과녁처럼 얼어붙어 있었다.

다른 아이가 와 주지 않았으면 병수는 속수무책 물려 죽었을 것이다. 두려워하지 않는 아이들이 오자 독사는 대가리를 내리고 잽싸게 도망쳤다. 아이들이 그놈을 잡으려고 숲을 뒤져대고 있는 동안에도 병수는 한동안 그 자리에 멀거니 서 있었다. 어른이 된 뒤에도 그 표독한 뱀 대가리를 떠올리면 정신이 아득해지곤 했다.

커다란 창고 건물들이 양쪽에 늘어서 한낮에도 응달진 골목길로 꺾여져들어 뛰기 시작했다. 휘어져나간 저쪽 끄트머리에 켜져 있는 가로등이 멀고 아득하게 보인다. 아슴한 골목은 끝없이 이어져 결코 헤어날 수 없을 것 같다. 쿵쿵 울리는 자신의 발자국소리가 가슴속까지 기분 나쁘게 박혀 들어온다. 마음이 조급하다. 실수를 해서는 안 된다는 강박관념 때문에 가슴은 벅차오르고 머리는 어지럽고 무거웠다. 어떤 변명도 용납되지 않을 것이다. 은밀하게 임무를 부여받았음은 신임의 징표이며 변함없는 은총의 확인이다. 그분에 대한 두려움은 상존하는 어둠처럼 병수의 정신을 얽어매고 있었다.

그는 무자비한 신이었다. 그의 능력을 믿기에 병수의 복종은 완벽하다. 그의 신임 안에 있을 때만 완강한 성 굳센 방패 안에 든 것처럼 안전하다. 그의 진노를 입었을 때에는 걷잡기 어려운 공포의 나락으로 떨어진다. 굳센 방패가 피할 수 없는 창이 되어 찔러온다. 어떤 실수나 오해가 생겨나지 않을까 늘 불안하다. 그 힘의 본질인 잔혹한 응징, 그것의 행사는 객관적일 수만은 없다. 그의 주관적 판단과 감정에 달려있다. 조직을 위한 어떤 계획의 제물로 바쳐질 수도 있다. 그래서 그 공포와 불안은 언제나 병수에게 공기처럼 떠날 줄을 몰랐다.

병수 아내는 몸뚱이가 자꾸만 오그라드는 것 같았다. 그녀는 죄지은 여자처럼 소파 끄트머리에 엉덩이를 살짝기 올려놓고 어깨를 움츠리고 앉아 있었다. 그분은 뒷짐을 지고 마루를 천천히 왔다 갔다 하고 있다. 그가 가까이 오면 그녀의 몸은 점점 작아지는 것 같다가 멀어지면 다시 조금씩 자라나는 것 같았다. 그는 창으로 가서 어두운 밖을 이윽히 응시한다. 고개를 쳐들고 무언가 생각하는가 싶더니 다시 뚜벅뚜벅 가까워 온다. 다시 되돌아 걷다가 갑자기 고개를 돌려 그녀를 바라본다. 그녀는 흠칫해서 미미하게 체머리를 흔든다.

큰길로 나서자 두 눈에 불을 켠 차들이 비명을 지르며 질주하고 있었다. 갑자기 막막해져서 정신이 아득해 온다. 이 어둡고 혼란한 도시 어디에 날치란 놈은 처박혀 있을까. 암담한 절망이 아가리를 벌린다. 아니야, 보이지 않는 힘이 기어이 어둠속에서 그놈을 만나게 해줄 거야. 명령 속에 깃들어 있는 불가사의한 힘이 나를 인도할거야. 캄캄한 절망 속에서 독사 대가리 같이 쳐들고 일어서는 믿음을 붙잡아 의지하려고 병수는 눈알을 흡뜨고 이빨을 악물었다. 그분이 조직을 휘어잡아 기강을 바로잡아 추종자들을 일사분란 긴장시키고 세력을 확대한 힘은 실로 인간의 능력을 넘어선 마력을 어디서부터인지 부여받은 걸로 병수는 믿고 있었다.

많은 똘마니들이 그 힘을 인정하여 따르고 있다. 거기엔 공포의 힘뿐만이 아니라, 나눠 얻을 수 있는 응분의 보수에 대한 기대도 작용하고 있다. 우상은 늘 지옥과 천국을 똑똑히 제시하고 그 분배를 장악하고 있다.

병수는 땀에 흠뻑 젖어 있었다. 언제나 지나친 반응으로 흥분하는 신경조직, 혼란한 의식, 좀 더 잘해보려는 안달, 안간힘, 과잉 열성은 일을 그르칠 수가 있다. 먼저 어디부터 가야하나, 작고 가녀린 날치란 놈의 노란 얼굴이 음산하게 떠올랐다. 늘 힘 빠져 보이는 그놈이 그토록 무서운 손기술을 가진 칼잡이라는 것을 생각하면 으스스 소름이 끼친다. 잔혹한 그놈에게도 보금자리는 있고 어머니도 존재한다. 우선 거기부터 가 보자.

날치 어머니는 수심에 차 있었다.

"그애는 며칠째 집에 안 들어왔어유. 몸도 성찮은 놈이 어딜 그러고 다니는지. 만나거든 어미도 몸이 아프다고 얼른 집에 들어오라고 전해주시겠수."

역시 날치 어머니는 그놈의 행방에 대해서 더욱 캄캄했다. 아니, 그 어머닌, 그렇게 작고 여위고 병 기운까지 있는 아들놈이 그토록 표독한 심장과 날쌘 손기술을 가지고 있는 것도 모를 것이다.

병수는 달려오는 택시를 잡으려고 이리저리 뛰었으나 차들은 모두 뺑소니만 쳤다. 언제나 그랬다. 편하게 되는 일이란 없다. 늘 혹독한 대가를 치러야만 뭐든지 얻을 수 있었다.

또 달리기 시작했다. 성난 짐승처럼 달려온 버스 속으로 급히 뛰어들었다.

그이는 소파 등받이에 머리를 얹은 채 꼼작도 않고 앉아 있다. 그녀는 아까부터 앉은 그 자리에 다소곳이 고개 숙이고 있었다.

"텔레비전 좀 켜보지."

그가 고개를 치켜들며 쉰 듯한 음성을 내었다. 텔레비전이 켜지고 소리가 나오자 그녀는 아까부터 가슴을 짓누르고 있던 압박감이 풀려나가며 노곤한 피로가 느껴졌다. 그가 대화를 걸어왔다.

"병수 아주 충실한 사람이야. 어때, 그렇지 않아?"

"너무 고지식해서 사람이 어리석어 보이지요."

"두 부부가 모두 고지식하고 충실해. 마음이 닮았어."

"둘 다 너무 겁이 많아서 큰일은 못해요."

"내가 가장 좋아하고 신용하는 사람들이지."

"감사합니다."

"텔레비전 꺼버려!"

그가 벌떡 일어섰다.

버스에서 내리면서부터 병수는 뛰기 시작했다. 차도도 아랑곳없이 그대로 횡단해 나간다. 끼익, 심장을 찢는 듯한 소리를 내며 달려오던 차가 급정거를 했고, 창밖으로 머리를 내민 기사가 "개새끼!" 하고 악을 썼다. 뒤도 안 돌아보고 인도에 올라선 병수는 계속 달렸다. 그래 나는 개새끼다. 나는 개처럼 달려야 한단 말이야. 헉헉거리며 그는 뛰었다. 어둠을 적셔주는 비가 내리기 시작했다.

언젠가 개들의 훈련소에 가서 구경한 적이 있다. 놀랄 만큼 개들은 조련사에 굴종했다. 즉각 복종하기 위하여 개들은 긴장하고 몰두했다. 그중에서도 나약해 보이는 검정개는 잘해보려는 열의 때문인지 뒷다리를 계속 경련하고 있었고 눈동자에는 공포와 열성이 뒤범벅되어 처참해 보일 정도였다.

병수는 달렸다. 헉헉 지친 개처럼 헐떡이며 계속 뛰었다. 기어코 골목에서 나오던 여인 하나와 충돌하고 말았다. 비명을 지르며 나자빠진 여자가 "저따위 인간이 있어!" 앙칼지게 소리쳤으나 병수는 아랑곳하지 않고 계속 달렸다. 뭐 이따위 인간도 있습지요. 가쁜 숨결 사이로 낄낄 웃음까지 나왔다. 빗줄기는 점점 굵어지고 있다.

불그레한 아가리를 하고 있는 건물 안으로 뛰어 들어갔다. 골통을 마비시키는 음악, 눈을 어지럽히는 조명, 탁한 공기, 그 속에서 사람들은 눈알이 붉어져 있었다. 무대 위에서 홀랑 벗은 여체가 율동하고 있었다. 가랑이를 벌리고 치켜 올린 엉덩이를 돌리는 여자의 몸 위에 꽃뱀 같은 불빛이 어지러이 기어 다녔다.

병수는 땀과 빗물로 번들거리는 얼굴로 미아처럼 헤맸다. 둘러앉은 대여섯 명의 사내들이 다가오는 병수를 바라보고 있다. 그들은 눈이나 입술 같은 데 작은 웃음기를 흘리며 병수를 맞아준다. 비웃거나 얕보는 그러나 친근함을 나타내는 미소, 병수에겐 이미 익숙해진 기색들이다.

"웬 일이유?"

새파랗게 젊은 놈의 말씨는 마치 놀리는 것 같다.

"날치를 찾고 있어!"

병수의 음성은 낮았지만 태도는 오만했다.

"그놈은 하도 작아서 잘 안 보인단 말이야!"

콧수염 기른 땅딸보가 대꾸했다.

"자 우선 한잔 하십시오."

하마처럼 생긴 덩치 큰 놈이 맥주잔을 건네 왔다. 병수는 거리낌 없이 잔을 받아 목에 힘주고 단숨에 마셔 버렸다.

"그놈은 왜 찾수?"

하마가 안주 접시를 밀어주며 물었다.

"지금 그놈 있는 데를 알 만한 사람이 누굴까?"

병수는 심각한 눈빛으로 좌중을 둘러보았다. 젊은 놈들의 표정에서 비웃거나 얕보는 기색이 가셔가고 있었다. 병수를 오만하게 하고 있는 힘이 놈들에게도 감지된 것이 분명했다. 난 며칠째 그놈을 못 보았다거나, 한 달 전에 어디서 본 이후에는 소식도 못 들었다든가, 제각기 성의를 보이며 긴장까지 해서 한마디씩 했다.

화장실 안은 짙은 안개가 서린 듯 습기로 자욱했다. 그는 허물 벗은 뱀처럼 벌거벗고 변기 위에 앉아 대가리를 곧추세우고 있다. 그녀는 조심스런 손길로 그의 허연 몸을 씻겨 나갔다. 비누칠한 수건으로 목에서부터 어깨로 가슴으로 겨드랑이며 옆구리 배를 지나 허벅지로 살살 문질러 내려간다. 조심조심 미끌미끌, 그녀는 간혹 문 쪽을 향해 귀를 기울여보기도 했지만 정성스런 손길을 멈추지는 않는다. 겁먹고 있는 그녀의 눈동자는 간혹 그의 얼굴을 살피기도 한다. 털이 무성한 다리와 발에 비누칠을 하느라 그녀는 개구리처럼 엎드린다.

위에서 거대한 어둠이 덮어오는 낌새에 그녀는 고개를 들었다. 그의 두 손이 내려와 그녀의 머리칼을 움켜쥐고 옆으로 비틀어 누른다. 여자의 얼굴은 일그러지고 목뼈가 휘어졌다. 손아귀의 힘은 억세지고 여자의 찢겨져 올라간 눈에서 흰창이 번득인다. 그는 한 손으로 여자의 머리채를 움켜쥔채 다른 손으로 샤워 대가리를 여자의 얼굴 위로 들이댄다. 독사 대가리 같은 샤워에서 따가운 물줄기가 쏟아져 내린다. 그녀는 숨이 막혀 두 손으로 물을 쏟는 대가리를 붙잡고 도리질을 했다. 물줄기가 이리저리 흩어지다가 이윽고 조용해졌다.

하얀 이빨을 드러내고 웃고 있는 그의 얼굴이, 물젖은 그녀의 눈동자에 비춰온다. 머리채는 여전히 그의 손아귀에 얽매인 채 가쁜 숨을 내쉬면서도 그녀는 바깥으로 귀를 기울인다. 다시 물을 뿜는 대가리가 다가온다. 그녀는 입을 앙다

물고 눈을 닫았다.

비 내리는 밤기운에 휩싸여 신기루처럼 솟아오른 예배소 안은 어둠으로 꽉 차 있고, 폐허처럼 뚫린 시커먼 창문은 무서운 기운을 뿜어냈다. 돌계단을 올라가 건물과 담장 사이의 좁은 길로 걸어 들어갔다. 시커먼 창문에 희미하게 얼비치는 그림자가 음산한 어둠속을 부유하는 유령 같다. 예배소 뒤안에는 검은 병정들 같은 정원수가 쭈빗쭈빗 서 있고 그 뒤로 집 하나가 괴괴한 침묵에 싸여 도사리고 있다. 초인종이 비명처럼 어둠을 찢었고, 잠옷차림으로 나온 사내가 병수를 응접실로 안내했다. 한쪽 벽을 온통 차지하고 있는 책들, 정갈한 받침대에 올려진 수석과 분재, 검게 휘갈긴 붓글씨와 무엇을 그렸는지 모를 그림이 담겨 있는 육중한 액자, 상패와 상장, 이런 환경에 몸담고 있으면 병수는 마음이 불편했다.

전화를 하고 있는 사내를 병수는 빤히 쳐다보고 있었다. 무테안경을 낀 화사한 얼굴, 점잖은 말씨, 알맞게 살찐 몸뚱이. 끈적끈적한 땀과 비에 젖은 병수는 생각하고 있었다. 저런 사람은, 자기처럼 늘 혹독한 대가를 치르고 조그만 뭔가를 이루는 족속과는 딴판으로 항상 쉽고 편안하게 뭣이든 이루어지는 운명을 타고났을 거다.

"그렇게 조그만 사람을 이렇게 어둔 밤에 찾기는 어렵겠는데."

사내는 농담하듯 여유롭게 뇌까렸다.

"못 찾으면 큰일입니다."

병수의 동그란 쌍통은 금방 울음이라도 터뜨릴 듯 이그러졌다. 사내는 한 손을 들어올려 번들번들한 이마를 만지다가 천천히 말했다.

"지금 강대포 영업소로 가시오. 그리고 강대포에게 당신이 날치를 찾는다고 하지 말고 그분이 직접 강대포에게 찾으라고 말했다고 하시오. 당신은 그걸 전하려 왔다고 하란 말이요. 무슨 이야기인지 알겠소?"

안경알 속에서 병수를 응시하는 사내의 눈이 지혜로워 보였다.

흩어진 머릿결이 흡혈충처럼 낯바닥에 달라붙어 있고 흠뻑 물먹은 옷으로 온몸이 휘감긴 그녀는 발랑 나자빠진 개구리처럼 드러누워 숨을 씨근덕대고 있었다. 억센 손아귀가 내려와 가슴에 달라붙은 옷자락을 양 옆으로 찢어 버렸다. 이글거리는 붉은 눈알이 내려온다. 단단한 이빨이 가슴살에 박혀 들어 온다. 그녀는 입을 벌리고 턱을 치켜든다. 모가지가 길게 늘어나서 파란 심줄이 돋아나고 억눌린 비명이 신음되어 삐어져 나온다. 순간 아픔이 가시는가 했더니, 붉은 눈알이 올라온다. 두 손아귀가 젖가슴을 찍어 누르고 단단한 이빨이 턱주가리에 파고 들어온다. 억눌린 몸뚱이를 비비꼬던 그녀는 너부러져 있던 팔을 들어 밑으로 뻗어 내렸다. 뿔처럼 돋은 단단한 살덩이를 부여잡고 사지를 비튼다.

훌렁 까진 밴대머리, 송충이 같은 눈썹 밑에 분화구 같은 눈, 동굴처럼 뚫린 콧구멍, 돼지 똥구멍 같은 입술, 전화통에 대고 소리치고 있는 강대포를 병수는 불안과 기대가 엇갈린 눈으로 바라보고 있었다.

이윽고 강대포는 병수를 차에 태우고 질풍처럼 달려갔다. 신속하고 과단성 있는 조치들이 취해졌다. 산재해 있던 똘마니들이 역할을 분담 받아 빗발치는 거리로 나가 이곳저곳을 뒤졌다.

다시 사무실로 돌아온 강대포는 전화통 앞에 앉아 여기저기로 지시를 보내고 이곳저곳에 날아드는 보고를 받았다. 병수는 이리저리 서성대다가 창문으로 다가가 밖을 내다보았다. 빗줄기는 점점 거세지고 있다.

"뭐야!"

크게 소리치는 강대포의 음성에 병수의 가슴은 세차게 뛰었다.

"꼼작 말고 거기서 기다리라고 그래!"

소리치고 뛰어나가는 강대포의 뒤를 병수는 부리나케 뒤쫓아갔다.

숨죽인 격전을 치르고 상처투성이로 지쳐버린 그녀는 흠뻑 젖어 찢어진 옷을 허물처럼 벗겨냈다. 알몸뚱이가 되어 어깨를 늘어뜨리고 우두커니 서서 거울 속에 비친 후줄근한 모습을 멀거니 바라봤다. 뽐내듯이 가슴을 내밀고 머리에서 발끝까지 찬찬히 눈여겨봤다.

살그머니 문을 열고 발뒤꿈치를 들고 사뿐사뿐 춤추듯이 걸어 나갔다. 조심스런 여우처럼 숨죽여 가만히 방문을 열고 들어갔다. 세상모르고 잠들어 있는 아이를 이윽히 내려다보다가 마른 옷을 꺼내 입었다. 방문을 열고 살금살금 걸어 창문으로 다가가 세상을 엿보듯 내다보았다. 어두운 밤 세상은 온통 세찬 빗줄기로 가득했다.

임무를 완수하고 나자 병수는 갑자기 피곤이 몰려왔다. 안식을 얻을 수 있는 유일한 곳인 집이 몹시도 그리워졌다. 떠나온 것이 까마득한 옛날인 것처럼 집이 아득하게 느껴졌다. 그리고 갑자기 걱정되었다. 집안의 누군가 그분의 심기를 그르치지는 않았을까? 아이는 그분을 무서워 할줄 모른다. 어머니도 그분에 대한 두려움이 없다. 세상모르는 그들이 무슨 실수라도 저질렀으면 큰일이다. 얽매인 자는 늘 불안하고 걱정이 많다. 더구나 나약한 성격에 겁 많은 병수는 스스로 마음속에서 생각을 지어내어 두려움을 불러들이기를 잘했다.

그녀는 두 팔로 젖가슴을 옭죄어 감싸고 소파에 앉아 있었다. 감고 있는 눈에 밤의 도시를 흠뻑 젖어 뛰고 있는 남편의 모습이 나타났다. 텅 빈 것 같은 머리통이 위태롭게 흔들거리고 동그랗게 벌려 뜬 눈알에서 공포가 춤을 춘다. 무서운 빗줄기에 비틀거리던 남편이 음침한 구석지에 꼬꾸라져

쓰러진다. 마구 울어댄다. 커다란 손아귀가 불쑥 뻗어내려 그의 목을 조른다. 고양이 발에 짓밟힌 젖은 쥐새끼처럼 남편은 질식해 간다.

전화벨이 비명을 지른다. 화들짝 놀라 눈을 뜬 그녀는 비실비실 걸어서 수화기를 집어 든다.

"누 누구세요?"

어린애 같은 음성이 더듬으며 떨고 있다.

"저 저예요."

그녀도 따라서 더듬는다.

"아, 여보 당신, 그분은?"

"그분은 돌아가셨어요."

"뭐라고! 죽었다고!"

"우리 집에서 나갔다는 말이에요."

"어머니랑 아이는?"

"잘 자고 있어요. 집에는 아무 일도 없었어요."

"당신 수고했소. 모든 일이 잘 되었군, 나도 임무를 잘 마쳤어!"

통화를 마치자 그녀는 갑자기 심한 피로를 느껴 몸이 축처져 내렸다. 억수로 쏟아지는 빗줄기 속에 뇌성이 들렸고 이어 번개가 쳤다. 번개 빛이 칼날처럼 가슴 깊숙이 쑤시고 들어왔다. ■

어둠과 빛

어느 지역에나 그런 인물 하나쯤은 있기 마련이지만 그 소
도시에서의 그의 위치는 확고부동하다고 할만 했다. 도시 안
에 공원이나 역전이 있듯이 그렇게 있어야하는 존재로 그는
이미 그 거리의 사람들로부터 당연한 위치를 인정받고 있었
다. 그러나 그가 그 도시에 나타나기 전의 과거에 대해서 아
는 사람은 아무도 없는 걸로 되어있다. 어디 다른 고장에서
부터 흘러들어와 이곳이 마음에 들어 살게 되었으리라고 추
측했다. 어디 멀고먼 북녘에서부터, 여적도 전쟁의 상흔이
남아있는 피폐한 산하를 절뚝이며 걸어서 따뜻한 여기까지
이르렀고, 바다가 막혀 더 갈 수가 없어 이곳에 터 잡았을
거라고 말하는 사람도 있었다.

그는 여남은 살 되어 보이는 소년의 모습으로 이 거리에

나타나서 벌써 이십년 가까이 지났으니 지금은 서른 살 가까이 되었을 걸로 나이를 추정해 보는 사람도 있었지만, 그 자신도 모르는 나이를 다른 사람이 확언할 수는 없었다. 그의 이름조차도 일정하지 않았다. 가장 널리 통용되는 호칭이 '반편이'였고 그 외에도 얼간이 으바리 쩔뚝이 곰배팔이, 사람들은 제각기 맘 내키는 대로 불렀다.

그러나 이 도시 안에서 가장 유명한 인물이 누구냐고 묻는다면 대부분의 사람들이 어렵잖게 그를 내세울 것이다. 더불어 그는 많은 사람의 사랑을 받고 여러 사람의 호의로 살아가고 있었다. 이 고장 사람들에게 그는 가족처럼 여겨지는 존재였다. 그럼에도 그는 또한 이 도시 안에서 가장 고독한 사나이라고 말할 수도 있었다.

그는 말수가 적었다. 허튼소리 같은 건 한평생 해보지 않았을 것이다. 남의 집 대문을 들어가서도 다만 "예에 예에…" 하고 커다란 소리를 낼뿐 좀체 다른 말은 하지 않았다. 그 음성은 퉁명스럽게 들리기도 하지만 가장 두드러진 특성은 어린애 같은 단순함이었다. 아낙네들은 보지 않고도 반편이가 왔다는 것을 알고 쌀이나 보리를 조금씩 가지고 나온다. 다른 동냥치에게는 잘 주지 않는 아낙네도 반편이에게는 기분 좋게 적선을 했다. 몹시 반기는 아낙네도 있어서 곧잘 농담을 걸어 무슨 말인가 시켜보려고 하지만 그는 좀체 말을 하지 않고 눈만 껌벅인다. 그도 간혹 웃을 때가 있다. 그러면 대부분 사람들은 따라서 웃음이 나온다.

그는 곰배팔이에다가 절름발이를 겸하고 있었는데, 그 모든 것은 그의 몸 왼쪽 때문이었다. 그의 왼팔은 어린애처럼 발달되지 못한데다가 구부러져 젖가슴 앞에서 멈춘 것처럼 고정되어버렸고 왼쪽 다리는 짧고 빈약한데다가 무릎은 오그릴 수 없이 경직된 것이었다. 그러나 그의 오른쪽의 모든 것은 믿음직스러운 것이었다. 자유롭게 쓸 수 있는 오른팔과 손은 뼈마디가 굵고 강건했으며, 오른쪽 다리와 발은 굳건하게 대지를 딛을 수 있는 힘찬 것이었다.

얼굴은 어느 편이이냐 하면 오른쪽을 닮았다. 그래서 그런지 오른쪽 어깨 쪽으로 약간 기울여졌지만, 그 얼굴은 튼튼하게 생긴데다가 지능이 모자라는 사람 특유의 천진성을 짙게 풍겨 보는 사람으로 하여금 부담 없는 친근감을 느끼게 했다. 그러나 그의 정신은 왼쪽을 닮았다고 말할 수밖에 없다. 그는 너무나 용기가 없는 겁쟁이였다.

그가 이 바닥에서 사랑받는 인물이 된 것은 무슨 기발한 행동이나 누구를 웃겨주거나 놀라게 하는 말재주나 행동 때문은 절대로 아니었다. 그는 한결 같은 사람이었다. 언제나 변함없어 보이는 멍청한 얼굴, 절뚝이는 걸음걸이, 말을 아끼는 투박한 입, 가련하게 오그러붙은 팔, 변덕 없는 성품, 그러한 것들이 오랜 세월 동안 사람들의 가슴속에 편안한 신뢰와 친근감을 심어준 것이었다. 이 고장 사람들은 아이를 어르거나 달래는 방법으로 "반편이 온다!"라는 말을 써먹기도 했지만, 실상 알만한 아이들은 반편이를 두려워하지 않았

다. 오히려 아이들은 그를 만나면,

"야, 반편아 어디 가냐?"

친근하게 말을 붙였으며, 짓궂은 아이들은 그를 바짝 따라다니며 놀려대고, 못된 아이들은 그를 밀치기도 하고 작대기로 쑤시기도 했다. 그는 그렇게 괴롭히는 아이들을 만나면 금방 울음이라도 터트릴 것 같은 상판으로 그 투박하고 힘세보이는 오른손까지 몸 안으로 바짝 끌어다 붙여 웅크리는 자세가 되어 괴롭힘이 떠나기를 기다릴 뿐이었다.

많은 사람들이 그를 벙어리로 알고 있었다. 그러나 그를 좀 더 아는 사람들은 벙어리가 아니라고 했다. 너무나 말을 아낄 뿐이라 했다. 그러고 보면 그가 날마다 남의 집에 들어가 "예에, 예에!"하고 외치는 소리는 크고 거침이 없었고, 때로는 간단한 외마디 단어를 발하기도 했다. 그래서 어떤 사람은, 이렇게 말 많은 세상에서 그가 예에 하고 하루에도 골백번 외치는 소리는 그야말로 소리일 뿐 말이 아니고, 그는 삼십년 가까운 세월 동안 묵언수행(黙言修行)을 해 왔으므로 그의 마음속에는 찬란한 깨달음의 경지가 펼쳐져 있을 거라고 했다.

그는 저잣거리 싸구려 밥집에 들어가서 식사를 했다. 아무런 말이 필요 없었다. 그가 좌판 앞에 가서 앉으면 아낙네들은 밥을 갖다 줬고, 먹고 나가버린 다음 보면 밥그릇에 쌀이 가득 담겨 있다. 그것도 그의 한결같은 행위였다.

그는 날이 어두워지면 어딘가로 자취를 감춰버렸다. 어두운 거리엔 나타나지 않았다. 그는 이 도시 안에 몇 군데 단골 잠자리를 가지고 있었다. 계절 따라 일기 따라 어떤 상황 따라 잠자리를 변경했다. 도시 안에서 가장 많은 처소를 가진 사나이였다. 시내 가운데 커다란 창고에서 일하는 인부들이 그의 겨울 잠자리를 위하여 헛간 하나를 그에게 허용해 주었고, 아낙네들이 이부자리를 갖다 주었다. 그는 여름이 지나고 나면 그리로 찾아들어갔고 추위가 땅에서 자취를 감출 때까지 긴긴 밤을 그 헛간에서 견뎠다.

그는 곧잘 꿈을 꾸었는데 꿈속에서의 그는 모호하기는 했지만 어떤 행복한 세계에 살고 있었다. 그는 동냥한 곡식이 남게 되는 것은 모두 현금으로 바꾸어 가슴 아래에 찬 전대에 넣어 깊숙이 보관해 두고 있었다. 그는 그걸 아무에게도 말하지 않았지만, 그렇게 많은 사람에게 알려진 인물의 비밀이란 어떻게든 새나가기 쉬운 거였다. 그가 상당히 많은 돈을 몸속에 가지고 있다는 소문이 퍼졌다.

어두운 밤, 그가 자고 있는 헛간으로 청년 하나가 찾아왔다. 청년은 반편이의 몸을 뒤지기 시작했다. 반편이는 완강한 팔로 가슴을 호위해서 청년의 손이 깊숙한 전대 속으로 들어갈 수 없도록 했다. 청년은 반편이의 오른팔이 너무나 완강하여 떼어낼 수 없자, 구둣발로 반편이의 팔과 얼굴을 마구 짓밟기 시작했다. 반편이는 벌레처럼 뒤채며, "예에! 예에!" 남의 집 대문을 들어설 때 외치는 그 투박한 음성을 목청껏 토해냈다.

청년은 그 소리에 더욱 미친 듯 날뛰며 짓밟았다. 그리고 반편이의 몸속으로 손을 집어넣으려 했다. 그 순간 반편이가 오른손을 휘둘렀다. 청년의 몸이 땅바닥에 나가떨어졌다. 그리고 비실비실 일어나 도망쳤다. 그러나 청년은 곧 다시 왔다. 몽둥이 하나를 가져온 청년은 반편이를 마구 내리쳤다. 그리고 청년은 기어이 반편이의 돈을 빼앗아가고 말았다.

골병든 반편이 몸은 빠르게 회복되어 나갔다. 그는 이제 그의 동냥 목록에서 현금은 제외시켜 버렸다. 시가지 상점들에서는 그가 들어서면 현금을 지불하는 것이 통례였는데 이제 그는 돈을 거절했다. 그렇게 되자 자연 그의 활동 무대는 시가지 중심에서 멀어져 변두리로 외각지대로 치우쳐 갔다. 변두리 마을에서도 간혹 간단하게 돈으로 지불하려는 집이 있었지만, "싸알! 싸알…" 어린애 같은 그 특유의 떼쓰는 소리를 내지를 뿐 돈은 받지 않았다. 그는 그전보다 자기 일에 게을러졌다. 멍청하게 한 군데 앉아 오래 앉아 있었다. 더욱 허황해진 그의 얼굴을 자세히 보면 그 눈동자에 아련한 애수가 흐르기도 했다.

밤 동안 눈이 왔다. 눈은 사람들이 잠들어 있는 사이 아주 은밀하게 내려 땅을 온통 덮어버리고 밝아지려는 무렵엔 모르는 척 그쳐 있었다. 오줌 누려고 헛간 문을 나서던 반편이는 그 기적 같은 세계 앞에 우두커니 서 버렸다. 남녘땅 이곳에도 간혹 눈은 내리지만 이렇게 풍성하게 내려 쌓이는 일은 몹시 드문 일이었다.

널찍한 창고 앞 공터에는 아직 발자욱 하나 찍혀 있지 않았다. 반편이는 그 순백의 세계를 걸어 나갔다. 천천히 절뚝이며 풍성한 눈 위를 걸었다. 하얀 공터의 끄트머리에 이르렀을 때 그는 뒤돌아보았다. 백설 위에 찍힌 두 줄기 발자국은 우스꽝스러운 부조화를 이루고 있었다. 오른발의 탄탄한 자국 옆에서 불안한 또 하나의 자국은 질질 이끌려 따라오고 있었다.

행길 위에도 아직 사람 모습이 보이지 않았다. 마치 외롭게 절뚝이며 살아온 여정처럼 길게 따라오는 자국을 남기며 그는 이른 아침을 자꾸만 걸어 나갔다. 하얀 새벽길은 꿈길 같았다. 간혹 기우뚱 넘어지려 하다가 자세를 가다듬고 그럴 때마다 생각난 듯 몸을 돌려 따라오는 발자취를 눈여겨 바라보았다.

변두리 동네에 이르러 있었다. 한 집 두 집 대문이 열리고 놀라고 기쁨에 넘치는 외침이 골목길에 울려나왔다. "오매, 오매! 많이도 왔다! 풍년 들겠네!" 밖으로 뛰쳐나온 아이들은, "반편이도 왔다!" 반갑게 소리치기도 했다.

반편이는 문득 걸음을 멈추고 눈을 껌벅거렸다. 아이들의 외침, 사람들의 소리, 열린 대문 때문에 그는 언제나 오른쪽 어깨에 메고 다니는 동냥자루를 가지고 나오지 않았다는 걸 홀연히 깨달았다. 자루도 없이 이렇게 멀리까지 걸어와 버렸다니, 자루가 놓여 있는 그 헛간이 너무나 멀고 아득한 곳으로 느껴졌다. 거기까지 이어진 하얀 세계, 그 길 위에 찍혀 있을 우스꽝스러운 발자취, 그 길을 되밟고 간다는 일이 몹시도 고되게만 생각되고 갑자기 피곤과 추위가 온몸을 휩싸고 들었다.

문득 생각난 듯 한줄기 바람이 불어왔다. 그때 그 남자가 눈에 들어왔다. 그는 풀잎 색깔의 외투를 입고 커다란 키를 반듯이 세워 걸어오고 있었다. 마치 하얀 눈 위에 솟아오른 무슨 나무가 이쪽을 향해 움직여 오고 있는 것 같았다. 멍하고 서 있는 동안 그는 가까이 다가왔고 반편이를 향해 약간 고개를 굽혀 목례를 보내며 스쳐지나갔다. 반편이는 그 자리에 그대로 서서 그 남자의 뒷모습을 바라보았다. 점점 멀어져가고 있는 그의 모습은 자신이 곧잘 꾸는 모호한 꿈의 분위기와 닮아 있는 것 같았다. 반편이는 삐뚜름한 모가지를 천천히 흔들었다. 그때 그 남자가 뒤돌아서고 있었다. 풀잎 색깔의 옷을 입은 그가 다시 반편이를 향해 걸어왔다.

"우리 집에 갑시다."

나직한 음성이 들렸다.

"우리 집은 따뜻해요."

남자가 긴 팔을 뻗어 반편이의 어깨를 감쌌다.

"반편이를 하나님이 잡아간다!"

저쪽에서 눈덩이를 굴리고 있던 아이가 소리 질렀다.

반편이는 사내를 따라 걷고 있었다. 정신이 몽롱했고 저항할 수 없는 힘에 이끌려 가고 있는 것 같았다. 골목이 끝나고 시야가 트여왔다. 하얀 들녘이었다.

들녘 저만큼 동그스름한 동산이 하얗게 부풀어 있고 그 위에 아담한 교회당이 살포시 앉아 있었다. 반편이도 그 교회당을 알고 있었다. 그러나 오늘의 그 모습은 여니 때와 다르게 보였다. 온통 눈이 시린 백설의 전경 속에서 그건 빛나는 꿈의 모습이었다.

동산 여기저기엔 하얀 눈을 뚫고 모양 좋은 나무들이 눈옷을 입고 솟아나와 있고 까치들이 소리 없이 이 나무에서 저 나무로 날아 앉았다. 돌로 쌓아올린 교회당은 하얀 받침 위에 놓인 깨끗한 케이크 같은 모습이었고, 그 뒤에 지어진 목사관은 금방 눈 속에서 솟아오른 듯 지붕 위에 탐스런 눈을 덮고 있었다.

"손님이 왔소!"

남자의 외침에 현관문이 열리고 여자가 나왔다. 남자가 다시 말했다.

"아니, 오늘부터 우리 식구요."

곧 이어 발그레한 볼을 가진 사내아이도 나왔다. 잠에서 갓 깨어난 그 아이는 밤 동안 눈으로 덮여버린 세계와 그 세계에서 찾아온 우스꽝스러운 손님의 모습을 보고 눈이 휘둥그레 해졌다.

그렇게 되어 반편이는 그 목사관에 살게 되어, 그들 목사네 식구와 함께 식사를 했고 훈훈한 목욕탕에서 몸을 씻었으며 부인의 손에 의해 줄여진 목사의 옷을 입었다. 따뜻한 방

하나가 그의 차지가 되었다.

"이름이 무어예요?"

목사 부인의 눈동자는 티 없이 맑고 깊었다. 그 눈을 마주하면 반편이는 마음속이 환해지는 것 같으면서도 또 한편 멍해졌다. 아름다움이 너무 가까이 있었고 그래서 그는 꿈속을 헤매 듯 몽롱해 지기도 했다. 그녀 앞에서는 어떤 고집도 생겨나지 않았다. 항거할 수 없는 힘이었다. 그는 부끄러워하는 기색으로 대답했다.

"반피니."

"그건 여기 사람들이 지은 이름 아니에요? 그거 말고 어렸을 때 불렀던 이름 생각나지 않아요? 어머니가 불렀던…"

반편이는 아주 멀고 분간하기 어려운 무엇을 바라보는 듯한 눈빛이 되었다. 처연한 기색이 흘렀다. 그가 항상 간직하고 있는 텅 빈 고독, 아리송한 추억, 혼란된 그리움, 쓸쓸한 아픔이 느껴져 그녀는 서글퍼졌다.

"어머니 생각나요?"

여자의 음성은 아주 깊은 데 숨겨진 무언가를 끄집어 올리려는 듯 절실했다.

"………"

천천히 고개를 흔드는 반편이의 눈동자엔 눈 내리는 황량한 벌판에 바람이 몰아쳐 시야가 몽롱해진 듯한 아련함이 서렸다.

그 겨울은 유난히도 추웠다. 그러나 동산 위의 목사관은 아늑하고 따뜻했다. 여자는 대화를 통해서, 반편이 속에서 위축되어 있는 것들을 끄집어내어보려고 했다.

"나쁜 사람이 자기를 때리면 같이 때려줘야 해요! 누가 자기 것을 빼앗으려고 하면 화를 내서 소리치고 덤벼야 해요! 그렇게 힘센 오른팔을 힘껏 휘둘러 물리쳐야 해요!"

반편이의 정신 어딘가에 분노와 용기도 감춰져 있을 거라고 여자는 생각했다. 다만 그것을 발현시킬 줄을 모르고 있을 뿐이라고 여겼다. 여자는 반편이에게도 인간이 느끼는 여러 감정이 있다는 것을 발견할 수 있었다. 다만 많은 것이 억압되어 도태되어 있다고 생각되었다. 여자는 반편이에게 이것저것 일을 시켰다. 그래서 반편이는 자기가 염치없이 놀고먹는다는 부담감을 무마할 수가 있었다. 그렇게 여자와 친해지자 반편이는 가장 단순한 외마디 언어로 자신의 생각을 서툴게 표현했는데, 여자에게는 그게 오히려 그의 내부에 있는 절실한 것 까지를 느끼게 해주었다. 반편이는 열 두어 살 정도 소년의 지능과 감정은 충분히 가지고 있다고 여겨졌다. 그의 고질병은 말을 하지 않는 것이었다. 그는 상식적인 말은 다 듣고 이해했다. 소리를 내는 성대에도 장애가 없었다. 말을 조직해 내는 의식의 문제인가, 아니면 어렸을 때부터 말할 기회가 없어서 말하는 능력이 도태되어 버렸는가, 무슨 말인가 하려고 하면 두려움부터 갖는 것 같았다.

"우리는 이제 한 식구가 됐어요. 그러니 나를 보고 예에

예에 그렇게 부르지 말고 누나라고 해요. 어디 한번 불러봐
요!"

여자가 스스럼없는 말투로 이야기하고 나서 재촉하듯 반편
이를 빤히 바라보았다. 그녀는 틈틈이 반편이의 폐쇄되어 있
는 말의 통로를 열어보려는 노력을 시도했다. 반편이는 당황
하여 망설이다가 가까스로 소리냈다.

"엄마…"

그는 말해놓고 깜짝 놀라는 기색이었다. 말이 잘못 나온
것 같은 낌새였다. 여자도 당황했으나, 곧 웃음을 짓고 말했
다.

"그래요. 그렇게 부르고 싶으면 그렇게 해요. 그러면 이제
저 아이가 동생이 됐어요. 엄마도 생기고 동생도 생겼어요.
이제 형아가 됐어요."

반편이는 약간 흥분한 빛을 떠올리며 엄마와 동생을 번갈
아 바라보았다. 엄마가 다시 말했다.

"이제 이름도 새로 지어야 해요. 반편이가 아니라 사랑이
라고 해요." 그리고 엄마는 약간 뜸을 들였다가 다시 말했다.
"저 어린 동생 소망이를 누가 해코지하려고 하고 때리려한다
면 사랑이 형아는 어떻게 하겠어요? 보고만 있을 거예요?"

반편이는 두려운 얼굴이 되어 한참 망설이다가 고개를 저
었다.

"그래요. 보고만 있어서는 안돼요. 자기에게나 다른 착한
사람을 해치는 나쁜 사람은 때려서라도 내쫓아야 해요."

반편이에게서 결코 보이지는 않으나, 어딘가 깊숙이 감추어져 있을 용기를 끄집어내게 하려는 바람을 여자는 가지고 있었다.

여자는 목사의 아내였으므로 반편이에게 예수님에 대해서도 이야기했다. 예수님은 고생하는 사람을 위해서 이 세상에 오셨다. 세상 모든 사람들은 약한 사람과 고생하는 사람들을 도와야 한다고 가르치고 하늘로 올라가셨다. 사람이 예수님 말씀 따라 착하게 살면, 이 세상에서 죽어 몸뚱이를 벗어던지고 예수님이 계시는 천국에 들어가 영원히 행복하게 살게 된다. 오직 이런 진리 하나만을 반편이가 이해하도록 가르쳐 주었다.

반편이는 처음엔 예배에 참석하는 것을 두려워하고 꺼려하는 기색이었으나, 목사 부부는 그에게 예배에 나가는 것을 강요하지 않았고 자유의사에 맡겼으므로 그는 오히려 일요일 날이면 자진해서 예배에 나갔다.

반편이는 처음엔 목욕하는 일도 좋아하지 않았다. 그러나 차츰 목욕하는 일도 즐겨하게 되었다. 여자는 생각했다. 다만 오른손 하나만으로 온몸을 씻어내는 일은 어려울 것이다. 그의 튼튼한 오른팔에는 삼십년 가까운 세월 동안 쌓인 묵은 때가 끼여 있을 것이다.

그녀는 진즉부터 장애인과 노약자를 위한 봉사활동에 헌신하고 있었으므로 불편한 몸을 깨끗이 해주는 일에 익숙해 있었다. 그녀가 목욕탕으로 들어가자 벌거벗고 있던 반편이는 너무 놀라 몸 둘 바를 몰라했다. 그녀가 그의 오른 팔을 깨끗이 씻어주는 동안에도 반편이는 두려움에 질린 듯 가슴을 들먹거리고 있었다. 그러면서도 그는 두 다리를 오므려 가운데를 노출시키지 않으려 애썼지만, 그녀는 그 가운데 달린 것을 분명히 볼 수가 있었다. 아아, 그것까지 왼쪽을 닮아 말라비틀어진 것이었다면, 그가 뿜어내는 연민은 그녀를 더욱 슬프게 했을 것이다. 그러나 그것은 순수한 모습이기는 했지만 그의 몸뚱이 가운데 가장 튼튼하고 의젓한 모습이었다. 그것을 보았을 때 그녀는 온몸을 뿌듯하게 채워주는 생명의 힘을 느꼈고, 순수한 환희심까지 맛보았다. 그녀는 귀중한 무엇을 발견했을 때와 같은 감동을 간직하고 욕실을 나왔다.

목사 부부는 원만한 사람들이어서 반편이는 마음의 부담 없이 자유로이 생활할 수 있었지만, 간혹 반편이를 괴롭히는 인간들도 목사관으로 침투해왔다. 방정맞은 여자집사들이 그를 번거롭게 했다. 극성스런 아줌마들은 반편이의 팔을 붙들고, 쥬여, 쥬여! 탄식을 내뱉기도 했고, 예슈 걈샤 성령, 이상한 발음을 내는 그들은 목사님이 어둠속에서 길 잃은 병든 양을 밝은 품속으로 거두어들인 것에 대해 듣기 거북한 찬사를 늘어놓아 목사부부를 당황하게 했다.

목사부부에게 그런 아낙네들은 마음을 불편하게 하는 존재였고, 반편이에게도 몹시 성가신 사람들이었다. 동냥질 다닐

때 장난 좋아하는 아낙네들이 반편이의 사타구니를 구경하겠다고 바지를 벗기려고 마구 달려들기도 했지만, 그보다도 이 말 많은 아낙네들은 더욱 귀찮은 족속이었다.

실상 이때까지 이런 유의 집사들은 목사님에게 내심 불만을 가지고 있었다. 뭔가 기분을 상했을 때, 하긴 이들은 너무 기분을 잘 상하지만, 아무튼 우리 목사님은 믿음과 성령이 없는 목사라고 비방하고 입을 삐쭉거렸다. 그리고 이어서 전임 목사를 그리워하고 칭송하는 말을 서슴없이 내뱉었다.

전임 목사는 그들처럼 방정맞은 인간이었다. 그래서 변덕스러운 데다가 증오심과 시기심이 많았다. 그러나 믿음의 열정은 누구에게도 뒤지지 않고 충만한 성령을 받은 목사라는 평판을 얻고 있었다. 그는 예수보다는 여호와를 신앙하는 사람이었다. 그의 설교는 대부분이 구약 성경에서 나온 것이었다. 여호와의 계율을 어겼을 때 인간이 무서운 벌을 받는다는 것을 강조해서 역설했다. 일요일 날 교회에 나와 예배드리지 않는 것은 크나큰 죄악이니 한번이라도 나오지 않으면 그만큼 벌을 받는다고 신도들을 겁주어 세뇌시켰다. 이것은 여호와의 율법에도 없고 성서 어디에도 없는 소리였다. 그리고 자기 주위사람을 교회에 끌고나오지 않는 것도 죄악이었다. 그러니 십일조를 받치지 않는 것은 더 큰 죄악이었다. 그의 설교는 열정적이었다. 미친 약장수처럼 열변을 토했다. 성령 감사 그런 발성은 그 전임 목사에게서 전염 받은 것이었다. 그렇게 성령 충만한 목사님은 여호와의 은혜로 더 큰 교회로 가버렸다.

새로이 부임해온 키가 커다란 목사는 속없는 목사로 치부되고 있었다. 믿음과 열정이 부족하다고 여겨졌다. 그는 예수의 신봉자였다. 예수님의 관용과 사랑과 봉사정신을 잔잔한 어조로 설교했다. 불행한 사람을 돕는 일을 하기 위해서 예배에 빠지는 것은 좋은 일이라고 말했다. 때론 기도도 하지 않고 음식을 먹어버리는 실수를 신도들 앞에서 저질러 빈축을 사기도 했다.

그런 목사님이 반편이를 식구로 거두어들인 선행을 실천했으니, 이것을 계기로 목사에게 가졌던 불만을 털어버리고, 목사와 자기들 사이의 간격을 없애버렸다는 듯이 그들은 떼지어 몰려와서 야단법석을 피웠다. 기도하는 것이 취미이고 자랑인 뚱뚱이 집사님은 반편이를 보기만 하면 자기의 취미이며 자랑을 행사하려 덤벼들었다.

… 악마의 세상에서 고통과 고독의 세계를 헤매던 상한 영혼이 이제야 따뜻한 주님의 품안에서 안식과 치유를 누리게 되었습니다. 이때까지 이 불쌍하고 가련한 병든 양에게 다만 남아돌아가는 한줌의 쌀이나 한닢의 돈을 적선하는 것으로 우리들의 책임을 다한 것인 양 착각하였습니다. 주님의 명령을 어겼습니다. 이 한 생명에게 행하는 것이 곧 주님에게 행하는 것이라는 말씀을 깨닫지 못하고 있었습니다. 그가 추위 속에서 얼마나 떨며 밤을 새우는지 그가 병들었을 때 얼마나 고통스러운지 우리는 미처 생각하지 못했습니다. 우리 죄를

용서하고 사하여 주시옵소서. 사하여 주시옵소서…

그는 마지막에 눈물까지 흘리며 간절하게 자신의 죄를 사하여 주시기를 빌었다. 옆에 있다가 그의 기도에 감화를 받아버린 턱이 뾰죽한 여집사님이 반편이를 자기 집으로 데려가서 한두 달이라도 그에게 봉사하고픈 심사가 강열해져 목사님에게 부탁을 드렸다.

목사는 그 여자를 잘 알았다. 극성스럽고 변덕이 심한 아낙이었다. 지금의 심정은 진실한 것이라는 것을 알았다. 그러나 얼마 못가서 심술이 나고 미움이 생겨날 것이라는 것도 쉽게 예견할 수 있었다.

"이 사람은 이제야 우리 식구가 되었습니다. 또 다른 데로 옮겨가는 것은 좋지 않을 것입니다."

목사는 분명하게 거절했다. 뾰죽턱 집사는 심사가 뒤틀려 돌아갔다. 그리고 사람들에게, "우리 목사님은 선행을 자기 혼자 독차지하고, 다른 사람에게 나누어주지 않으려는 욕심쟁이야!" 하고 심술 난 얼굴에 불만 가득한 어조로 말했다.

어느 해보다 추운 겨울이었지만, 때가 되어 서서히 밀고 들어오는 봄기운을 이길 수는 없었다. 동산 위의 나무와 풀은 나날이 푸르러 졌다. 목사관 앞에 심어놓은 몇 그루 과일나무에서는 싱싱한 초록 잎이 돋아나와 자라나고 예쁜 새들이 가지 사이로 날아다녔다. 집 뒤켠에는 몇 마리의 닭과 토끼가 함께 살아가는 아담한 토끼 마당이 있었다. 반편이 아

니 사랑이는 새로 돋은 풀들을 뜯어다 토끼에게 먹이고 닭모
이도 뿌려 주었다.

그녀는 어린 나무 묘목을 동산 여기저기에 심었다. 사랑이
는 한손으로 하는 괭이질로 구덩이를 팠다. 두 사람은 언덕
위에 나란히 앉아 내려다보이는 시가지를 바라보았다.

"저기 저…, 냇가 근처 골목에 가봤어요? 색시들이 많이
사는 데…"

그녀는 팔을 들어 시가지 한쪽을 가리켰다. 사랑이는 그녀
가 가리키는 데를 멀거니 쳐다보았다. 한참 후에야 그는 거
기가 어딘지 깨달아진 듯 고개를 끄덕였다. 이 도시 안에 그
가 가보지 않은 골목은 없을 것이다.

"거기 가면 이쁜 색시들 많이 있는데… 그 색시하고…"

그녀는 어떻게 말할까 망설였다. 그러다가 다시 이어 말했
다. "남자와 여자가 함께 하는 거…? 남자가 장가가면 여자
하고 어떻게 하는지 알아요? 음… 그런 거 해봤어요?"

사랑이는 그것이 무엇인지 알고 있었다. 그래서 부끄러워
하는 기색으로 고개를 저었다.

그녀는 반편이의 남성이 온전한 것을 본 이후로, 신이 인
간에게 부여해준 그 결합의 기쁨을 가질 수 있도록 해주고
싶었다. 그래서 그 문제를 남편과 이야기했다.

"신께서 그의 배필도 어디엔가 만들었을 거요. 찾아보도록
합시다."

목사도 그의 기쁨을 위하여 마땅한 여자를 짝지어주는 일

에 찬성했다.

사랑이는 간혹 시내 나들이도 나갔다.

"야 반편이 신사가 됐구나. 얼굴이 훤해졌다. 처녀들이 줄줄 따르겠다."

"목사님이 장가도 보내준다고 그러든디, 그거 할줄이나 알아?"

많은 사람들이 반기며 제각기 한두 마디씩 했다. 그는 절뚝거리며 거리를 돌아 옛날 잠자리를 찾아가 가만히 앉아 있기도 했다. 그는 이 거리에서 살아가는 동안 겪어야 했던 여러 가지 일들을 되새겨 생각해보기도 했다. 바람, 비, 추위, 그리고 나쁜 사람들, 악착스러운 개, 고통스러웠던 추억들이 악몽처럼 떠올랐다.

시장 바닥 사람들은 반편이를 붙잡고 보다 구체적인 이야기를 듣고 싶어 했다. 목사님 집에서는 뭘 하고 지내느냐? 장가를 가면, 각시까지 목사님 집에서 얻어먹고 살 것이냐?… 등등 여러 가지를 물었다.

이런 이야기를 듣고 난 그는 자신도 뭔가 좀 더 쓸모 있는 일을 하지 않으면 안 되겠다는 생각을 하게 되었다. 그런 생각은 그녀가 그의 정신 속에 심어놓은 목사관의 한 식구라는 의식, 그것을 벗어나지 않고 오히려 그것을 기반으로 하여 나온 것이었다. 식구들을 위해서 그 귀여운 동생을 기쁘게 하기 위해서 무엇인가 도움되는 일을 하고 싶다는 욕구를 가지게 된 것이었다.

오랜 고통의 삶 속에서 돈의 소중함을 배우고 체득하여 돈을 모아왔다. 그것이 불어나는 데 기쁨을 느껴왔다. 그 돈만 그대로 있었다면 귀여운 동생 아이에게 무슨 선물이든지 할 수 있었을 터인데, 새삼스레 그 빼앗겨버린 돈이 아깝게 떠올랐다.

그는 목사관을 떠나기로 작정했다. 말은 하고 가야겠는데 말하기가 너무 어려웠다. 그는 엄마 앞에서 손을 들어 시가지를 가리키며 가까스로 말을 내었다.

"인자 쩌그로 가요!"

그로서는 상당히 긴 문장을 구사했다. 그녀는 그 동안 그의 눈빛과 표정과 몸짓으로부터 의사를 전달받는 능력을 터득하고 있었다.

"소망아 형아가 집을 나간단다. 잘 가요, 또 와요. 인사해야지!"

엄마의 말을 듣고 아이는 서글픈 눈빛으로 형아를 바라보았다. 금세 눈물이 고일 것 같았다. 형아는 당황하여 "아녀, 아녀! 또 와." 소리치고 손을 들어 하늘을 가리키며, "눈! 눈 와. 또 와!' 하고 아이를 달랬다.

"눈이 내리고 추워지면, 다시 오겠단다."

엄마가 아이에게 통역해 주었다. 그리고 반편이에게 말했다.

"눈이 오지 않아도, 비가 오거나 바람이 불어도, 아니 아무 때나 와요."

그렇게 사랑이는 집을 떠나 거리에서 반편이의 삶을 살아 갔다. 다시 시작된 익숙한 동냥 행위에 그는 자유를 느꼈다. 이제 그는 마음속에 따뜻한 천국을 지니고 살아갔다. 하루에 도 몇 번씩 그 동산 위를 떠올렸다. 그리고 그리로 갈 수 있 다는 행복한 기대를 즐겼다.

꽃나무 길을 걸어서 과일나무들이 가지를 벌리고 새들이 날아다니며 아담한 탑이 솟아 있는 예배당, 키가 큰 목사님, 아름다운 엄마, 귀여운 아이가 있는 그곳. 날이 갈수록 그곳 이 더욱 아름답게 떠오르고 그리움이 부풀어났다. 그러나 이 따금 그는 그 동산이란 실재하지 않는 곳이고 그건 한낱 꿈 이 아닌가 하는 혼란에 빠지기도 했다. 그럴 때면 그는 바쁘 게 시가지 끄트머리로 찾아가 그 동산을 바라보았다. 그리고 모든 것이 거기 그대로 있다는 것을 확인하고 다시 돌아서곤 했다. 몹시도 그리웠지만 마음속에 다짐한 바를 지켜야 한다 는 우직함으로 참았다. 참는 일에 그는 이골이 나 있었다. 한평생을 모멸도 고통도 슬픔도 외로움도 오직 참는 힘 하나 로 견뎌왔다.

"눈. 눈!"

그는 다시 추위가 찾아오고 그러면 하얀 눈이 내린다는 것 을 알고 있었다. 그러면 그 하얀 눈길을 걸어서 그리로 갈 것이다. 이미 마음속에 약정한 것을 어기고 싶지 않았다.

시가지 안에는 이미 반편이가 환속했다는 사실과 이제는

돈을 받는다는 소식이 널리 퍼져 있었다. 그래서 반편이를 아끼는 사람들이 대책을 수립했다. 또 다시 어떤 나쁜 놈에게 돈을 빼앗기는 불상사가 없도록 하기 위하여 저자거리 밥집 아주머니가 반편이의 수입을 맡아서 관리하는 책임자로 선정되었다. 반편이는 옛날보다 더 부지런해졌으며 한결 밝은 기운을 풍겼고 사람들은 더 기쁜 마음으로 그에게 적선을 했다.

그는 거리의 잠자리에서 자주 꿈꾸었다. 이제 그의 꿈은 모호하지 않았고 확실한 세계로 나타났다.

더위가 절정에 이르렀을 때 거리에 또 하나 새롭게 유명한 인물이 나타났다. 풍만한 육체를 가진 여자였는데, 그녀는 거리에 등장하자마자 선풍적인 인기를 모았다. 그녀의 출현은 파격적인 것이었다. 실오라기 하나 걸치지 않은 살찐 알몸으로 그녀는 거리를 누벼 엉덩이춤을 추었다. 할머니 하나가 치마를 가져와 따라다니며 그녀의 밑부분이라도 가려주려고 애를 썼지만 그녀는 어느새 치마를 벗어 던져버리고 유혹적인 율동을 했다.

어물전 하는 딱부리는 그녀의 열렬한 팬이 되어 중요한 생업마저 팽개치고 그녀를 따라다녀, 말라빠진 실갈치 같은 마누라와 대판 싸움까지 벌였다. 하여튼 그녀를 보기 위해서 일부러 무더위를 무릅쓰고 거리로 나오는 남정네들도 있었고, 어두워진 밤을 기다려 그녀를 찾는 극성 사내들이 줄을 선다고 했다.

반편이도 그녀를 구경했다. 그는 입을 벌리고 그녀를 바라보았다. 그녀가 발산하는 용기에 감탄하는 마음과 또한 두려움이 범벅되어 반편이는 사뭇 놀라고 말았다. 그런데 사람들이 반편이를 기분 나쁘게 만들었다. 그들은 그녀를 반편이와 결부시켜 이러쿵저러쿵 말을 만들어 냈다. 그 여자를 반편이의 각시라고 멋대로 짝지어 이야기하고 어떻게 하든 그 여자를 반편이와 연관시켜 반편이에게 책임 지우려 하는 말을 서슴지 않았다. 반편이는 미친 여자에 대해서 두려움을 갖고 있었고, 더구나 그 여자는 몹시 기분 나쁜 여자로 느껴졌다. 그런데도 사람들은 그 여자를 반편이의 반쪽으로 몰아붙여 즐거워했다.

그러나, 그 여자는 빠른 시간에 인기를 얻고 명성을 누린 것만큼 비례해서 그 몰락도 빨랐다.

더위가 수그러들면서 그녀의 광기도 수그러졌고 이제 옷을 벗고 춤추는 활력도 쇠퇴하여 때 묻은 몸에 누더기를 감싸고 쓰레기통을 쑤석거려 먹을 것을 찾고 있었다. 이제는 먹는 본능만이 남아 있는 것 같았다. 더불어 그녀의 육체도 쇠퇴하여 비루먹은 암캐처럼 여위고 추해졌다. 마치 퇴폐의 말로처럼 더럽게 추잡하고 가련한 모습이었다. 따라서 사람들의 관심도 떠나가고 말았다.

이 도시에서 반편이만큼 쇠퇴하지 않고 지속적인 것은 드물었다. 그는 맑은 시냇물을 찾아가 몸을 깨끗이 씻어냈다.

그의 묵은 때를 벗겨 내준 엄마가 생각났다. 생각만 해도 정신 깊숙이 쌓이고 쌓인 묵은 때가 씻겨나간 듯 마음속이 깨끗해진 느낌을 가질 수 있었다.

더위가 물러가고 아침저녁으로 찬 기운이 생겨나자 반편이는 그 헛간 잠자리를 찾아들어갔다. 창고 인부들은 반편이와 마주칠 때면 허물없는 인사를 건네 왔다.

부슬부슬 비가 내리는 저녁, 어두운 헛간 속에 웅크리고 있다가 스르르 잠들었는데, 무언가 커다란 벌레 같은 것이 스멀스멀 몸속으로 기어들어 오고 있는 것 같아 문득 눈을 떴다. 시커먼 어둠의 덩어리가 바짝 앞에 다가와 있었다. 확 끼쳐드는 무섬증에 반편이는 흠칫 몸을 틀었다. 벌레같이 스멀대던 손길도 더욱 깊숙한 사타구니로 들어왔다.

"머, 머야!" 떨리는 소리를 더듬거리며 몸을 일으켜 앉았다. 어둠속에서 짧은 웃음소리가 새어나왔다. 반편이는 손으로 코를 막았다. 심한 악취였다. 또 한 번 웃음소리가 들리더니 쏴 하는 물줄기 소리가 흘렀다. 반편이는 손으로 코를 막은 채, 얼른 몸을 뒤로 물러빼며 소리 냈다.

"미친년!"

그녀는 쭈그리고 앉아 오줌을 내질러 오줌물이 반편이 몸에까지 기어왔다. 반편이가 몸을 일으키려는 순간 그녀가 두 팔을 벌려 덮쳐왔다. 반편이는 악취 밑에서 바둥거렸다. 한참만에야 그는 힘센 오른손으로 그녀를 밀어재치고 일어날 수 있었다. 뒤뚱거리며 출구를 찾아 나가는 그의 뒤에서, "병신, 바보, 쩔뚝발이!" 투정하듯 내뱉는 그녀 음성을 어두운 헛간이 삼켜버렸다.

그날부터 그 헛간은 빼앗겨버린 거처가 되고 말았다. 반편이는 또 다른 거처로 잠자리를 옮겼다. 반은 무너지고 삐딱하게 서 있는 빈집이었다. 날씨는 점점 추워져 왔다. 찬바람이 불고 찬비도 내렸다. 추위가 느껴져 오면 그 동산 위의 따스한 집이 더욱 그립게 떠올랐다. 그러나 반편이는 추위와 그리움을 참아내며 하얀 눈을 기다리고 있었다. 그때까지는 더 일해야 된다.

낙원을 찾는 데도 정해진 길, 참고 견디는 과정을 거쳐야 한다. 부여된 책임과 의무를 다 했을 때에야 얻어지는 것이다. 꼭 그렇게 생각하지는 않았지만, 반편이의 마음속에 자리잡은 생각은 바로 그와 다름이 없는 것이었다.

구름이 잔뜩 낀 날 그를 만났다. 공중변소 옆길을 지나다가 문득 그를 발견했다. 키가 크고 억센 뼈다귀가 돋아 나온 그 사내는 커다란 가방을 어깨에 메고 서서. 절뚝이며 걸어오는 반편이를 쏘아보고 있었는데, 처음 그와 눈길이 마주쳤을 때 반편이는 섬뜩한 공포를 느끼고 발이 땅바닥에 얼어붙은 듯 그 자리에 멈춰 섰다.

"이리 와!" 그가 천천히 말했다. 그러나 반편이는 그 자리에서 한 발자국도 내딛을 수가 없었다. 사내가 반편이를 향해 다가왔다. 다가오는 사내의 눈빛은 먹이를 본 독사의 눈처럼 독기를 뿜어냈다. 반편이는 본능적인 공포에 휩싸여 멀거니 서 있었다. 그는 이런 두려움에 직면하면 머릿속에 어둠이 회오리치고 온몸에 힘이 빠져 정신은 갈피를 잡을 수 없게 된다.

"따라와!" 시커먼 손이 뻗어와 반편이의 말라붙은 왼팔을 움켜쥐더니, 곧바로 팔짱을 끼고 이끌고 나갔다.

사내는 뜨내기 부랑자였다. 전국 방방곡곡을 걸식하고 다니며 기회 봐서 도둑질도 했고, 어리숙한 겁쟁이 동냥치를 만나면 그를 위협해서 착취하는데 이골이 나 있었다. 반편이 같은 인물이 바로 그가 노리는 먹잇감이었다. 반편이는 그전에도 이런 유의 사람을 만나 고통 받은 적이 있었다. 사내의 눈과 몸이 내뿜는 기운에서 반편이는 벌써 천적을 만난 짐승처럼 두려움에 휩싸여 있었다.

"너의 잠자는 데로 가자! 지금부터 내가 너를 보호해주겠다. 웃어라! 아무 짓도 하지 말고 웃기만 해라!" 사내는 말하고 소름끼치는 낮은 웃음소리를 냈다.

거리엔 여러 사람들이 오고 갔지만 그들은 모두 그냥 지나쳐 갔다.

"반편이 친구 생겼구나!"

속 모르는 소리로 관심을 나타내는 사람도 있었다. 삐딱하게 서 있는 위태로운 빈집으로 두 사람은 들어갔다.

"감춰둔 것 모조리 꺼내!"

어둑한 공간 안에서의 사내 모습은 더욱 무섭게 보였다.

반편이는 금방 울음을 터뜨릴 것 같은 얼굴이 되어 고개를 흔들었다. 사내의 눈빛이 곤두섰다. 그는 커다란 가방 속에서 질긴 줄을 꺼내 반편이의 몸을 칭칭 묶고 더러운 수건으로 입도 틀어막았다. 사내는 익숙한 솜씨로 담뱃불로 반편이의 팔뚝을 지졌고, 날카로운 칼끝으로 쑤시기도 했다. 몸을 비비 트는 반편이의 벌려 뜬 눈에는 고통과 공포가 가득했다.

"돈 어디 있어?" 착취하려는 사내의 의지가 그의 눈에 흘러 넘쳤다. 입이 자유로워져도 반편이는 그저 고개만 흔들 뿐이었다. 사내는 헛간을 샅샅이 조사했다. 그러나 수입 잡을 아무 것도 찾아내지 못했다.

"너는 오늘부터 내 부하다. 명령에 복종하라! 나를 따르지 않으면 넌 죽는다! 엎드려!"

사내는 반편이의 뒤를 덮쳐눌렀다. 반편이는 이를 악물었다. 전에도 어떤 나쁜 놈에게 붙잡혀 이렇게 항문을 비집고 들어오는 치욕을 당한 적이 있었다.

"먹어!" 일을 끝내고 나자 사내는 가방 속에서 빵을 꺼내 반편이에게 던져주며 명령했다. 반편이는 웅크리고 앉아 빵을 씹어 먹었다. 사내도 빵을 먹으며 반편이를 힐긋힐긋 쳐다보았다. 이놈은 여러 가지로 쓸데가 있을 것이다. 말은 잘 알아듣는데 말은 못한다. 이렇게 병신에다가 순해빠진 얼굴을 가진 놈에게는 사람들이 동냥을 잘 준다. 요놈은 천부적인 동냥치로 생겨먹어 잘 벌어들일 수가 있을 것이다. 훈련시키면 도둑질도 할 수 있을 것이다. 그는 잔혹한 인물이었지만, 또한 고독하기도 했기 때문에 이런 부하를 거느리고 다니면 여러 모로 좋겠다는 판단을 내렸다. 이런 놈은 이곳에서 여러 사람에게 사랑받고 보호받으며 살고 있을 것이다. 방해꾼이 나타나기 전에 얼른 이곳을 벗어나야 한다.

"자 가자! 새 출발이다! 나를 따르면 네놈은 배부를 것이다. 나에게서 도망치면 아프게 매 맞을 것이다. 달아나면 죽인다!"

사내는 무서운 얼굴을 반편이 앞에 바짝 들이대고 독살스럽게 소리쳤다. 반편이는 새파랗게 질려 울음을 터트릴 것 같은 표정으로 고개를 끄덕거렸다.

두 사람은 시가지를 벗어나 먼 다른 지방으로 이어져나간 신작로를 걸었다. 쌀쌀한 바람이 불어왔다. 반편이는 사내의 커다란 가방을 어깨에 메고 절뚝이며 걸었고, 사내는 나무 몽둥이를 지팡이 삼아 거머쥐고 거들먹거리며 따라왔다.

멀고먼 어딘가로 뻗어나간 신작로 저만큼 저녁 어스름이 끼어오고 있었다. 그 어스름이 반편이에게 형언하기 어려운 두려움을 주었다. 지금 가고 있는 그곳에는 뭔가 무서운 것들과 참기 어려운 괴로움이 기다리고 있을 것이라는 생각이 들었다. 걸어갈수록 정든 도시, 그 동산 위의 집이 멀어지고 있다는 것을 반편이는 어두운 마음속에서 느끼고 있었다.

발길을 멈추고 뒤돌아보았다. 떠나온 시가지가 멀리 보였다. 엄마와 소망이가 살고 있는 그 동산 위의 집은 보이지 않았으나, 그 모습이 어두운 마음속 어딘가에서 발그레하니 피어오르고 있었다. 엄마의 미소가 떠올랐다. 캄캄했던 마음속이 조금씩 밝아져 오는 것을 느낄 수 있었다. 어둠의 세계에 빛살이 피어나고, 햇빛에 스러져가는 안개처럼 두려움이 사라져가고 있었다.

반편이는 오른손을 꽉 움켜쥐어본 다음 메고 있던 가방을 내려놓았다. 이 어둠을 떨쳐버리고 빛을 향해 가야 한다. 그는 발길을 되돌려 시가지를 향해 걷기 시작했다. 사내가 놀라 뛰어왔다.

"요런 병신 새끼가! 어디로 갈려고? 감히 반항을 해!"

사내가 눈을 부릅뜨고 발길을 내질러 반편이의 성한 다리를 걷어찼다. 그리고 그는 가방 속에서 줄을 꺼내 반편이의 몸을 동여 그 줄 끝을 잡고 끌어당겼다.

먼 어둠을 향해 끌고 가려는 사내의 힘에 맞서 반편이는 꿈틀대며 버티었다. 버틸수록 힘이 나고 두려움이 사라져갔다. 반편이는 먼저 오른손을 자유롭게 한 다음 줄을 거머쥐고 힘껏 당겼다. 사내의 몸이 휘청하며 이끌려와 길바닥에 꼬꾸라졌다.

"사랑이 잘한다!" 엄마의 음성이 그의 귀에 들렸다. "형아야!" 하는 소망이의 목소리도 들렸다.

꼬꾸라졌던 사내는 휘청거리며 일어나 무서운 눈길로 달려들어 몽둥이로 반편이의 팔을 후려쳤다.

"등신 머저리 굼벵이 같은 새끼야! 죽을래?"

사내는 독살스럽게 소리쳤다. 그러나 반편이 마음속의 빛살은 더욱 밝게 불타올랐다. 반편이는 아픔도 못 느끼고 오른손 주먹을 사내의 면상을 향해 내갈겼다. 사내가 쓰러졌다. 반편이는 틈을 주지 않고 달려들어 그자의 손에 든 몽둥이를 낚아챘다. 그리고 그 몽둥이로 사내의 다리몽댕이를 힘껏 내리쳤다.

"으억!" 하고 비명을 지른 사내의 입은 크게 벌어지고 상판대기는 이그러지고 눈에는 두려움이 가득했다. 반편이는 다시 몽둥이를 높이 들어올렸다. 평생 억눌려 있던 분노가 활로를 찾아 나온 듯 반편이의 눈에서 빛이 나왔다.

"나쁜 놈아! 죽을래?"

몽둥이를 치켜들고 버티고 선 반편이의 입에서 또렷한 음성이 터졌다.

"살려줘! 사람 살려! 아이고, 잘못했습니다. 제발 요 용서해줘. 한번만 살려줘!"

사내는 공포에 질려 울부짖었다.

반편이는 몸에 감겨있는 줄을 벗겨 던져버리고 몽둥이를 지팡이처럼 짚으며 시가지를 향해 걸어갔다.

날은 저점 어두워 왔으나 반편이 가슴 가운데 켜진 빛살은 더욱 휘황하게 타올랐다. 하늘을 올려다보았다. 머지않아 하늘 문이 열리고 하얀 눈은 쏟아질 것이다. ■

비어시대

　어둠을 적시며 내리는 이슬비 속을 걸어가는 그의 걸음걸이는 비틀거렸다. 비탈길을 오르는데 시커먼 놈이 불쑥 나타났다. 취중이었지만 앞길을 막아선 그놈이 검도깨비라는 것을 금방 알 수 있었다. 뒤돌아서 도망쳤으나 곧 뒷덜미를 낚아 채여 젖은 바닥에 엉덩방아를 찧었다. 일어서 내빼려는데 엉덩이를 걷어차여 앞으로 꼬꾸라졌다. 기어서 달아나려했으나 이쪽저쪽으로 계속 발길질이 날아들었다. 엎어지며 나뒹굴며 산 속으로 내몰렸다. 이랴 저랴 도깨비는 무섭게 소리지르고 히히 낄낄 웃어대며 밤새도록 그를 괴롭히다가 닭 우는 소리가 들리자 비명을 지르며 도망쳤다. 이렇게 도깨비에게 걸려들어 시달림당한 화자 아부지 소식은 곧 동네방네 퍼져나갔다.

그는 간신히 제 발로 제 집을 찾아왔으나 마당에 너부러졌고 명줄은 붙어있었지만 얼빠진 멍청구가 되어 방구석에 몸 겨누웠다고 했다. 동네사람들은 나름대로 도깨비에 관한 지식을 떠벌렸다. 그놈들은 숲속에 숨어 살아가며 어두워지면 싸돌아다닌다. 불덩이가 되어 어둠속을 날아다니기도 하고 사람에게 다가들 때면 사람 형상의 인도깨비가 된다. 인도깨비는 키가 엄청 크고 힘이 세며 대가리에 뿔이 나 있는 놈도 있다. 으슥한 곳에서 사람을 만나 씨름 하자고 덤벼든다. 인도깨비를 만나면 위로 올려보면 안 되고 아래로 내려다봐야 한다. 위로 보면 인도깨비는 점점 더 커지기 때문이다. 씨름이 붙게 되면 그놈의 왼다리를 공격해야 된다. 인도깨비의 가장 큰 약점은 왼다리이기 때문이다. 힘센 사람에게 대들었다가 왼다리가 호미걸이에 걸려 나자빠져 엄청 두들겨 맞고 병신 된 도깨비도 있다.

도깨비 가운데에는 사람 해코지하기를 즐기는 놈들이 많지만 개중에는 사람을 도와주는 착한 녀석도 간혹 있다. 뭣이든 금방 만들어낼 수 있는 신기한 방망이를 가지고 있는 도깨비들은 많은 돈과 보물을 숨겨놓고 있으며 놀라운 재주도 있지만 한편으로는 어리석고 순진한 성질도 있어서 사람의 꾀에 속아 손해보고 낭패 당한 놈들도 더러는 있다. 어른들의 이러저러한 도깨비 지식은 우리 아이들도 이미 알고 있는 상식이었다. 등짐 지고 먼 지방까지 돌아다니며 도붓장사하는 김샌은 새로운 사실 이야기 하나를 우리에게 들려주었다.

한 여인에게 반해서 상사병이 든 도깨비 한 놈이 있었다. 그 여인과 정을 통하고 싶어 미칠 지경이었지만 날만 어두워지면 집으로 들어오는 그 여인네의 서방이 무서워 어찌할 방도를 찾기 어려웠다. 날마다 집 주위만 어슬렁거리며 끈질기게 틈을 엿보는데, 어느 날 그 부부의 대화를 엿들으니, 서방이 이렇게 말하는 것이었다. 나는 도깨비나 귀신이나 그딴 것들은 개똥보다도 무섭지 않다. 내가 무서워하는 것은 그저 돈밖에 없다. 그 말을 듣고 도깨비는 옳다구나 하고 달려가 돈을 한 가마니나 짊어지고 와서 좋아라고 그 집에다가 마구 퍼부었다. 돈벼락을 맞은 그 집은 하룻밤 사이에 큰 부자가 되고 말았다. 옛날옛적 이야기 아니냐고 우리가 물었더니, 오래 전에 일어난 일이 아니라 그 집은 지금도 삼 대째 이어오는 만석꾼으로 부안 땅 어디에 살고 있다고 김샌은 힘주어 말했다.

그러나 화자 아부지를 끌고 다닌 도깨비는 아주 모질고 고약한 놈이라는 것이 어른들의 의견이었다. 평소에도 기가 약했던 화자 아부지가 너무 호되게 당해서 혼이 빠져버렸으니 목숨 건지기 어려울 것이라는 진단을 내놓는 사람도 있었다. 그 시절엔 도깨비들이 여기저기에 나돌아 다니고 있었다. 비가 오는 밤이면 동네 안에까지 들어와 휘이익 휘이익 하는 비명 같은 소리를 내지르며 고샅을 헤매고 다녔다. 에익, 저 놈의 도깨비, 어른들은 짜증 섞인 소리를 방안에서 내질렀다. 어두운 시절이었기에 어둠을 좋아하는 도깨비 뿐 아니라 걸핏하면 이곳저곳에서 귀신도 사람 앞에 나타나곤 했다.

우리 아이들은 귀신과 도깨비가 싸우면 누가 이기는가 하는 문제로 말싸움을 벌이기도 했지만 어른들도 귀신과 도깨비에 관하여 자기 지식을 내세우며 서로 우김질을 하노라 목에 핏대를 세우기도 했다. 귀신이나 도깨비라는 것은 사람이 마음속에서 지어내는 헛것일 뿐 사실로는 없는 것이라고 주장하는 사람도 있었지만, 그것들을 직접 보았거나 만나 이야기 한 사람들이 있는 마당에 자기가 못 보았다고 해서 없다고 우기는 것은 억지로 여겨질 수밖에 없었다.

진실을 이야기하면 이 세상에는 사람의 수효보다 귀신의 수가 훨씬 많은데 귀신이 인간을 몹시 무서워해서 사람 기척만 나도 귀신은 혼비백산 달아나기 때문에 부닥치는 일이 없기 마련이지만, 세상이 어지러워지면 귀신도 정신 빠진 놈들이 여기저기 생겨나기 마련이어서 사람과 마주치는 경우가 흔히 생긴다고, 상투쟁이 홍처사는 말했다. 그러나 굴레수염 장풍수는, 도깨비나 귀신은 지식 있는 사람 앞에는 얼씬도 못하고 기가 약한 사람이나 무식쟁이 앞에는 아무 때나 버젓이 나타난다고 주장했다. 그러나 장풍수의 주장은 여러 사람의 반대에 부딪혔다. 몇 해 전에 귀신을 만난 황약국 어른 때문이었다. 우리 동네에서 기가 세고 지식 많은 인물을 꼽는다면 첫 번째로 뽑힐 만한 황약국께서 어슴푸레한 달빛을 받으며 고갯길을 넘어 오다가 하얀 소복을 입은 처녀귀신을 보았다는 것이다. 바위에 앉아서 긴 머릿결을 빗고 있던 그

처녀귀신이 천천히 고개를 돌려 설핏 눈길을 보내는데 그 눈에서 차갑게 시퍼런 기운이 비수처럼 날아와 순간 가슴속이 얼어붙는 것 같았으며, 그 귀신이 히히히 소름 끼치는 웃음소리를 내며 다가드는가 하더니 순식간에 비껴 사라지고 말았다. 황약국은 순간적으로 기절상태였으나 곧 정신을 차릴 수 있었고 그 뒤로 며칠 동안 몸져누웠다. 그 때에도 그 귀신 소문은 온 동네에 퍼져났었다. 그러나 귀신이 없다는 고집을 꺾지 않는 사람은, 달밤에 미친년을 봤겠지, 하고 제나름의 해석을 해버렸다. 하긴 그 시절엔 미친년도 여기저기 많이도 나돌아 다녔다.

우리 마을에서는 무슨 일에나 의견이 제멋대로 나뉘어 우리 아이들을 헷갈리게 했는데, 반쯤 도통했다는 박처사의 의견에 의하면 그건 마을의 전통이 짧기 때문에 일어나는 현상이라는 것이다. 일제시대 말기에 시가지 확장계획으로 산자락 아래에 붙어있던 비탈밭과 논이 집터로 바뀌기 시작하여 해방되던 해에 사방에서 사람들이 모여들어 제 분수대로 집을 지어 새 보금자리를 꾸리니 이제는 기와집 초가집 모두 칠십 여 채나 되는 집이 들어선 어엿한 새 동네가 이루어진 것이다. 성씨도 각종이었고 집 모양새나 살림살이 형편도 각색이었고 고향도 교육도 여러 갈래였고 직업도 갖가지로 온통 들쭉날쭉 잡탕 동네였다.

그때에 어느 만큼의 내력이라도 가진 마을에서는 아낙네들은 시집오기 전 처녀적에 살았던 고장이나 마을 이름을 따서

고흥댁이라느니 감골댁이니 하고 불렀지만 우리 마을에서는 남편 이름 뒤에 각시를 붙여 누구 각시로 불리거나 누구 며느리로 호칭되다가 아기를 낳고 나면 아이 이름 뒤에 어매나 엄마를 붙여 누구 어매로 불리었다. 남정네들은 성씨 뒤에 샌을 붙여 호칭되는 경우가 많았는데 샌으로 불리는 사람들은 농사꾼이거나 품팔이를 하는 노동자들이었고 그런 일꾼이 아닌 남자에게는 상을 붙여 긴상이니 이상이니 하는 일본식 호칭이 통용되었다. 황약국이나 장풍수 처럼 직업이 따라다니거나 또는 별명을 달고 다니는 사람도 많아서, 안다니 박샌이나 어긋쟁이 유가, 실답자니 아짐째라든가, 당사자 안 듣는 데서 쓰는 별호가 있었고, 사무실에 다녔거나 다니는 사람은 주사라고 불리었고 처사나 거사로 불리는 사람, 나이가 많은 데도 곧바로 이름으로 호칭되는 유명인도 있고 어르신이라는 존칭이 따라붙는 노인도 몇 있었다. 이렇게 말이 여러 갈래로 나뉘었고 생각이나 습관도 각각 제멋대로의 딴판들이 어울려 살고 있었다. 해산물을 짊어지고 먼 지방까지 다니며 도부 장사하는 등짐 김샌은 우리 아이들에게 여러 가지 재미나는 이야기를 곧잘 들려주어 이야기보따리라는 별명으로 불리기도 했는데 그가 하루는 이런 소리를 했다.

"나는 인도깨비를 떼거리로 봤다."

우리는 깜짝 놀랐다.

"와아 떼도깨비 얼마나 무섭어요?"

"안 무섭고 우섭드라."

"어떻게 생깄는디요?"

"키가 엄척 크고 코도 뿔맹키로 뿔숙 솟아올랐는디 눈은 해골겉이 쏙 들어갔고 손에도 시커먼 털이 나있고 마빡에는 뿔모자를 쓴 놈도 있고 온 몸이 숫댕이겉이 시커먼 검도께비도 있드라."

"햐 도깨비 방망이도 있습디요?"

"번쩍번쩍하는 걸 하나씩 어깨에 메고 있드라 ㅎㅎㅎ…"

우리는 김샌이 지어내어 하는 이야기인지 진짜로 도깨비떼를 보았는지 미심쩍어 눈치를 살피는데.

"도깨비가 다른 것이 아니고 양코배기 군인이드라. 미국놈이 영낙없는 도깨비드랑께 히히히."

반도 남쪽 끄트머리 작은 항구의 외진 마을에 살고 있는 우리 아이들은 미국 사람이라는 존재를 소문으로는 들었지만 그때까지 눈으로 보지는 못했다. 그러나 미국 사람은 괴이한 힘과 진기한 보물을 많이 가진 부자라는 것은 이미 알고 있었으므로 그들이 바로 인도깨비라는 김샌의 말이 그럴듯하게 여겨졌다.

"조선 사람이 도깨비 이야기를 그리도 좋아하더니… 말이 씨가 됐는지… 요런 시절이 올 것을 미리 점치고 그랬는지… 북선에는 로숫캐도깨비가 남선에는 양코도깨비가 나타나 판을 치는 세상을 만났으니…"

김샌은 쉬엄쉬엄 혼잣말하듯 중얼거렸다.

"이쪽저쪽에서 도깨비방망이를 얻어 쥐고 위세를 부리는

위인들이 전쟁까지 일으켜…, 불쌍한 백성들이 그렇크럼 떼
죽엄을 당혔으니… 방방곡곡에 떼구신이 넘칠 수밖에…"

느리게 흘려내는 김샌의 말을 듣고 우리는 시무룩해졌다.
으스스 두려운 기분까지 스몄다. 떼귀신이라는 말은 우리에
게 캄캄한 바다에서 아우성치는 보도연맹 귀신떼를 떠올리게
했다. 더불어 김샌의 동생 덕돌이를 생각나게 만들었다. 절
름발이 덕돌이는 전쟁이 나던 해에 열아홉 살 총각이었는데
보도연맹이었다.

아이들이 잠든 줄 알고 어른들은 어둠속에서 숨죽여 이야
기하고 있었지만 우리 아이들도 숨죽여 다 들었다. 비밀스럽
게 낮은 소리로 소곤대는 어른들의 이야기는 그 떨려나오는
은밀한 음성 때문에 우리에게 더욱 가슴 떨리는 두려움으로
스며들었다.

이미 전쟁이 나기 전에 보도연맹은 만들어졌다. 빨갱이 사
상에 물들었던 사람들을 자수시켜 죄를 용서해주고 보호하여
좋은 길로 인도하겠다고 나라에서 만든 단체가 보도연맹이었
다. 우리 동네에서도 여러 사람이 거기에 들어가야 했다.

"그저 죽어라 일이나 허고 묵고 싸고 허는 것밖에는 모르
는 그 무지랭이가 사상이 뭔지 빨갱인지 부지깽인지 알기나
했겠는가, 그런디 시상에 그런 밥충이까지 보도연맹에 가입
을 시키다니 웃기지도 않은 일이여."

"대그빡 숫자 채우느라 순사들이 헐수없이 만만한 놈 마구
끌어모았겠지. 빨갱이 물든 놈 이웃에 살았으니 무지렁이도

빨간 물이 들었을 꺼라는디 어쩔거여, 그 바람에 밥충이도 연맹원이 되었으니 출세했지."

그때는 별다른 의미 없이 우려하는 기색도 없이 이런 이야기를 주고받았다.

전쟁이 터지자, 나라에서 긴급 비밀작전이 전개되었다. 전국의 보도연맹을 싸그리 불러 모아 모두 몰살시키라는 작전 명령이었다. 방방곡곡의 산과 강과 굴과 창고에서 전향한 빨갱이들과 무지렁이들이 떼죽음을 당했다. 우리 항구에서는 그 몰살 작전이 매우 효율적인 방법으로 이루어졌다. 이 동네 저 동네 그리고 뱃길을 통해 이 섬 저 섬에서 소집되어 끌려온 보도연맹들은 줄 하나에 굴비나 시래기 엮듯이 여러 사람이 연달아 엮이어 배에 태워졌다. 밤바다로 나간 그들은 그대로 바다 속으로 몰아넣어졌다. 시간과 수고를 줄이고 총알도 아끼고 시체를 처분하는 뒷일을 하지 않아도 되는 신속하고도 말끔한 작전이었다. 그러나 그렇게 단단히 얽어매어 처넣었는데도 물 위로 살아 떠오르는 인간이 있어서 뒷마무리는 총질을 할 수밖에 없었다는 것이다. 얼마 지나지 않아 이 소문은 우리 아이들까지 전해들을 수 있었다.

어떤 일에서나 기적 같은 사실은 일어날 수 있는가, 그 생지옥 속에서 귀신처럼 살아나온 인간이 있었다. 그는 섬사람이었는데 배에 실려가는 동안 운 좋게 손목을 얽은 밧줄을 문질러댈 수 있는 쇠붙이가 있는 장소에 있게 되었다. 그는 피나게 문질러댔다. 바다 속으로 가라앉아가면서 줄이 풀렸지만 그는 물 위로 떠오르지 않고 잠수질로 배 밑을 통과해서 반대편으로 나가 콧구멍 얼른 떠올려 숨 한번 쉬면 다시 물속으로 계속 물속으로 죽을힘을 다 하여 어두운 물밑을 헤쳐 나갔다.

인민군이 밀고 내려와 우리 항구를 점령했을 때에, 물 밑으로 물 밑으로 살아나온 그 섬사람이 시가지 위에 나타났다.

"그 사람 삼형제가 모다 보도연맹이었는디, 다 같은 배에 실려 가서, 지만 요행으로 혼자 살았으니 그 심사가 어쩌겄어. 그 사람이 순사들을 잡아 죽일라고 여그져그 뒤지고 댕기는디 눈빛이 똑 구신 같이 무섭드라네."

어른들의 이야기를 엿들은 아이들은 또 끼리끼리 수군덕대며 그 섬 사나이에게 찬탄을 바쳤다. 그러나 우리 남쪽 항구에서 인민군 세상은 너무나 짧게 끝나고 말았다.

다시 국군이 쳐들어왔고 인민군과 함께 그 섬사람도 자취를 감췄다. 북으로 넘어갔거나 산으로 들어갔거나 아무튼 그 사람은 죽지 않았다고 어른들이나 아이들이나 모두 조심스러운 음성으로 장담했다. 그 섬사람은 물길에서만 귀신이 아니라 전쟁 길에서도 귀신일 것이다. 귀신은 결코 죽지 않는다. 그는 이미 우리들 마음 깊숙이 숨겨둔 영웅이었다. 그는 사람들의 어두운 마음 바닥에서 바닥으로 헤어 다니는 하나의 신화가 되었다. 거대한 횡포가 만들어 낸 죽음의 바다에서 솟아오른 기적의 생명이었기에, 죽고 싶지 않은 사람들에게

염원의 표상이었다. 악랄하게 미쳐버린 시대의 고발자였다. 죽음이 판치는 지옥의 세상을 온몸으로 생생하게 증거하는 대변자였다. 그리고 그는 또한 두려운 현실을 견디는 사람들에게 희망의 상징이며 그 화신이었다.

돌아온 순경들은 더욱 무서워져 있었다. 때에 따라서 사람이 악랄한 귀신이 될 수 있다는 것을 알게 해주었다. 가족이나 친구나 이웃을 전쟁에 잃은 사람은 더욱 무자비한 악귀로 될 수가 있었다. 은밀한 귀띔, 손가락질, 고갯짓이나 눈짓이 인간의 목숨을 앗아갔다. 반죽음 당해 병신이 되었다. 음침한 곳에서 만나는 귀신이나 도깨비보다 더 무서운 귀신이 사람 마음속에 살고 있었다. 전쟁은 너무나 많은 사람을 악귀로 변화시켜 세상을 지옥으로 만들어버린다는 것을 치떨리게 배울 수 있었다. 어두워지면 더욱 무서웠다. 어둠속에서 악귀들이 금방 무슨 악랄한 짓을 벌일지 몰라 가슴이 떨렸다.

전쟁이 시작되면서 암호라는 말이 생겨났다. 암호를 몰라서 곧바로 죽임을 당했다. 그들이 어느 편인지 헤아리기 어려운 상황에 맞닥치기도 했으니 암호를 알아서 죽었다. 말을 내뱉기가 어려웠다. 말이 곧 죽음의 씨가 되었다. 말이 자유롭지 못하게 되니, 억압된 말은 변형되고 왜곡되어 떠돌았다. 여러 가지의 소문들이 자꾸만 전해져왔다. 수많은 소문에는 수많은 암호가 숨겨져 있었다. 소문은 비유였으며 상징이었으며 경계였다. 바다에 수많은 귀신의 떼거리가 몸부림치고 울부짖으며 아우성치고 있다는 소문은 우리를 몸서리치게 했다.

그날 등짐 김샌이 양코 도깨비 이야기를 할 때는 짓궂은 장난꾸러기 같은 재미나는 표정이었다. 그러다가 뒤이어 떼귀신 이야기를 할 때에는 슬픔에 젖은 기색이다가 급기야 두려움 가득한 눈망울로 주위를 살폈다. 어쩌다 잠시잠간 즐거운 기분에 들었다가도 얼마 못가서 걱정스런 낯색이 되고 슬픔에 젖어들고 공포를 느끼게 되고 그러는 것이 그 시절 사람들의 모습이었다.

양도깨비들이 전쟁질을 그만 끝내려 한다는 소문이 전해져왔다. 우리 아이들은 선생님들에게 이끌려가 어른들과 합세하여 전쟁을 계속 더 하자고 소리 높여 외쳐야 했다. 휴전 결사반대, 북진 통일, 학교 운동장 가득 모인 사람들 앞에서 몇 사람이 손가락을 물어뜯어 흐르는 피로 흰 종이에 글씨를 썼다. 멸공, 가자 백두산 넘어, 피가 채 마르지 않은 글씨를 높이 쳐들고 흔드는 청년의 눈빛은 무섭게 빛났다. 수많은 사람들이 아우성치며 손뼉을 치고 발을 굴렀다. 악마구리 끓듯 소란스러운 속에서 우리 아이들도 따라서 비명을 질러댔다.

그러나 그해 여름에 방망이 자루를 쥔 양도깨비들의 뜻대로 휴전협정이라는 것이 이루어졌다고 했다. 그래도 악착과 증오는 계속 기승했다. 동네방네 시뻘건 글씨들이 씌어졌다. 찢어 죽이자 빨갱이, 때려잡자 공산당, 시가지는 파괴되어 있었다. 불타버리고 무너져내린 건물의 잔해로 어수선하고 살벌했다.

어른들의 성질머리도 살벌했다. 어수선한 집구석에서 질러대는 말도 살벌했다. 뒈질 놈, 썩을 년, 이런 소리는 언젠가 그렇게 될 터이니 욕이라 할 수도 없었다. 호랭이 씹어갈 새끼, 벼락 열두 번 맞을 놈, 째가 만 발이나 빠질 새끼, 씹가랭이를 짝 찢을 년, 어른들은 가장 극렬한 표현들을 찾아내어 아이들에게 내질렀다. 그러나 이런 말들에는 우리 아이들은 면역이 되어 있었다. 말보다 무서운 것은 그들의 행동이었다. 집안 곳곳에 작대기들이 있었다. 지게작대기나 부지깽이나 도리깨든지 손에 잡히는 대로 들고 아이들을 타작했다. 우리는 아비나 어미가 성깔이 돋아 무서운 인도깨비로 변하지 않기를 빌 수밖에 다른 도리는 없었다.

그 시대에도 우리 아이들은 웃으며 떠들어대기도 하고 노래를 불렀다. 전쟁하고 있을 때에는 싸움을 부추기는 노래가 다른 노래를 압도하고 있었다.

"전우의 시체를 넘고 넘어 앞으로 앞으로, 낙동강아 흐르거라 우리는 전진한다…"

멍청이나 귀먹쟁이가 아니고는 이 노래를 모르는 사람은 없었을 것이다. 휴전이 되고 나서는 새로운 노래가 유행했다. 그 전우가 곡에 노랫말만 바꾸어 불렀다.

"처녀의 젖통을 만지면서 밑으로 밑으로, 배꼽 밑을 지나서 우리는 전진한다…"

학교에 다니지 않는 다섯 살 꼬맹이도 이 노래를 부를 줄
알았다. 그 다음에 우리 아이들에게 유행한 노래는 가사가
매우 짧은데다가 박자도 무척 짧아서 한줄기 외침처럼 단숨
에 부를 수 있는 것이었다. 그래서 우리는 되풀이로 계속 불
러댔다. 곡은 도래미파솔라시도로 가파르게 올라가고 노랫말
은 "돈도로주께빼뺍빼"였다. 이것은 양공주의 다급한 외침이
었다. 처녀 출연한 양공주가 양도깨비의 너무나 큰 밑뿔을
받아들이기가 너무 아파서, 돈을 돌려주겠다고 찢어지는 비
명을 내질렀다는 소문이 노래로 만들어진 것이었다. 아이들
은 좋아라고 외치고 다녔지만 우리 동네 아이들 가운데에서
몇은 그 노래를 부를 수가 없었다. 그것은 순전히 화자 누나
때문이었다.

산 밑에 붙어있는 오막살이 큰딸 화자는 우리들에게 마음
씨 좋은 누나였다. 화자누나는 전쟁이 끝나기도 전에 동네에
서 자취를 감췄는데, 얼마 지나 그 가시나가 서울에 가서 양
갈보가 되었다는 소문이 났다. 그 소문을 슬프게 받아들였던
아이들은 그 노래를 즐겁게 부를 수가 없었다. 우리는 산에
갈 때면 그 오두막 앞을 지나다녔으며 화자누나도 땔감을 하
거나 나물을 뜯노라 자주 산을 찾는 산가시나로 우리 아이들
과 친해져서 정겨운 사이였다.

화자는 찢어지게 가난하게 살았지만 잘 웃었고 눈빛이 따
뜻했으며 마음씨가 포근했다. 사람들이 흔히 쓰는 찢어지게
가난하다 라는 말의 찢어지게는 비유가 아니다. 화자의 옷은

찢어져 있었고 그 틈으로 속살이 보였다. 가난한 집은 지붕이나 벽이 찢어져 있어 그 틈새로 빗물이 흘러들고 바람이 새어들었으며 가난한 자의 몸뚱이며 손이며 발이며 얼굴도 곧잘 찢어졌다.

그러나 원래 찢어지게 가난하다라는 말은 똥구멍이 찢어지게 가난하다라는 표현을 줄인 말이다. 가난한 사람들은 송키나 풀뿌리 같은 거친 음식을 먹는다. 배고픈 사람의 창자는 뭣이든 들어오면 얼른 내보내지 않으려는 성질이 있다. 변비가 되고 거칠게 뭉쳐진 변비에 똥구멍은 찢어진다. 더불어 배고파 허물어져가는 어린 새끼들을 보는 어매 아배의 가슴도 찢어지게 아팠으리라.

이렇게 찢어진 가난을 살다가 배고픔을 면해보려고 집을 나간 화자누나가 양갈보가 되었다는 소문은 우리에게 아픔을 주었는데, 그 누나가 양도깨비에게 커다란 아픔을 당해 똥구멍보다 더 귀한 것이 찢어졌을지도 모른다는 생각은 우리 마음을 처참하게 했다.

전쟁이 막판에 이른 초여름의 부슬비를 맞으며 집을 떠난 화자는 휴전이 되고 가을 겨울 지나 설날이 와도 집을 찾아오지 않았다. 참꽃이 피었다지고 개꽃이 만발한 봄에 달빛 속을 걸어서 화자는 오두막을 찾아왔단다. 그리고 다음 날 달빛 속으로 떠났단다. 화자 아배는 말수 적은 사내였다. 순해빠진 그는 그전부터 어디가 아픈 사람으로 여겨져 왔고 먹을 것을 구하는 책임은 화자 어매와 화자의 몫이었다. 그런 그가 딸이 주고 간 돈으로 막걸리 한 사발 마시고 집을 찾아 가다가 못된 도깨비에게 붙잡혀 반죽음이 된 거였다.

화자 아배가 도깨비를 만난 그해 여름에 전해져온 또 하나의 소문이 사람들의 관심을 모았다. 부산의 어느 집 방안에서 몸을 맞춘 남녀가 빠질 수가 없게 되어버렸단다. 여러 사람이 달려들어 빼려고 해도 나오지 않고 의사도 빼는 재주가 없어 계속 붙어있다는 것이다. 그때 그 소문을 사실대로 믿지 않는 사람을 우리는 하나도 보지 못했다. 우리 동네 어긋쟁이 윤상도 "난감한 일이로다." 하고 심히 동정하는 기색이었다. 어른들은 그렇게 난감한 사태를 가져오는 요인에 대하여 또 나름대로의 지식을 내보이며 말들이 많았다.

부적이나 허새비를 이용한 저주의 방술이 영검한 효험을 나타내면 그런 지경이 되고 또 절구와 맷돌 손잡이를 두 남녀가 들어 있는 방의 아궁이에 넣고 불붙이면 그렇게 된다고 안다니 박샌은 사람들에게 가르쳐주었다. 그렇게 되는 것은 방술 때문이 아니라, 어쩌다 남자의 근과 여자의 질이 동시에 경련을 일으켜 영원히 경직되어 붙어버려 그런 현상이 생긴다고 배나무집 이상은 설명하고 그렇게 되면 어쩔 수 없이 남근을 잘라내는 것밖에 다른 방법이 없다고 주장했다. 밴호사 임상은, 세상살이 질서가 어지러워지고 더구나 지금 남자 하나에 여자가 한 도라꾸 반이라는 말처럼 암수의 숫자 차이가 커져서 음양의 조화가 어그러지면 이런 해괴한 일이 생겨나는 것이라 하여 세상 탓이라는 진단을 내놓았다.

괴상한 소문뿐이 아니었다. 괴질이라 하는 역병이 번져들어 사람의 목숨을 앗아갔다. 괴질은 아이들에게 더 많이 달려들었다. 질서가 허물어져 질 나쁜 짓거리들이 저질러지고 있었다. 손가락질, 고자질, 모략질로 잡혀가고 죽어갔으며, 도둑질 사기질 칼질 몽둥이질 이간질 서방질이 여기저기에서 저질러지니 사람들의 질이 사나워져 끄떡하면 신경질 삿대질 고함질 주먹질이 일어나 우리들의 주위는 싸움질로 시끄럽고 어지러웠다.

잔인하고 처참한 짓거리가 자꾸만 일어나, 세상에는 귀신이나 도깨비보다 더 흉악한 인간이 있다는 것을 우리에게 가르쳐주었다. 무서운 사람들은 우리들 가까이에도 널려 있었다. 한 집에서 살아가는 식구 가운데서도 누군가 곧잘 성깔이 올라 우리 아이들을 괴롭히고 겁나게 했으며 집 밖으로 나가도 쫓겨 다녀야 했다. 곳곳에 무서운 임자가 있었다. 우리가 좋아하는 놀이터인 논밭에서 신나게 놀면서도 언제 닥칠지 모르는 위험에 대비하고 있어야 했다. 논밭 임자들은 우리를 붙잡아 분풀이를 하려고 귀신처럼 살금살금 다가온다. 골목에서 놀아도 울타리나 흙벽을 보호하려는 임자가 뛰쳐나오면 달아나야 했다. 나무하러 산에 가면 산 임자나 산감에게, 과일나무에 올라가면 나무 임자에게 들키지 않아야 했다. 그래도 우리는 밭에 들어가서 가지나 참외 고구마를 훔쳐 먹었고 위험을 무릅쓰고 과일나무에 기어올랐다. 우리는 눈치를 살피며 망보며 여차하면 도망질할 준비를 하고 살아갔다.

그래도 우리 주위에는 좋은 어른들도 많았다. 우리를 보살펴주고 감싸주는 인정스런 동네의 아버지 형 누나들이 있었다. 웃음바가지 정샌이나 이약보따리 김샌 같은 사람은 남에게 못되게 굴지 않았고 우리 아이들에게 재미나는 이야기를 들려주었다. 우리는 산밑 오두막집 화자네 식구들을 좋아했다. 화자 아배는 인정 많은 사람이었다. 말수는 적었지만 순한 마음씨를 가진 그는 나뭇잎과 풀줄기를 엮어 멋진 모자나 목걸이를 만들어 어린 아이들에게 주었고 그가 묵묵히 다듬어 준 팽이는 뱅글뱅글 잘 돌았으며 그가 손을 봐준 연은 훨훨 공중 높이 올라갔다.

동네 안에 내노라하는 인물들이 여럿 있었지만 그 가운데서도 우리들이 좋아하는 인물은 쑥대머리 망올이었다. 그는 생김새부터가 재미있었다. 쑥대밭처럼 헝클어진 머리칼에 휩싸인 크고 둥근 머리통에 낯바닥은 울퉁불퉁 부풀어 있었는데 시커먼 눈썹 밑의 눈은 가늘게 찢어져 쏙 들어가 있었고 코는 뭉툭한 벌렁코에 뻣뻣한 수염에 에워싸인 입은 부어오른 듯 두터웠다. 망올이는 깨어있는 대부분의 시간을 산에서 보냈다. 봄부터 여름 가을까지 풀을 베었고 겨울에는 나무하러 다녔다. 그의 집은 가난해서 소나 돼지 같은 가축은 없었다. 그가 그토록 많은 풀을 베는 것은 다른 집의 소를 먹이기 위해서다. 풀을 베어다주는 대신으로 망올이는 그 집에서

먹을 것을 얻어냈다.

망올이에게는 형이 하나 있었지만 그 형은 전쟁 터지기 전에 반란사건 났을 때, 반란군 따라다니다가 그들에 휩쓸려 보이지 않게 되었고, 그런 얼마 뒤에 망올이 어매는 죽었다. 망올이 어매는 진즉부터 병이 들어 있었지만 그네가 죽은 것은 병 때문이 아니고 사라져버린 큰 아들 때문도 아니고 먹을 것이 없어서 굶어죽었다고 이웃들은 말하고 있었다. 망올이 아배는 벽에 흙을 바르고 방구들 놓는 기술을 가진 토수라는 직업을 가지고 있었지만 술귀신으로 이름 높은 인물이어서 술판 노름판 찾아다니기로 나날을 보냈다.

망올이는 흡사 한 마리 외로운 들짐승처럼 살아갔는데, 스무 살 먹은 떠꺼머리총각 망올이는 여나믄 살 먹은 우리들의 좋은 친구였다. 생긴 것도 엉망이고 집안도 진창인데 학교 문턱에도 못 가봐서 낫 놓고 기억 자도 모르는 불쌍한 까막눈이 망올이라고 동네 사람들은 이야기했지만, 우리들은 망올이를 천재로 생각했다.

망올이는 글자를 모르는 대신으로 노래가사를 엄청 많이 알고 있었으며 스스로 노랫말을 지어내는 재주가 놀라웠다. 눈에 보이는 것, 귀에 들리는 것, 마음에 생각하는 것이 금방 멋들어진 노랫말이 되어 그에 어울리는 그럴듯한 곡조를 타고 거침없이 흘러나왔다. 그는 빼어난 소리꾼으로 다른 마을에 까지 알려진 명창이었다. 그는 풀을 베면서도 곧잘 육자배기를 불러재꼈고 때때로 바위에 앉아 우렁찬 판소리 가락을 토해냈다. 그의 소리가 울려나가면 논밭에서 일하던 사람들이 일손을 놓고 귀 기우렸으며 집안에 있던 아낙네들은 아이들에게 조용히 하라고 주먹을 을러메기도 했다.

망올이의 소리 재주는 피 내림이라 했다. 망올이 아배 한샌은 우리 동네 풍물이 돌면 상쇠잡이였고 상여가 나갈 때면 앞소리꾼으로 나섰다. 그 시절에는 마을마다 이런 예인들이 있었다. 당골네나 박수를 빼고라도 타고난 재주꾼들이 골골마다 있게 마련이었다.

못된 도깨비에게 걸려들어 된통 당한 화자 아배는 갈수록 기력이 빠져가고 있다고 했다. 망올이 표현으로는 '저승 문턱을 베고 누워있는 형용'이라 했다. 망올이는 산을 오르내리노라 화자네 집을 지나다니며 스스럼없이 들락거려 한 식구처럼 되어 있었다. 생김새는 산도깨비처럼 생겼지만 마음씨는 여니 인간보다 곱고 인정 많은 망올이었다. 우리는 일부러 망올이가 풀 베는 데를 찾아가 그 곁에서 놀았다. 그의 소리가 좋았고 그가 즉흥으로 지어내는 노랫말이 우리를 즐겁게 했다.

"꽃님아 꽃님아 해꽃님아, 해 떠오른다, 꽃 따러 가자. 꽃님아 꽃님아 달꽃님아 달 떠오른다, 별 따러 가자."

그의 노래에는 꽃님이가 많이 나왔는데 그 꽃님이 화자라는 것을 우리는 훗날에야 알아챌 수 있었다. 망올이와 동갑내기인 대추나무집 춘식이는 산에 가면 이런 노래를 불렀다.

"워리야 워리야 망월이야, 해 넘어간다, 용개 쳐라."

춘식이는 구찌기름을 하이칼라 머리에 윤나게 바르고 사지 쓰봉에 칼날 같은 주름을 세우고 삐죽구두를 광나게 닦아 신고 다니는 되바라진 신식 청년이었는데, 젊은 여자가 보이면 손가락을 입에 처넣고 휘익휘익 하는 도깨비소리 같은 휘파람을 질러대는 특기를 가지고 있었다. 봄이 무르익어 가면 춘식이는 산에서 살다시피 했다. 그는 산 아래 널브러진 보리밭을 망보는 일을 직업으로 하고 있었다. 스스로는 밭 지기라고 했지만 순 날강도였다.

바람이 휩쓸어가면 풍성한 보리밭은 바닷물결처럼 출렁대며 꿈결처럼 일렁이기도 했다. 사랑의 보금자리를 찾는 남녀가 그 푸르름 속으로 스며든다. 그들은 자연과 하나 되어 사랑을 다짐하는 한 몸을 이룬다. 이윽고 그들은 꿈결을 헤쳐 나오듯 보리밭을 헤치고 나온다.

세상으로 나온 그들 앞으로 삐죽구두 춘식이가 몽둥이 하나 들고 다가온다. 남녀는 도깨비 만난 것보다도 겁이 날 것이다. 춘식이는 짐짓 격분하여 보리밭 임자를 자처한다. 그리고 망가진 보리밭 변상을 요구하며 경찰서로 가자고 을러댄다. 그 시절의 경찰서는 도살장보다 무서운 곳이었다. 가진 돈이 없으면 옷이라도 벗어줘야 했다. 춘식이는 시계를 두 개나 빼앗는 전과를 올렸다. 또 수컷은 좆빠지게 내빼고 혼자 붙잡힌 암컷을 보리밭으로 끌고 들어가 좆나게 눌렀다고 그는 자랑했다. 그런 춘식이에 관하여 우리들의 의견은 엇갈렸다. 영웅으로 존경하여 따르는 똘만이도 있었고 더런 놈으로 여겨 흘겨보는 아이도 있었다.

춘식이는 동네처녀 옥분이를 좋아했다. 보리밭으로 데려가고 싶어 궁리하고 있다는 걸 우리도 알고 있었다. 그는 아이들을 시켜 옥분이에게 편지를 전하기도 했다. 그러나 옥분이는 춘식이를 개똥처럼 여겨 흘겨본다는 것도 우리는 알고 있었다. 그리고 그때 옥분이에게는 이미 애인이 있었다는 걸 춘식이나 우리는 모르고 있었지만, 얼마 지나지 않아 알게 되었다. 그런 데다 옥분이는 그때 사랑의 위기를 맞아 화나고 슬퍼 있었다. 옥분이 애인은 순경이었는데, 그 때문에 부모의 완강한 반대에 부딪혀 괴로워하고 있었다.

그런 판국에 개 같은 춘식이 새끼가 따라다니며 똥 같은 수작을 붙여오니 참다못해 옥분이는 애인에게 일러바치고 말았다. 급기야 춘식이는 경찰서로 잡혀갔다.

"야, 이 씨팔놈아, 니 날마다 산에 댕기지? 보리밭에 들어가서 누구랑 무슨 연락했어?"

첫마디부터 등골이 오싹해지는 소리였다. 놀라서 대답소리도 나오지 않더란다.

"개 같은 새끼, 니 빨갱이지?"

춘식이는 까무러칠 뻔 했다.

"빨갱이 안 만나려 댕기면 좆뿔라고 밤중에 그러고 다녀? 씹새꺄!"

주먹이 아구통에 날아들고 정강이게 구둣발이 들어박히고,

시멘트 바닥에 개처럼 기어 다니며 좋나게 맞았다.

"한 번만 더 아무 여자한테나 찜쩍대믄 좆대가리 분질러질 줄 알어!"

그렇게 된통 당하고 난 다음 다시는 여자들에게 집적대지 않고, 이미 지은 죄가 있는 옥분이에게는 백 미터 이상 가까이 접근하지 않겠다는 각서를 쓰고 간신히 풀려났다. 죽지 않고 살아나왔고 좆대가리도 안 부러지고, 그래도 천만다행이라고 춘식이는 몸을 떨었다.

옥분이 할매는 우리 동네 아낙네들의 우두머리처럼 보이는 노인네였다. 할매들은 거의 모두 허리가 앞으로 꺾이어 있었는데 그 노친네는 허우대가 크면서도 꺾이지 않은 허리를 가지고 있었으며 경우가 바르고 목소리 크기로 유명했다. 그렇게 짱짱한 옥분이 할매가 풀죽은 기색에 슬픈 목소리로 아낙네들 가운데서 푸념을 하고 있었다.

"이런 괴벤이 생길지를 누가 알았것는가? 이 노릇을 어찌하면 좋단 말인가! 옥분이 그년이 순사허고 눈이 맞을지를 꿈에라도 생각했냐 말이네. 조상헌테 부끄럽고 이웃 보기 면목 없어 어찌 살겠는가."

옥분이 할매의 울먹이는 소리를 듣고 있는 아낙네들의 기색에는 놀라움과 걱정이 뒤엉켜 자못 숙연한 분위기였고 누구하나 감히 소리도 내지 못했다. 그 시절 어린애 울음을 그치게 하기 위하여 겁주는 소리는 호랑이나 도깨비가 아니라, "순사 온다!"가 가장 널리 쓰이고 있었다. 일제시대부터 전해져 이어와 사용되는 말이었다. 아낙네들은 모두 일제가 일으킨 대동아전쟁 그리고 우리 민족이 일으킨 육이오전쟁의 세월을 살아왔고 그 속에서의 순경을 잘 알고 있었다. 순경은 사람이 아니라 도깨비나 귀신이라든가 하여튼 인간 동류가 아닌 또 다른 종자로 여겨졌다. 그것도 사람을 해하는 무서운 종류로 느끼고 있었다. 누군가 아는 사람이 순경이 되었다는 소식을 들으면 우려하는 마음가짐으로 받아들일 수밖에 없었다. 목구멍이 포도청이니 어쩔 수 없는 일이라 동정하면서도 인간에서 다른 종류가 되어버린 그에 대한 아쉬움을 표했다. 그날 우리가 보았던 옥분 할매와 아낙네들의 모습 그 분위기는 긴 세월이 지났어도 생생한 기억으로 남아 있다.

가을이 되었을 때 옥분이 집 마당에 초례청이 마련되고 한복 입은 순사가 수줍은 미소를 보이며 장가 들어왔다. 동네처녀 옥분이는 시집을 갔지만, 집 나간 또 하나 동네처녀 화자는 추석에도 집을 찾아오지 않았고, 여태 몸져누운 화자 아배는 간신히 목숨을 부지하고 있는데, 하나의 소문이 동네를 떠돌았다. 화자 어매의 뱃속에 생명이 잉태되었다는 것은 그네의 부풀어 오른 배만 봐도 알 수 있는 일이었다. 그런데 그 사실이 동네 아낙네들의 관심을 불러 수수께끼를 잉태한 흥미로운 소문으로 번져나갔다.

얼이 빠져나가 반송장이 되어 있는 화자 아배가 그 생명의 씨앗을 심을 힘이 과연 있었을까, 하는 의문에 더불어, 진즉부터 화자 어매는 헤픈 여자 즉 잘 주는 여자라는 소문이 나 있었기에 사람들의 호기심을 달구어 열띤 입방아 소문이 된 것이었다.

어느 시대에나 사람들이 걸핏하면 지껄이는 유행어라는 것이 있게 마련이다. 그 시절 많은 사람들의 입에서 자주 나오는 유행어는 "춥고 배고프고 이갈리고 좆꼴린다."였다. 시대의 실상을 함축한 언어였다. 잘못 생각하면 앞뒤가 어긋나 이치에 안 맞는 말로 생각된다. 그러나 전쟁통에 총알 다섯 방 맞고도 죽지 않고 살아나 다시 논을 갈고 씨를 뿌리는 억센 운을 타고 난 철환이 아부지의 이야기를 들으면 이해가 되었다.

"식물이나 동물이나 무릇 모든 생명부치는 목숨이 위태로운 위기 지경에 처하다보면 종자를 퍼트리고 싶은 기운이 발동하여 발악적인 힘이 생겨나기 마련이여."

이런 철환이 아부지 말이 사실이라면 화자 아배가 아기 만들 능력이 없다고 단정하는 것은 그의 말마따나 좆도 모르는 소리일 것이다. 그러나 그때의 그 소문이 좆을 몰라서 생긴 것은 아니라고 생각된다. 그런 일이 다른 집에서 이루어졌다면, 인간의 번식능력을 칭찬하고 인간 승리의 쾌거로 받아들였을 것이다. 다만 그 주인공이 화자네였기에 불신과 의문이 득세하여 화자 아배를 도리어 오지게 진 남편으로 만들어버린 것이었다.

화자네는 키도 크고 젖가슴과 엉덩이도 푸짐했고 하는 것

보면 통도 큰 여인으로 보였다. 몸도 마음도 푸짐하고 인정 많고 행동거지도 시원스런 그네였기에 입방아질 좋아하는 여편네들이 그네를 헤픈 여자로 만들어 놓았을 것이다. 한때 마음씨 좋은 그네가 불쌍한 망올이 아배 한센에게 몸을 베풀어주었다는 소문이 난 적이 있었다. 그러나 구체적인 어떤 증좌도 덤불지 못했음으로 그 소문은 잦아지고 말았다. 그러다가 그 소문의 불씨가 다시 살아나 화자네의 뱃속에 든 생명이 한센이 심은 씨앗이라는 이야기가 조심스럽게 번져났다. 그러더니 얼마 뒤에 씨앗 주인이 바뀐 소문이 나돌았다.

"화자네가 황약국이랑 배가 맞았다네."

새로운 소문은 사람들에게 놀라움을 주었고 더욱 재미나게 들렸으므로 재빠르게 퍼져 나갔다. 동네의 말쟁이 참견쟁이 쏘삭꾼들은 맛좋은 먹이를 만난 짐승들처럼 주둥이를 놀려댔다. 황약국의 등장으로 처음 물망에 올랐던 홀아비 한센은 슬그머니 퇴장되었다. 황약국이 한센을 압도할 수 있는 증거이론들이 속속 발표되었다. 화자 아배가 몸져누운 뒤로 황약국이 그 산 밑에 있는 가난뱅이 오막살이에 몇 번이나 진맥하러 왕래했다. 황약국이 가난한 사람들에게 그런 성의를 베푸는 인물이 아니었기에 그 사실은 우선 수상한 일이었다. 그리고 화자네도 약을 지으려 황약국에 자주 들었다. 그런 가난뱅이가 비싼 황약국의 약을 지어 먹을 수 있었다는 것이 의문을 넘어 혐의가 되었다. 그리고 무엇보다 화자네 집에 여름에도 쌀이 있었다는 것이 놀라움을 지나 증거가 되었다.

여러 사람의 증거와 추리와 연구가 종합되어 나온 결과로서, 화자네는 황약국 어른에게 몸을 베풀었고 황약국은 약과 쌀을 베풀었다 이야기는 기세를 얻어 뻗어나갔다.

소문은 뻗어날수록 덤붙어 나가기 마련이었다. 화자네의 배가 부풀어 오를수록 소문도 부풀어 났다. 화자네의 뱃속에 들어있는 것이 누구의 씨인지 화자네도 모른다는 이야기가 떠돌았다. 그리하여 한센도 패자부활하여 재등장하였으며 갈수록 베품 받은 남정네의 수효가 불어나고 있었다. 그네와 이물없이 지낸 남정네와 산에 자주 다닌 사람이 명단에 보태졌다. 상투쟁이 강처사, 홀아비 정센, 껄떡쇠 이상 등등. 이렇게 주장한 사람이 시답자니 윤상이었기에, 지어낸 소리로 치부해 버리는 사람도 있었지만 또 다른 사람들은 남정네 수효가 불어날수록 신바람이 나서 덩달아 지껄이고 다녔다. 입방아 찧는 아낙네들은 눈매가 꼿꼿해져서 빈정거렸다.

"오지랖도 넓고 맘씨도 좋지, 그 에펜네 천당 가겠네."

어쩔 수 없이 질시와 선망의 기색을 드러내는 여인네도 있었다.

"남정네 하나에 계집이 한 도라꾸 반이라는 세상에 그년은 무신 복이 그리도 많을꼬!"

겨울을 넘기고 꽃피는 봄을 만나 그 봄이 무르익었을 때, 산 밑 오막살이 사립 위에 검은 숯과 새빨간 고추가 매달린 금줄이 내걸렸다. 화자네가 아들을 낳았다는 소식은 빠르게 전해졌다. 무사한 출산에 안도하며 생명 탄생을 축복하는 반응을 보이는 사람이 많았지만, 더러는 그 동안 떠돌았던 수수께끼를 잉태한 사건의 해산으로 받아들여 곧바로 관심을 드러내기도 했다.

"다른 도둑질허고 틀려서 씨도둑질은 드러날 수밖에 없는 법잉께."

기대와 호기심을 숨김없이 드러내기도 하였으며.

"황약국이 늦뎅이를 봐서 입이 째지것구만."

그 동안 수수께끼의 주인으로 황약국을 적극 밀어왔던 말쟁이네는 제멋대로 입을 놀리다가 다른 사람으로부터 종주먹질을 당하기도 했다.

"외동아들 홍백이가 딸 하나 만들어 놓고 넘어가부러, 황약국집이 대가 끊길 판인디, 아무 데서라도 옥뎅자가 나왔은께 얼매나 좋겠소."

말쟁이네는 그래도 굽히지 않고 자기 의견을 기탄없이 발설했다. 황약국의 아들 황홍백이도 보도연맹원이었다. 그러나 전쟁이 터졌을 때 그는 서울에 있었다, 방방곡곡의 보도연맹원을 죽였지만 그때 서울에 있었던 보도연맹원은 미처 죽이지 못했다는 소식이 우리 동네까지 진즉에 전해져 있었다. 인민군이 점령한 서울에서 보도연맹원들이 적극 나서서 해방군을 환영하고 그들의 앞잡이가 되어 반동분자를 색출하여 처형하였음으로 국방군 쪽에서는 다른 지역의 보도연맹원을 모두 잡아 죽이는 작전명령을 시급히 내렸다는 것이다.

아무튼 황홍백이는 죽지 않고 북으로 넘어갔다고 동네 사람들은 알고 있었다. 그래서 황약국 집은 이른바 주목 받는 집이었다. 일제시대에 요시찰이라는 말이 있었는데 그것이 주목이라는 말로 바뀐 것이라고 벤호사 임상이 우리에게 가르쳐줬는데 그 말속에 담긴 으스스한 불길함과 두려움은 우리 아이들도 느낄 수 있었다.

"에펜네야, 그만 나불대그라, 쎗바닥이 꼴린다고 지발 함부로 놀리지 말아라. 버릇되면 여러 사람 죽는다."

여인네들은 금방 눈빛이 달라져서 파들거리는 낮은 음성으로 말쟁이네에게 주의를 주었다. 그러나 오막살이 옥동자 탄생을 두고 흥밋거리를 쫓는 사람들의 입질은 계속되어 나갔다. 서로가 자기의 주장을 내세워 말씨름을 벌리기까지 했으나 수수께끼의 해답은 엇갈리어 나타났다.

세이레가 지나 오막살이 금줄이 풀리고, 아기 탄생을 보기 위하여 사람들이 사방에서 찾아왔다. 동방에서 이약박사와 말쟁이네가 먼저 왔고 뒤이어 남방 서방에서 아낙네들 남정네들의 예방이 이어졌다. 그런 데도 사람들의 의견은 나름대로 나뉘어 한 달이 지나도 믿을 만한 해답을 얻을 수 없었다. 한 동안 왈가왈부 하다가 지혜 많고 경우 바른 인물로 추앙되는 옥분이 할매가 드디어 큰소리 치고 나섰다.

"사삭스런 에펜네들이 씹 깔고 앉아서 어디다대고 개좆같은 입방아질이여! 눈구멍이 있으믄 그 애기를 똑똑이 봐라. 지 애비를 쏙 빼다가 박았어. 화자애비 코가 어디 보통 콘가? 그 턱매도 그렇고. 다들 가서 보고 쌧바닥 놀려. 뒤꼭지까지 똑 같은께!"

목청 높여 외치는 주장에 다른 사람들은 기가 질려 그 할매 앞에서는 어떤 딴소리도 내놓지 못했다. 그리고 날이 갈수록 옥분이 할매의 안목이 신용을 얻어갔다. 눈썰미 있는 여러 사람이 그 할매의 주장에 공감을 표하고 나섰다. 차츰 다른 소리들이 잦아들어갔다. 날이 갈수록 아기의 이목구비며 윤곽이 아비를 닮은 것이 드러나고 있었다. 다행이 너무나 확연하게 나타나는 닮은꼴이기에 다른 입방아질은 맥을 못 추게 되고 말았다. 그리하여 수수께끼 소문의 정답은 생명의 승리로 결판이 났다. 이제 동네 사람들은 감탄하기에 바빴다.

"넋이 빠져 자빠져 있는 인간이 어떠크럼 지허고 똑같이 생긴 씨를 저러크럼 박았을꼬!"

이렇게 온 동네의 관심과 주시 속에서 오두막의 어린 생명은 자라갔다. 그러나 오두막을 떠나간 큰애기 화자는 추석에도 설날에도 집 찾아올 줄을 몰랐다, 그래서 쑥대머리 망올이가 상사병이 들었다. 화자가 떠나기 전에 망올이에게 몸을 주고 갔다. 하는 이야기가 떠돌았다. 망올이의 상사병이나 몸을 주고 갔다는 화자 이야기가 사실인지 누가 지어낸 소문인지 확인할 수는 없었다. 허나 망올이가 화자를 애타게 기다리고 있다는 것은 우리 아이들도 눈치 채고 있었다. 망올이가 봄이면 봄똥이며 앵두를, 여름이면 산딸기를, 가을이면 밤이랑 머루 다래에 버섯을 따다가 숨겨 두었다가 썩혀버렸다는 이야기도 나돌았다.

우리들의 가장 좋은 놀이터는 산이었고, 산에 가면 망올이도 보고, 망올이를 보면 노래도 들을 수 있었다.

"어디서 웃고 있냐, 어디서 울고 있냐, 무정허고 야속허다. 가슴에 불이 나서 애가 타고 넋이 탄다, 아프고 서러워라. 해가 떠도 캄캄허고 달이 떠도 저승이라, 어둡고 무서워라. 울어보고 소리치고 몸부림쳐도, 무정헌 세월만 가는구나."

달이 가고 해가 바뀌고 오두막집 아기가 돌을 지나고 그리고 또 추석 지나고 설을 쇠고 세월은 가는데 화자는 다시 올 줄 몰랐다. 망올이는 스물다섯 살이 되어 노총각 소리를 듣는데, 호적 나이 때문에 그 해에 영장을 받아, 군대에 들어갔다.

또 하나의 이 갈리게 추운 겨울을 넘기고 어김없이 흐르고 바뀌는 세월 따라 사방에 꽃들이 피어나고 돋아 오른 나물 찾아 여인네들이 산과 들을 누비는 새봄이 왔을 때 화자네 식구들은 우리 마을을 떠나가고 말았다. 그들은 마치 도망이라도 가듯이 갑자기 떠나버렸기에 우리는 나중에야 그들이 이사 간 사실을 알게 되었다. 죽어가고 있다고 소문났던 화자 아배가 살아나서, 밥그릇을 넣어 얽어맨 솥단지 위에 이불을 얹어 짊어지고, 아기를 업은 화자네는 넝마 같은 요때기와 옷을 칡넝쿨로 묶어서 머리에 이고 두 아이들도 보따리

하나씩 이고 지고, 마치 피난민 같은 형용으로 오두막을 떠나갔다고 했다.

화자네는 이사간 곳도 엇갈려서 소문이 났다. 화자네의 친정 가까운 구례 어디 산골로 갔다는 말도 있고, 화자 가까운 서울로 갔다는 소문도 있었다. 그러나 화자 가까이 가지는 않았을 거라는 의견이 많았다. 양갈보 집이라는 손가락질이 싫어서 동네를 떠난 그네들이 어린 것들을 셋이나 데불고 화자 곁으로 가지는 않았을 것이라는 말에 사람들은 고개를 끄덕였다.

산 밑에 붙어있는 화자네 오두막은 우리들에게 정겹게 느껴지는 집이었지만 사람이 떠나가 버린 빈집은 갈수록 음침해져서 귀신이라도 나올 것 같은 흉물로 변해 갔다. 여름 한철을 겪고 난 오두막은 많이 썩어 내리고, 주위엔 온통 잡풀과 쑥대가 우거져 살벌한 기세로 집을 포위하고 있어 어수선한 풍경이었다. 도깨비의 거처 같았다. 가을이 되어 스산한 바람 속에 삐딱하게 엎드려 있는 그 오두막은 적막에 휩싸여 외롭고 처량해 보였다.

싸늘한 바람이 부는 가을 저녁은 해가 지고 나면 이어서 어둠의 앞잡이 어스름이 스멀스멀 기어드는데, 그때에야 푸나무 한 짐을 짊어지고 거시기 임샌이 산을 내려오고 있었다. 화자네 오두막을 지나며 망가진 사립 안에 웅크리고 있는 시커먼 것을 보았다. 등골이 오싹해져서 지나치는데 시커먼 것이 고개를 치켜드는 모습이 설핏 눈에 들어왔다. 걸음을 빨리해서 내려오는데 뒤에서 뭐가 금방 잡아당길 것 같고 기분이 거시기해서 지게를 벗어 받쳐 놓고 오두막을 향해서, "거시기 뉘기여!"하고 소리를 쳤더니, 시커먼 것이 사립 밖으로 슬그머니 나오며, "안녕하신 게라우." 하며 꾸벅 고개 숙여 절을 했다. "그 시커먼 놈이 머시기냐 거시기드랑께." 임샌이 말한 거시기는 망올이었다. 그래서 휴가를 온 망올이 소식이 우리에도 전해졌다.

대한의 장병이 되어 돌아온 우리의 두목을 보기 위하여 우리는 달려갔다. 그를 찾아낸 곳은 산이었다. 풀색 옷을 입은 그는 노랗게 마른 풀을 베고 있었다. 머리털을 짧게 깎고, 한 만월 이라 적힌 이름표가 붙은 군복을 입고 있는 그의 모습은 그전과는 영 딴판으로 보여 우리는 서먹하기조차 했다. 그때에는 우리도 이미 아이들이라기보다는 소년이라 할 만큼 자라있었지만 망올이는 이미 늙어버린 몰골이었다.

당시의 군대 쫄병이라는 것이 누구에게나 견디기 어렵게 고약한 것이었겠지만, 글자도 모르는데다가 특이한 생김새를 가진 그에게는 더욱 심한 고통이 많았으리라. 천둥벌거숭이로 대부분의 시간을 혼자 자연과 노래로써 살아온 그가 그토록 살벌한 조직에서 배겨나기가 무척이나 힘겨웠겠구나 하는 생각을 우리가 할 수 있을 만큼 그의 모습은 처량하기까지 했다. 그리고 나중에야 알게 된 것이지만 그의 휴가는 정상적인 것이 아니었다. 부대에서 무슨 비품이 분실되었는데 그것이 망올이가 책임을 져야 하는 것으로 떠맡겨 졌고 그 비품을 변상할 돈을 가져오게 하기 위하여 특수 휴가를 주어 내보낸 것이었다.

그때 그의 모습이 그토록 쓸쓸해 보인 것은, 이사를 가버린 화자네 때문이기도 했겠지만, 더불어 변상할 돈을 마련할 수 없는 처지에서 오는 괴로움도 있었으니 고통 위에 덮친 절망으로 참으로 참담했을 것이다. 그때에 그가 우리에게 보여준 모습은 무섭게 적막하고 쓸쓸한 황무지 풍경 같았다고 훗날에 우리는 이야기했다.

망올이의 휴가가 끝나는 마지막 밤을 우리는 잊을 수가 없다. 어둠을 타고 들어와 가슴속에 깊숙이 스며든 그 소리는 세월이 아무리 흘러도 사라지지 않고 때때로 울려나온다. 어둠이 깔리면서 뒷산에서 망올이는 노래하기 시작했다. 동네 사람들은 숨죽여 그 소리를 듣고 있었다. 아마 그날 밤 그는 알고 있는 노래는 모조리 불렀을 것이다. 춘향가 심청가 흥보가에 회심가며 우리가 제목도 모르는 노래까지 수많은 노래가 그의 엄청난 목청에 실리어 어둠속을 날아왔다. 굳세어라 금순아, 홍도야 울지 마라, 애수의 소야곡, 봄날은 간다. 귀에 익은 유행가들이 처절하게 이어져 나오고, 성주풀이에 바리데기 사설까지 청승맞게 흘려내었으며, 그 동안 자신이 지어 불렀던 노래도 줄줄이 엮어져 나오고, 더불어 그날 밤의 즉흥 가사로 여겨지는 노래까지 거침없이 쏟아졌다.

"저놈이 그 동안 노래 못 불러서 가심이 얼매나 답답했을꼬!"

"일자무식이 무슨 조화로 저런 소리들을 다 배왔을꼬? 저 눔의 노래는 언제 들어도 사람에 애간장을 녹이는 구나."

사람들은 초장에는 그의 소리를 반기어 귀 기울였다. 통행 금지 사이렌이 울리고 난 뒤에까지 노래는 기나긴 통곡처럼 계속되었다. 세상 살아오면서 가슴속에 담아두었던 슬픔 울 분 외로움 비원 온갖 것들이 녹아 나오는 듯 그 소리는 간절 했다. 그러나 듣는 사람들은 차츰 못 마땅해 했다.

"저놈이 온 동네 사람 잠 못 이루게 헐라고 작심했구먼."

"저러다가 순사 쫓아오믄 어쩔라고 저런당가."

밤이 깊어갈 수록 망올이 소리는 점점 더 애절해졌다.

".."

"꽃님아 꽃님아, 니 간 곳이 어디 메냐,

바람에 실려 갔냐. 냇물에 씻겨 갔냐.

만리장천 기러기는 고향 찾아 가건만,

배고파 울며 떠난 너에 소식 바히 없고,

참꽃 개꽃 피어나도 니에 자취 간곳 없다.

캄캄한 이 가슴도 니가 뜨면 밝아오고,

죽고 싶은 인생살이 니가 있어 살아왔다.

고달프고 애달파도 니가 있어 살아왔다."

어둠을 타고 날아와 가슴속으로 파고드는 노랫소리에 사람 들은 우려하고 동정했다.

"저놈이 상사병이 오래되서 실성을 했는가?"

그날 밤은 달도 별도 보이지 않는 어둠이 내려덮고 있었다. 세상이 숨을 죽인 듯 했다.

"가네 가네 나는 가네, 이 산천 여그 두고,
적막강산 찾아가네.
꿈에라도 살고퍼라, 죽기 전에 보고퍼라,
어화둥둥 내 사랑아.
그리버서 못 살겠네. 원통해서 못 가겠네,
한이 커서 못 죽겠네.
이내 목숨 떨어지면 이내 설움 어디 갈꼬,
어허 어허 어어허."

급기야 구슬픈 상여노래로 이어져 나갔다.

"저승길이 멀다드니 뒷산턱이 저승이네 어허 어허,
이제 가면 언제 올까,
숨겼다가 썩은 밤톨 움이 트면 오려는가,
대명천지 밝은 세상 찾아들면 오려는가,
어허 어허 어허넘자 어허넘."

"⋯⋯⋯⋯⋯⋯⋯⋯⋯⋯⋯⋯⋯⋯⋯⋯⋯⋯⋯."

소리가 끊기면 밤은 죽은 듯 고요했다. 잠 못 이루는 사람들은 그 적막을 또 못 견뎌했다.

"저승 같이 죄용하네."

길게 느껴지는 적막 다음에 들려오는 소리는 섬뜩했다.

"훨훨 가는 이 마당에 애통허게 죽은 혼령
축언이나 허고 가자.
어찌어찌 죽었드냐, 억울하게 죽은 구신

사정이나 들어보자.

물에 빠져 물구신, 불에 타서 불구신,

산채로 묻어 생구신 총칼 맞아 피구신.

떼구신 천지로구나, 사방팔방 얼크러설크러 졌구나.

애통허고 절통허다.

자빠져 죽은 구신 엎어져 죽은 구신

서서 구신 앉아 구신 거꾸로 구신… "

듣는 사람들은 두려움을 느꼈다. 이 세상 소리 같지 않고 저승에서라도 울려나오는 소리 같았다.

"약을 묵고 자살 구신 목을 매어 자결 구신 배고파 죽은 구신 목말라 죽은 구신 얼어 죽은 구신 액살 구신 님 그리버 죽은 구신 고달파서 죽은 구신 외로와서 죽은 구신 몸이 아 파 죽은 구신 마음 아파 죽은 구신, 옥살이 구신 고문 구신 도망 구신. 꾸역꾸역 다 몰려드는구나, 애잔하다 애기 구신 애절허다 비명횡사 구신…"

듣고 있는 사람들은 악몽에 빠진 듯 정신이 사나워졌다. 온갖 귀신들이 떼로 몰려들어 산과 들과 마을을 온통 점령하 고 있는 것 같아 숨 쉬기가 답답해졌다.

"망올이가 신이 잡혔구나."

"저 소리가 다 망올이 입에서 나오는 소리여?"

소리가 딴 사람 목성 같이 변해 있었다.

"비나이다 비나이다. 씻겨주소, 건져주소, 날려주소.

피구신 물구신 불구신 땅구신 떼구신들,

축원 받고 올라가소.

정을 못줘 죽은 구신 상사병에 죽은 구신,

노래 듣고 올라가소.

가련하다 총각 구신 처량하다 처녀 구신

애처롭다 짝 잃은 구신.

억울하고 가련한 온갖 혼령들아,

원도 한도 훨훨 털고 신명으로 솟아나소.

정분 못 이룬 홀구신들 서로서로 짝을 찾아

천생연분 지하배필 혼령으로 인연 맺어.

부여잡고 끌어안고 너른 하늘 훨훨 날아,

바람소리 노래 듣고 까막까치 곡소리에 어서 바삐 극락 가세."

"……………………………………………………………"

밤을 우는 새소리도 들리지 않고 온 세상이 숨죽이고 깊이 가라앉아 있는 어둠 속에서 잠 못 드는 사람들은 어쩔 수 없이 가슴 깊숙이 파고들어오는 그 소리를 들어야 했다.

그 소리 이후로 우리는 망올이를 다시 볼 수 없었다. 날이 밝아왔을 때, 망올이가 뒷산 큰밤나무에 목을 매어 죽었다는 소문이 온 동네에 전해졌다. 우리는 숨통을 조여오는 듯한 답답함 속에 깊은 수렁으로 빠져드는 기분이었다. 어른들의 눈에도 두려움이 깔리고 침울한 기색이 되고 치를 떨기도 했고, 여인네들 뿐 아니라 남정네들도 눈물을 흘렸다. 해가 더 높이 솟아 햇살이 온 동네에 퍼졌을 때 또 하나의 소문이 퍼졌다.

군대로 들어가야 하는 날인데도 밤새 돌아오지 않은 아들을 찾으려 한샌은 날이 새기가 무섭게 집을 뛰쳐나갔다. 이웃들도 함께 망올이 찾기에 나섰다. 화자네 빈집을 살펴보고 난 다음에 밤 깊도록 피를 토하듯 엄청난 노래를 쏟아내린 산으로 올라갔다. 먼 데에서도 잘 보이게 드러나 있는 큰밤나무는 잎을 떨구고 앙상한 몰골이었는데, 동네 쪽으로 뻗은 가지 아래 매달려 길게 내려트린 풀색 군복은 한눈에도 알아볼 수가 있었다. 한샌과 남자들은 밤나무를 향하여 허겁지겁 올라가고 여자들은 쫓기 듯 동네를 향해 내려왔다. 동네로 들어온 여자들로부터 소문은 재빠르게 흘러내렸다.

밤나무 아래에 당도한 한샌은 땅바닥에 풀썩 주저앉고 말았다. 군복 입은 장대한 허깨비였다. 커다란 머리빡에 계급장 붙은 모자를 눌러쓰고 건들대고 있는 다리 아래 시커먼 군화를 신고 늘어져 있는 허수아비는 바람을 맞아 조금씩 흔들리고 있었다. "하하하하!" 등짐 김샌이 고개를 치켜들고 통쾌하게 웃었다.

교수형에 처해진 거대한 허수아비, 소문은 다시 동네를 뒤집고 다녔다. 망올이는 그렇게 우리를 떠났다. 어둔 밤에 그가 혼신의 힘을 모아 불렀던 엄청난 노래는 마을 사람들에게 보내는 마지막 인사였다면, 그러면 그 허수아비는 무엇이란 말인가, 한낱 장난질, 우리를 놀래주고 웃겨주고 싶어서였을까, 동네의 가객으로써 시인으로써 마지막까지 우리를 즐겁게 해줘야겠다는 생각에서 나온 또 다른 방식의 인사였을까. 더불어 우리에게 보내는 어떤 신호, 무언의 의사 표시는 아니었을까. 우선 그는 다시 군대로 들어가지 않겠다는 의지를 표현해서 우리에게 알려주었다고 사람들은 해석했다.

망올이가 도망자가 되어 숨어 다니며 험난한 세상 어딘가를 떠돌고 있다는 것은, 동네 사람들 마음을 불안하게도 했지만, 그래도 그가 죽지 않고 살아 있다는 것이 고마운 일이라고 말했다.

"제발 살아남아 좋은 세상 만났으면 좋겠다."

그는 우리 동네에서 누구보다도 많은 사람들에게 사랑 받는 사람이었다.

그가 붙잡혀 영창살이를 하고 있다는 소문이 떠돈 적이 있었지만, 한샌이 관청에 알아보았더니 헛소문으로 밝혀졌다. 그 뒤로도 그가 밀선을 타고 바다를 건너 일본으로 갔다는 소문이 나기도 했고 산을 타고 휴전선을 넘어 북으로 갔다는 소문이 나기도 했지만, 많은 사람들은 누군가 제멋대로 지어낸 소문으로 치부했다. 소문이라는 것은 사실의 전달 통로이기도 했지만, 또한 어떤 사람의 생각이나 착각 그리고 목적을 위하여 조작된 거짓말이 사실로 둔갑되어 전파되는 경우도 허다했다. 그러한 생각을 가진 사람이 많이 있는 때를 만나면 그렇게 만들어진 소문은 기세를 얻어 빠르게 널리 뻗어나기 마련이었다. 우리들 어린 날에 귀신 도깨비 백여우가 자꾸만 나타나 수많은 사람들이 그걸 믿는 최면에 걸렸던 것은 그 시절 사람들의 마음이 그만큼 불안하고 어두웠기 때문이었으리라.

우리 동네 상쇠잽이며 상여 앞소리꾼인 한샌은 홀로 외롭게 늙어갔다. 우리는 망올이를 다시 볼 수 없었지만, 훨씬 커서도 그 이야기를 했다. 그가 그날 밤 불렀던 노래, 그리고 목을 매달아 놓은 허수아비는, 우리에게 남긴 인사나 신호를 넘어 훨씬 깊은 뜻이 있다는 이야기를 했다.

그것은 진정을 기울여 행한 제사의식이었다고 의미를 부여했다. 거창한 씻김굿이었으며 위령제였다. 허수아비는 폭압의 상징물이었으며 그것의 처단은 해원을 위한 뜻 깊은 의식이었다. 반백년의 세월이 지나 이제 전설처럼 되어버렸지만 그는 아직도 우리 마음 깊은 곳에 떠나지 않고 살고 있다. 어느 깊은 밤에는 그의 노래가 생생하게 들려온다. ■

작가의 말

1982년 [현대문학] 지에 〈유언(流言)의 시절〉이라는 단편 소설을 발표했다. 유소년기의 체험을 바탕으로 두 편의 소설을 구상했다. 유언비어(流言蜚語)라는 말을 두 개로 분리하여, 먼저 〈유언의 시절〉을 쓰고 다음으로 이어서 〈비어시대(蜚語時代)〉를 쓰려고 했다.

그러나 그 즈음에 이르러 소설가라는 직업을 그만 두고 다른 일하며 살게 되었다. 30년도 더 지나서야 그 때에 마음 먹었던 후속편인 〈비어(蜚語)시대〉를 비로소 쓰게 되었다.

오랫동안 소설이란 것을 쓰지도 않고 읽지도 않고 살았다. 그러다가 왜 새삼스럽게 소설을 다시 쓰게 되었는가, 하는 것은 극히 사소한 개인적인 이야기이므로 더 이상 말하고 싶지 않다.

여기에 실린 소설은 '이념'이란 무엇인가, 하는 물음을 염두에 두고 쓴 것들이다. 역사적으로 일어났던 여러 사실을 되짚어 봄으로서, 이데올로기가 사람살이에 끼친 영향을 살펴보려 했다.

8편의 독립된 이야기가 '이념'이라는 하나의 주제로 일관되게 연결된, 이른바 옴니버스 장편소설이라 할 수 있다.

써놓고 보니, 소설의 장점인 암시와 상징과 비유보다는, 직설이 난무하고, 어쩔 수 없는 필자의 의견이 거칠게 껴들어 있기도 하고, 어쭙잖게 자기주장까지 노골적으로 드러나 있는 것 같아 부끄럽다.

그러나 이야기 속에 있는 진정한 의미를 추출해내고 해석하고 평하는 것은 모름지기 독자의 영역이다.

필자의 의견이나 주장에 공감하고 동의하는 것이든, 아니면 비판하고 질책하고 공격하는 것이든 모두를 겸허하게 받아들이는 것은 오로지 나의 몫이다.

마지막으로 책의 제목에 대해서 말을 덧붙이고 싶다. 〈비어 시대〉라는 제목에 대하여 출판사에서는 난색을 표했다. 그 전에 책을 냈을 때에는. 출판사의 의견을 나는 대충 받아들였는데 이번에는 내 고집을 꺾지 않았다. 비어 시대의 '비(蜚)'라는 글자는 메뚜기, 또는 도깨비라는 이중적인 뜻을 가지고 있다. 마구 횡행하는 난데모를 괴소문이라는 말이다.

나와 가까이 지내는 사람 가운데, 소설 짓는 일을 하다가 그만두고, 20년 동안 열심히 집 짓는 일을 하여 솜씨 좋은 목수가 된 사람이 있다. 그 최 목수가 이 책을 만드는 과정에서 나를 많이 도와주었는데, 그가 말했다.

　"유언비어는 오랜 역사를 가지고 있겠지만, 지금 시대에 더욱 극성을 이룬 것 같아요. 도깨비불 같은 인터넷을 타고 수많은 악성의 이야기가 무차별적으로 빠르게 횡행하고 있으니까요."

　나는, 전쟁을 겪고 가난에 찌들려 불안하고 혼란하고 살벌해진 전후시대를 〈비어 시대〉라고 이름 붙였는데, 그때보다는 배고프지 않은 지금의 시대는, 더 많이 가지기 위한 욕망 경쟁으로 하여, 불안하고 혼란하고 살벌해진 또 다른 비어 시대라는 말이다.

　어쨌거나 견디며 살아가야 한다. 나는 어차피 소설이란 것을 다시 쓰며 살아가기로 작정하였으니, 앞으로 더 재미있는 이야기를 만들어내고 싶다.

2014년, 봄, 양수리에서.